薫大将と匂の宮

岡田鯱彦

薫大将と匂の宮、光源氏ゆかりの二人の貴公子の織りなす物語「宇治十帖」を最後に千年以上に亘って未完とされていた『源氏物語』には、驚くべきことに未だ世に明らかにされていない幻の続編が存在した。貴公子たちの恋の鞘当てが招く、美しき姫君たちの死。平安の宮中を震撼させる怪事に、紫式部と清少納言が推理を競う。推理作家にして古典文学者、二つの顔を持つ著者のみが書き得た絢爛たる長編小説として名高い表題作に、短編やエッセイを併録した王朝推理傑作選。

薫大将と匂の宮

岡 田 鯱 彦

創元推理文庫

GENERAL KAORU AND PRINCE NIOU

by

Shachihiko Okada

1950, 1953, 1973

目次

薫大将と匂の宮

挿絵　鈴木朱雀（薫大将と匂の宮）

薫大将と匂の宮

主な登場人物

薫《かおる》 大将《だいしょう》　権大納言右近衛ノ大将。体から芳香を発する不思議な天性の持ち主。

匂《におう》の宮《みや》　三の宮兵部卿。光源氏の外孫。焚きしめた香で薫香を放つ。有名な色好み。

大君《おおいぎみ》（橋姫）　八の宮の姫。薫の思い人だが、志を退けたまま死去。

中君《なかぎみ》　大君の妹。匂の宮の北の方。

浮舟《うきふね》　大君、中君の異母妹。薫大将と匂の宮の板挟みになり苦しむ。

小宰相《こざいしょう》の君　宮中で唯一人の薫大将の情人。

院源僧都《いんげんそうず》　高名な修験者。魂寄せの儀式を執り行う。

源義清　検非違使庁別当。

左近ノ少将　浮舟に婚姻を申し込むも取り消す。

清少納言　「枕の草子」で知られる宮中随一の才媛。

紫式部　語り手。「源氏物語」の作者。

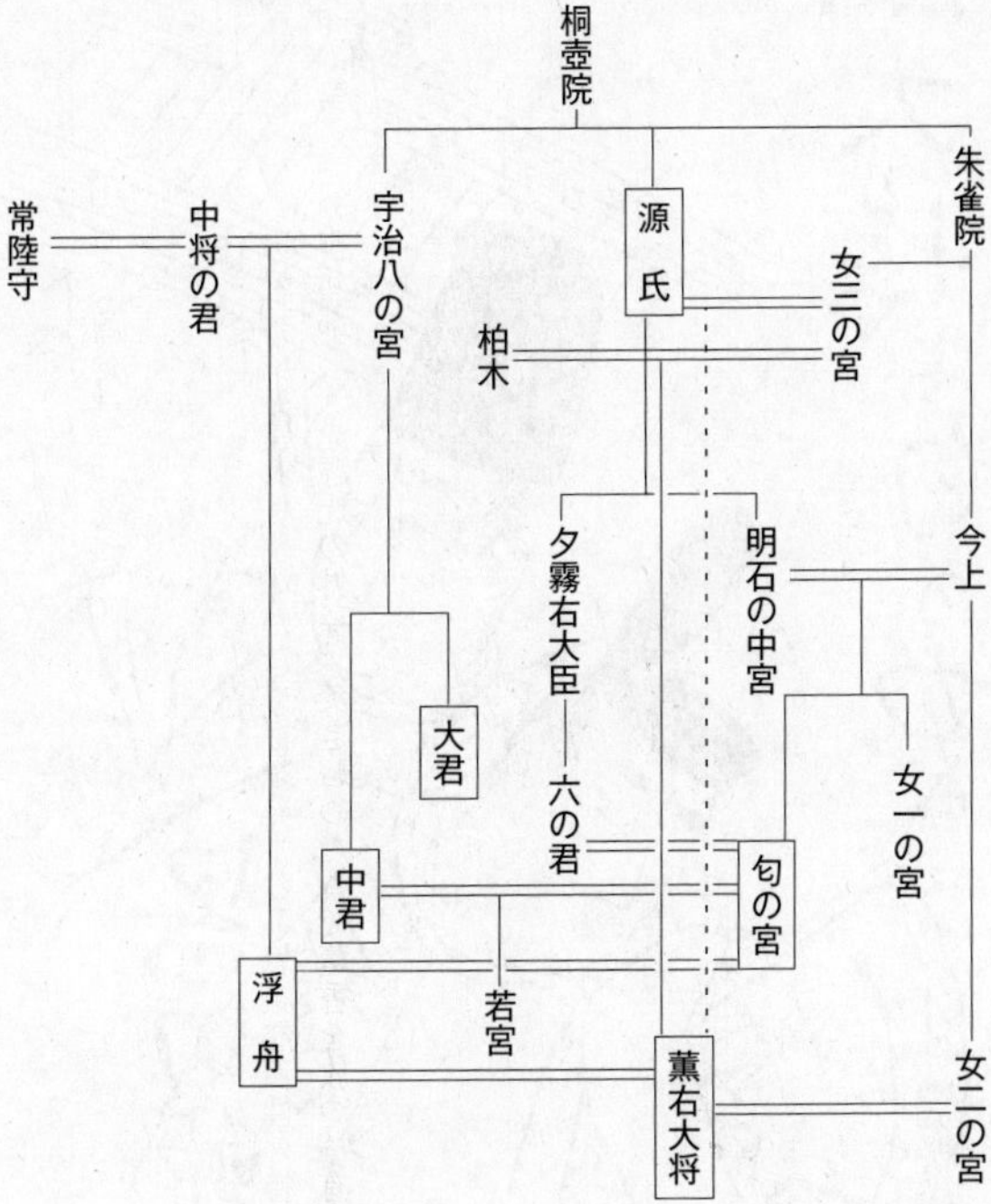
桐壺院
朱雀院
常陸守
中将の君
宇治八の宮
源氏
女三の宮
柏木
夕霧右大臣
明石の中宮
今上
大君
六の君
女一の宮
中君
匂の宮
浮舟
若宮
薫右大将
女二の宮

薫大将と匂の宮
岡田鯱彦
鈴木朱雀画

前書　一千年前の探偵小説

これは、私が大学を出たばかりの年だから、今からちょうど十三年まえ、本郷通りの紀ノ上書店で見つけた書物である。見つけた、というと体裁がいいが、そのときは実はそれほどのものと思って手にいれたわけではなかった。容《い》れ物だけは桐の筥《はこ》にはいって御大層《ごたいそう》な外観だし、ひとめ見て時代のそうとう古いものであることだけは、わかったが——私が学生時代から源氏マニヤであることを知ってる紀ノ上の主人も、それほどのものとも思わず、こんな妙なものがありますよ、と言って私にしめし、私も別にたいして気をひかれたわけでもないが、ただ源氏に関するものだったから、ともかく買って帰ったのだった。が、私の下宿していた一高裏の願行寺《がんぎょうじ》というお寺の一室にもどって、これを読んでみてびっくりした。それは実に驚くべき書物だったのである。それから十三年間、私は私の青春の全部を——そして学究生活の大半を、この古ぼけた十余帖の書物にささげつくして来たといっていい。それは、それほどの大きな価値をもった書物だったのである。

源氏物語五十四帖、ことに後半の宇治十帖の未完の問題は、古来いろいろに論ぜられているが、この書物はその解答をあたえるものでもあったばかりでなく、書物そのものが、その筆法および音韻法《おんいんほう》——藤原定家《ていか》校合《きょうごう》にかかる青表紙系統の流布本《るふ》、北村季吟《きぎん》の湖月抄《こげつしょう》などによって、あれが源氏の調子かと思っていた、われわれにおなじみの柔らかい音便口調《おんびんくちょう》が、河《かわ》内《ち》ノ守《かみ》源ノ光行《みつゆき》・親行《ちかゆき》父子の校合になる、いわゆる河内本によって、原文は音便のない堅い文章であることがわかったが——それによって、この書物も古い形のもので、すくなくとも鎌倉時代を下るものでないことは実証せられ、さらに隆能《たかよし》筆源氏物語絵巻などと照合することによって、すくなくとも近衛天皇時代以前にさかのぼることができると推定せられる。否、私自身は元永《げんえい》本古今集と書法をくらべ合わせることによって、もっと前に持っていく説を考え、私ひとりでは、この書物の紙質と墨の質とから、一条天皇時代まで——あわよくば紫式部自筆ではないか、とさえ想像を逞《たくま》しゅうしている次第である。それはともかくとして、すくなくとも一学究の生涯をささげて惜しくないだけの価値をもつ書物であることは、まちがいない。この書物に、国文学史上革命的な価値をみとめられることも、そう遠い将来ではない、と私は信じている。

ところで、私は最近、子供のころから好きであった探偵小説に、自らはからず筆をとった結果、探偵作家の卵として末席に名をつらねることになったので、この私のとっときの資料を同好の諸君に、その考証は今後の研究にまつこととして、取りあえずその驚くべき内容をお伝えしたいと思うのである。というのは、この書物が源氏五十四帖の未完成物語を完結せしめているばかりでなく、実にこれは千年の昔に書かれた――恐らく、いや確かに、世界で一番古い――探偵小説であるからなのである。しかも、作者紫式部が探偵となって奇怪な犯罪を探究するという珍らしいもので、いわば本格探偵小説といってもいいかと思われる内容である。ともかくポウ、ドイルより九百年も昔に、わが国にいわゆる本格探偵小説があり、デュパン、ホームズの向こうを張って、『めぐりあいて』の歌の作者が自ら私立探偵の役目をはたして活躍しているというだけでも、われわれ探偵小説愛好家にとって愉快な話題ではないだろうか。

ただしちょっとここで断わっておかなければならぬのは、源氏物語は世界最古の写実小説という名を恣《ほしいまま》にしながら、その主人公光源氏《ひかるげんじ》はあのとおりの理想的な――容貌、才知、芸能、何事にかけても人なみすぐれた超人間である。そして、それにかわる宇治十帖の主人公たちは、薫大将《かおるだいしょう》にしても匂《におう》の宮《みや》にしても、光源氏よりはだいぶ格が落ちるが、それだけ超人的性格が減り、リアリズムの本道に進んでいる、と批評家たちに喜ばれているのであるが――しかもなお、その光源氏の子である権大納言《ごんだいなごん》右《う》近衛《このえ》ノ大将《だいしょう》薫の君には、そのからだから

い、えもいわれぬ芳香が発散するという不思議な性能をあたえられていることである。

げにさるべくて、いと此世の人とはつくり出でざりける、かりに宿れるかとも見ゆるこ

と添ひたまへり。かほかたちも、そこはかと、何処なんすぐれたる、あな清らと、見ゆる所もなきが、ただいとなまめかしう恥づかしげに、心の奥多かりげなるけはひ、人に似ぬなりけり。かのかうばしさぞ、此世の匂ならず、あやしきまで、うちふるまひ給へるあたり、遠く隔てたる程の追風も、まことに百ぶの外もかをりぬべき心ちしける。

そのからだから発散する香りが、遠く百歩の外まで匂う、というのだから、うらやましいような話ではあるが、これも『かくかたはなるまで、うち忍び立よらむ物のくまも、しるきほのめきの、隠れあるまじき』次第では、猫の首に鈴をつけられたように、こっそり女漁《あさ》りもできないという、不自由な一面もあるのである。

さらに、これと恋の競争相手《ライバル》で、光源氏の外孫にあたる、当代の三の宮兵部卿《ひょうぶきょう》は、これは薫君のような天賦《てんぷ》の薫香は発しないが、『よろづの勝れたるうつしをしめ給ひ』――人工的に香《こう》を合わせ、それを焚《た》きしめて、いい香りを放ったので、世に『匂ふ兵部卿、薫る中将と聞きにくく言ひつづけ』（匂宮の巻）られて女たちにもてはやされた。この人の方は、まあ、ここまでは別段あやしい筋もないわけだが、ただこの二人とも、こんなに香の道に名を得るだけあって、自身嗅覚《きゅうかく》が普通の人より異常に発達していて、女の部屋に昨夜《ゆうべ》泊まっていった相手をも嗅《か》ぎつけてしまう、という離れわざをやる……

これらの点が、現代人のわれわれには、たやすくはうなずきがたいところであろう。

そこで、この問題をすこし考えてみたいと思うのである。

だいたい、平安朝時代の文学にあらわれたところによると、この時代の人は一般に現代のわれわれよりは鼻がいいようである。古今集にも『五月待つ花たちばなの香をかげば、むかしの人の袖の香ぞする』とあるので実際嗅いでみたが、われわれにはそれほどの味は感ぜられないようである。まして梅なぞになると、

色よりも香こそあはれと思ほゆれ　たが袖ふれし宿の梅ぞも

宿近く梅の花うゑじ　あぢきなく待つ人の香とあやまたれけり

梅の花たちよるばかりありしより　人の咎《とが》むる香にぞしみける

など、いくらでもあって、どうもわれわれよりは嗅覚が強そうである。貫之《つらゆき》にも有名な『梅の花にほふ春べはくらぶ山　闇にこゆれどしるくぞありける』というのがあり、躬恒《みつね》も『月夜にはそれとも見えず梅の花　香を尋《たず》ねてぞしるべかりける』と詠《よ》んでいる……もっとも、前に故今井慶松《けいしょう》氏が、『朝の訪問』か何かで、

「……紅梅と白梅とでは、白梅の方が匂いは濃いのです。色の淡い方が匂いは濃いのですネ。ええ、はっきり区別がつきます。……」

と話しておられたことをおぼえているが、氏なぞは確かに目では見ないで嗅ぎわけられたのであるから、それで白梅・紅梅を聞きわけるとすれば、凡河内《おおしこうち》ノ躬恒なぞ、はだしで逃げ出さなければなるまい。一般に嗅覚の退化してしまった現代でも、こういう天才があらわれるとすれば、一般に鼻のよかったらしい平安朝時代では、薫大将や匂の宮のような『犬』的

天才があらわれても、不思議ではないかも知れない。

ギリシャのなんとかいう哲学者は、友人がその女友と訪れたところ、きのうは女を『嬢』と呼んだのに、きょうは『夫人』と呼んで、この友人を驚かしたという。それが、鼻によってこの友人の一夜の秘密を、文字どおり嗅ぎつけてしまったというのだから、海外《あちら》にもこの種の天才はいたわけである。

こうなると薫大将や匂の宮の異常な嗅覚も、あながち荒唐無稽《こうとうむけい》なそらごととして軽蔑しなくてもいいのかも知れない。

が、前者すなわちからだから芳香が発したという方は、私は寡聞《かぶん》にしてこれを知らない。歴史の書物をひもどけば、アレキサンダー大王はその汗が菫《すみれ》の匂いがしたとかなんとか、そういうたぐいの話は男についても女についてもいくつか見いだすことができる。いや、そんな遠い話でなくても、体臭という程度でなら、ずいぶんいい匂いを出す人はわれわれの身のまわりにもいる。しかし、私の経験では、それはよほど近づくか、あるいは離れているなら、よほど嗅覚に注意力を集中してやっと聞きとれるもので、香料のように、追風に乗って百歩の外まで薫るなぞは想像もおよばない。

しかし、私がここにこの問題をとりあげたのは、実はこの方がかんじんなのであって――いささか牽強附会《けんきょうふかい》の誇《そし》りをまねく恐れがあって忸怩《じくじ》たらざるを得ないのだが――この方も必ずしもあり得ない事ではない、ということをいってみたかったのである。

われわれの目的は、人間のからだからそんな芳香が発し得るかどうかを考えたいのであるが、まず問題を簡単にするために、香料をとりあげて、そこから考えてみることにしよう。

麝香《じやこう》という香料は、麝香鹿の香嚢《こうのう》を乾燥したものであり、香嚢は雄の臍《へそ》の付近に存在し、陰嚢《いんのう》から分泌する成分をためておくふくろで、これから小量ずつ芳香を放って雌を呼ぶのだという。そういえば、あの香りはなかなか性的な刺激が強い。——いや、それは実は麝香にかぎらないので、抹香鯨《まっこうくじら》の腸や腹腔《ふくこう》や膀胱《ぼうこう》から得られるもの、印度猫の肛門と生殖器官との間から得られるもの、海狸《ビーバー》の臍近くから得られるものなど、すべて生殖器官と関係が深い。だいたい、われわれが香料を用いる目的からして、性的刺激を挑発するためだという人もある。

植物から取る香料では、菫・アカシヤ・薔薇・キダスルリ草・素馨《そけい》・紫ハシドイ等の花から、薄荷《はっか》・紫蘇《しそ》・パッチュリ草等の茎から、翠菊《すいぎく》・蘭《らん》・頓加豆《とんかまめ》・繖形花《さんけいか》等の果実から、肉桂《にっけい》・カスカリラ・白檀《びゃくだん》等の樹皮や幹から、渓蓀《あやめ》・アルコンナ・菖蒲《しょうぶ》等の根から得られるが——花や果実などは前掲の動物の場合と同じく生殖器官と関係が深い。そういえば、栗の花の匂いなぞは実に性的刺激の強いもので、あれはザーメン・トリーという、俗名があるくらいである。愛する少女から「うっとりと栗の花の匂いを嗅いでいます……」などという詩的な文章を送られて、苦笑させられた諸君もあるであろう。

さっき紅梅・白梅を匂いで聞きわける琴の名人の話をのべたが、われわれでも蘭の花が、その色の淡いものほど、そして形や大きさからいっても見ばえのしないものほど、香りが高いことを知っている。もっともわれわれのは、目で色を見わけながら、鼻を押しつけてクンクン嗅ぐのだから、今井慶松氏のような天才ぶりとは違うが……しかし、梅でも蘭でも、その色の淡いものほど、見ばえのしないものほど、香りが高いという事実は、何か香りというものの秘密をわれわれに語っているのではないだろうか。

どうも話が人間から遠ざかってしまったから、あわてて人間臭い世界にひきもどすと、私は前に一休禅師の書いたものを読んでいて、飛んでもない文字にぶつかり、ひとり顔を赤らめたことがある。一休はその奇行があまりにも世間に知れわたっている人であるが、かなりああいう話が伝わるべき素質はもっていた人らしい。盲《めくら》の美しい婦人をひどく愛しておられたらしく、その人を讃えた詩がたくさんのこっている。その中で、坊さんのくせに『吸《フ》二淫水《ヲ》一』という風な文句を平気で書いているが、その近くで『美人《ノ》陰《ハ》有《リ》二水仙花《ノ》香一』というところがあった。（註、一休禅師偈頌集「狂雲集」）女の方は、栗の花でなくて水仙の花であるらしい……

話が変なことになってしまったが、これを要するに香りというものは、どうも生殖腺と関係がありそうだ、ということである。

鼻のほとんどきかなくなった現代人の文学を見ても、女には男の匂い、男には女の匂いがわかり、処女の甘い香りなぞというものは結構聞きわけられるらしいから、どうも匂いとか香りとかいうものは性《セックス》と関係が深いようである。

私はこういう方面の話はさっぱり知らないので、多く例をあげることのできないのが遺憾であるが、こんな妙な話をあえて試みたのは、薫大将の『此世の匂ならぬかうばしさ』というものも、あながち紫式部が物語の伝統から脱し切れなかったためだと非難しなくとも、何かそんな方面から説明のつく事ではないだろうか――この方面の異常に発達した特例として、こんな人もあり得ないことはないのだ、という風に考えられないだろうか――ということを提唱したいからの微衷《びちゆう》にほかならぬ。否、私は一千年の昔――詳《くわ》しくいえば九百五十余年の昔に竹取・宇津保《うつほ》の物語の荒唐無稽から近代小説のリアリズムへ、コペルニクス的大転換を試みた不世出の天才紫式部のために――田山花袋《かたい》に九百年を、井原西鶴に六百九十年を先んじ、これを海の外にしては、フローベール、モーパッサンより八百七・八十年前、『デカメロン』のボッカチオより三百五十年前に、近代的写実小説の絢爛《けんらん》たる花を開かせ、ポウ、ドイルに先だつことそれぞれ八百五十年・九百年にして、理智のエスプリに浴した新しい物語、探偵小説を創始した才媛紫式部のために――かかる妖《あや》しきまでの香《こう》の道の天才の存在も、稀にではあるが、不可能ではない……珍らしいモデルがあの時代に実在したのだ！　と考えたいのである。

なお、原文のまま発表するはずであったが、現代語に翻訳して若い読者に便することにした。有名な作家のM氏ほどの人さえ、源氏の文章は冗長なる悪文だ、とさじを投げるくらいだから、古文になれぬ方には、その方が筋をとりやすいと思ったからである。いうまでもないが、原文にはだれ彼という主格の名詞、代名詞はほとんど省かれていて、敬語や謙譲語ですべてわかるようになっているのだが、たいして上﨟《じようろう》でもない更衣《こうい》や、そのまた母君ぐらいに、最上級に属する敬語を使うなぞは、現代の若い人には奇異な感じをいだかせるだろうし、さらに侍るや給ふ（下二）等の謙譲語にいたっては、デモクラティックな現代語に相当語《エクイヴアレント》を見いだしにくい。そこで、これらの敬譲語はほとんどはぶいて読みやすくした。そのかわり主格が不明になるので、私は思い切って適宜注釈のつもりで、主格を挿入することにした。これがかえって忠実な翻訳法であるという、私のかねてからの持説にしたがったまでであるが、原文のあの纏綿《てんめん》たる情緒を味わいたい篤志《とくし》の方には、この門外不出の珍書をお目にかけることに私は吝《やぶさ》かではないつもりである。

第一章　宇治の川霧

私があの長い長い光源氏の物語に続いて、宇治の八の宮の三人の姫君たちを中心とする、薫大将と匂の宮の物語を書きはじめてわずかに十帖、『夢の浮橋』に筆を絶ってから半年の月日がたったので、私のお仕え申し上げている宮の御前《おまえ》（中宮《ちゆうぐう》）や、女御《にようご》・更衣《こうい》の方々、さては公卿《くぎよう》・殿上人《てんじようびと》・女房たちなどから、早くあとを書け書けとせがまれるのは、まことに苦しいことであるが、考えてみれば、あんなつまらない筆のすさびを、それほどみんなで愛《いと》しんで下さるのかと、身にあまるありがたさを感じないではいられない次第で、私とて何も人々の気をひいてみるために筆を絶っているわけではない。それどころか、清少納言のように、殿がたばらを膝下に集めてどぎもを抜いて楽しむ、あのはでな芸当のできない私——そしてまた、和泉式部のように情熱の流れに身をまかせて漂いながら、しかもそのあいだに珠玉のような美しい歌を生み出す、優れた才能のない私は——あわれをたどたどしい筆にのせて、この現実の世をありのままに写し出す物語の世界においてのみ、わずかに生きがいを見いだしているのであるから、たとえ死後、狂言綺語《きようげんきご》の罪により地獄におとされることがあろうと、後世、誨淫《かいいん》の書を臆面もなく書きつづった卑しむべき女とののしられようと、そんなことはすこしも私にかかわるところではない。私は一管の細筆をふるって、古来のとりとめのないただ美しいばかりの、架空な『此の世の外《ほか》』の物語に、現実の生命の流動を吹きこみ、真実の人の心のなげきを如実に盛り得れば、それで私の望みは十二分にむくいられるわけで、そのほかにはなんの望みもあるわけではない。それなら、なぜせっかく書きはじめた宇治の物語を中絶させたのかということになるが、これは私にとって実にやむを得ない理由によるのである。

光源氏は、人々もうわさしているように、だいたい、内大臣藤原伊周《これちか》を准え人《モデル》として、それに私の理想を盛りあげた、たとえようもない理想的な人物であったが、『雲隠《くもがくれ》』まで書き終えたときに、私はそれが写実を目ざしながら、まだまだ古来の物語の伝統をぬけ切れず、知らず知らずのうちにこんなありそうもない人物を作りあげてしまったことを自覚して、慄《りつ》然《ぜん》としたのであった。光源氏は、どんな女でも恍惚《こうこつ》とさせる、花やかな明るい面と、優しい思いやりの深い、しみじみと人生を観ずる地味な面とを一人に具現させ、そしてかおかたちはもとより、わざとの学問からはかなきすさびにいたるまで、何ごとも万人に優れた神人のような性格にしたててしまったのだが、今の世に——否、いかなる世にも、こんなえらい人間がいるわけはない。伊周だって——これは、正直のところ、私の若いときからの理想の人であったが、光源氏ほどのことはないのは勿論のことだ。あんな理想的な人物に作りあげてしまったのは、物語としては魅力であり、それがために光源氏の物語があれほど人々に喜ばれた所以《ゆえん》でもあるのだが、あれは古来の物語の悪い伝統であり、私のまだ若かった情緒主義の精神のさせたわざであって、写実を目ざした私の仕事としては失敗であったといわざるを得ないのである。

私は、この生涯をかけた物語が、こんな一代の失敗であったことに思いいたったときは、ほんとにさながら地獄におちた苦しみを味わった。……しかし、私はこの気の遠くなるような絶望の底から、間もなくわずかに息をふきかえすことができた。ああ、この『失敗』を自覚し得たものは、今までにまだ私という一人の女性をのぞいては、この世に一人もいないのだ。よし、私はもう一度出なおしてやろう、と決心した。あのいみじき才知を誇った清少納言の、世を圧した才筆『枕の草子』さえ、その光を失わせたと世にはやされた私の光源氏の物語をしも失敗の捨て石として、あらためて出発される私の真の写実の物語が完成されたら、それこそ古来の物語はいうにおよばず、はばかり多い言いぐさながら、千年の後の世をもむなしゅうする、すばらしい物語ができるに違いない……私はすでにさだ過ぎた身ながら、このことに考えいたった時に、身うちにふつふつとたぎる熱い血潮《ちしお》のいぶきを感じた。まだ力はある！　私はちょうど七年まえに夫の宣孝《のぶたか》に死にわかれて、つれづれと二十五歳の女の血のうずきを持てあましていたが、急に霊感を感じて光源氏の物語に筆をとりはじめたときの、あの情熱をさながらに思い出した。否、今の私の情熱は、あのころよりおちついた、そして虚名にあこがれることから完全に脱却し得た、それだけ地についた強みのある情熱であった。

私はそこで筆を下ろすまえに光源氏のときの失敗をよくよく考えてみた。そして得た結論は、光源氏はせっかく伊周を准《なぞら》え人《びと》に取りながら、古来の物語の伝統と私の若さとから、しだいにモデルの伊周から離れてひたすら光源氏という理想的な人物の完成へと急いでしまったところに、失敗の原因があったということであった。私は次ぎの物語においてはこの失敗におちいらぬため、厳格にモデルの性格を見つめ、私の主観をおさえてそのモデルの動きをさながらに写し出して行こうと決心した。幸いに、光源氏の物語の終りに登場した薫君と匂の宮とは、その性格の強烈さにおいて確かに私の物語の主人公たるに足りそうであった。私はこのモデルをさらによく見つめ、その性格の発展をモデルの上に求めることにした。このことは成功をもたらし、明るい希望を私にあたえるかに見えた。

薫の君も匂の宮も、その性格は強烈であり、特異であったが、光源氏のように円満具足の人ではなかった。伊周だって、もとより円満具足の人ではなかったのだが……この新しいモデルたちは、光源氏の性格を二つに分けて、匂の宮はその明るい、花やかな、すきずきしい面を一身に具現し、薫君はその暗い、しんみりした、まめなる面を一身に具現しているといえた。なるほどこれを二つながら一身に具現し得たら理想的なのだろうが、そうは行かないところが生きた人間の現実なのであろう。

読者たちは私の苦心を知らぬから、この現実にあり得る、生きた人間の動きに満足せず、光源氏のようなりっぱな主人公を出してくれと、見当ちがいな注文をつけて私を苦笑させた。物の心のわかる人と、こちらで思ってる人々でも、宇治の物語は光源氏にはおよばない、と批評するのだった。私はしかし、そんなことは意に介せず、ひたすらこの新しい物語の発展を楽しんでいた。

ああ、私はこれほどの意気ごみをもって始め、これほどの喜びをもって書きつづけていたのに、なぜわずかに十帖をもって筆を投げ捨てなければならなかったのか。

それは——要するに、私の意図そのものに失敗の原因があった、と言わなければならないだろう。私は筆が現実から離脱しないために、こんどは厳格な態度で、忠実にモデルを描写することに努めた。そのためモデルの右大将《うだいしよう》や兵部卿《ひょうぶきょう》ノ宮《みや》から、どうも自分たちのことをあのように如実に写し出されては、恥ずかしくてしかたがない。その上、自分たちの行動が知らず知らずのうちに、何か牽制《けんせい》されるようなところがあって困る、と苦情をいって来られたくらいに……私は恐縮した風をよそおいながら、実はすこしもそんな事は気にかけず、ひたすら写実に精進した。そして私自身だけは私のこんどの物語に、だれよりもその成功を信じ希望をいだいていたのであったが……ところが、ああ、やはりいけなかった。しかもこんどは、現実の人物を忠実に写し出す、その事に私が失敗したのでなくて、その事自体が私に筆を投じさせる原因になったのだから、絶望的であった。というのは、——

だいたい、宇治の物語は薫大将、匂の宮、それから宇治の八の宮の三人の姫君たちをめぐって展開していったが、薫大将と匂の宮との根本的な性格の相違による葛藤《かっとう》が、その中心の主題となっているわけである。薫大将と匂の宮とは、薫は光源氏の子ということになっており、匂の宮は今上《きんじよう》の三の宮で、源氏の外孫ということになるが、実際には薫は源氏の実子ではなくて、その妻たる今上の御妹、朱雀院《すざくいん》の女三の宮と、柏木《かしわぎ》の君との間に結ばれた一夜の『物のまぎれ』によって孕《みごも》られた罪の子であるから、血のつながりからいえば、今上の三の宮なる匂の宮と、今上の御妹女三の宮の子なる薫大将とは従兄弟《いとこ》という関係になる。そして匂の宮の御妹君女二の宮が薫大将の北の方になってるところからいえば、二人は義理の兄弟の関係になる——こういう複雑な間がらだが、年齢もごく近いし、同じおとど（六条ノ院）に生《お》い出《い》でられて、親しい友情を持ち合った仲であった。

が、その性格は、匂の宮の奔放不羈《ほんぽうふき》、かろがろしくさえ思われる、やわらぎ過ぎた、すきずきしいあだ男であるに対して、薫大将はまことしきまめ人《びと》で、実際はこの君の方が宮より二三歳年少であるのだが、かえってふけて見えるおちつきぶりである。若いのに仏道に志あつく、恋の道にかけても行く末長き頼もしさは感じさせるが、匂の宮のように現在の瞬間に燃えあがる情熱は見られない。そんな性格から、宇治に隠棲しておられる世に数《かず》まえられ給わぬ親王《みこ》八の宮（光源氏や冷泉院《れいぜいいん》の御兄弟《おんはらから》である）の行ない澄ました『俗聖《ぞくひじり》』といわれる風格を慕って、仏の道をたずねるためにわざわざ宇治へ赴《おもむ》き、ここではからず薫大将はその八の宮の美しい姫君たちに出あうことになったわけである。

この不遇の親王《みこ》は、やがて遺児を薫に託して薨《こう》ぜられる。薫の君の思い人《びと》たる大君《おおいぎみ》（橋姫）はまじめな性格の人なので、三年間も恋心を秘めておられるような珍らしいまめ人の薫に、大いに心を動かされるのだが、自分が薫より年上であることなぞを考えて、頑《かたく》なに薫の志をしりぞけて妹の中君《なかぎみ》をすすめる。そして、わざと自分の身代りに妹を自分の寝間に置いて、薫と契《ちぎ》らせようと図ったりするのだが、薫は添伏《そいぶ》しをしただけで何ごともなく夜を明かしてしまう。そして、薫はその中君を匂の宮に取りもってやって、自分は相変らず大君にいちずな恋心をよせる。大君は妹が頼もしい薫の妻とならずして、色好みの匂の宮に従うことになったのを嘆いて死んで行く。

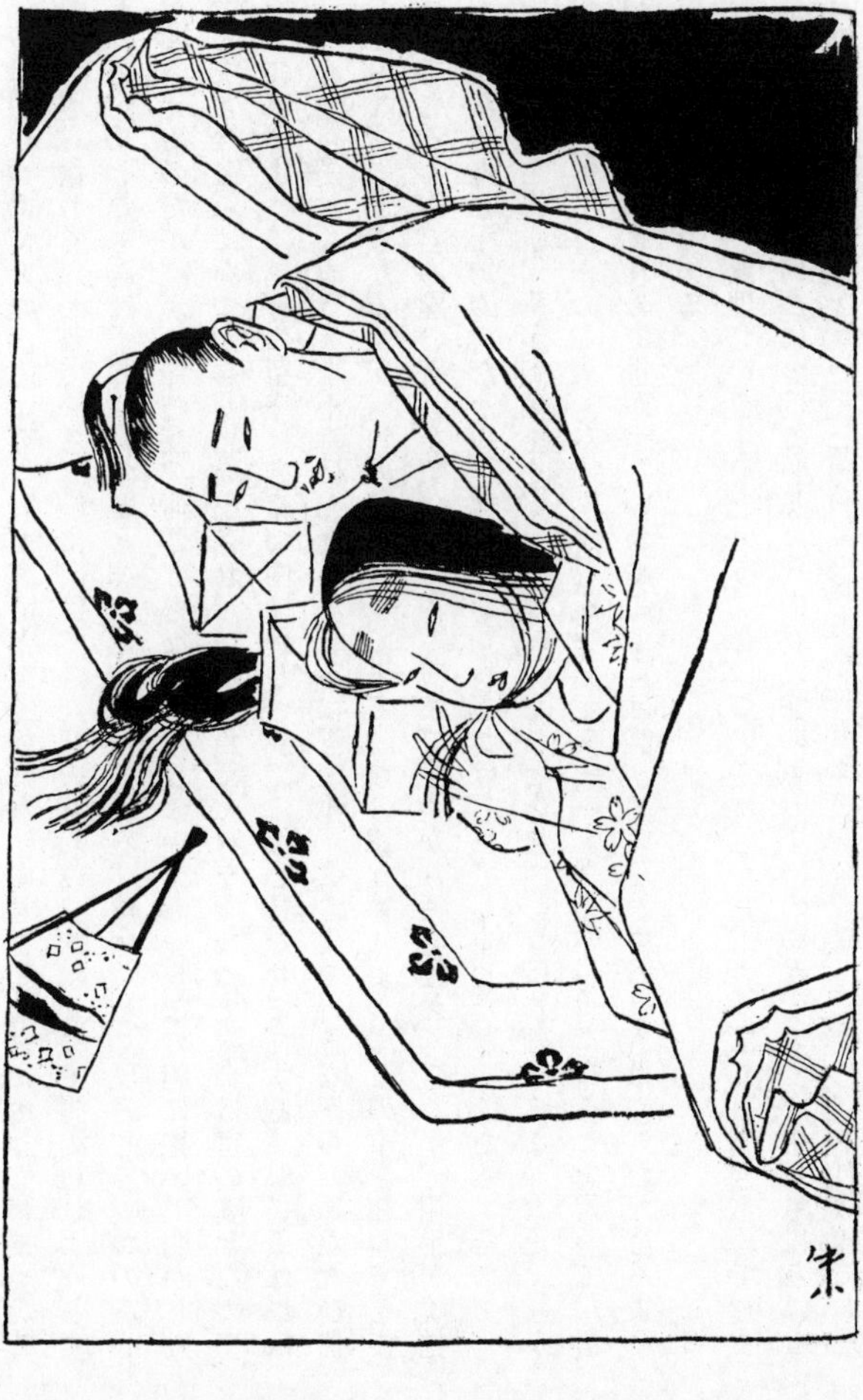

薫は思いつめていた大君に死なれてみると、その妹たる中君を匂の宮にやってしまったことが今さら惜しく思われて来る。姉に向けていた恋の悲しみを妹によって慰められようとするのだが、その中君はすでに人の妻となってしまっている。薫は悲しく反省して、つのる心をおさえるのだが、かつての夜、何ごともなかったとはいえ、一夜この腕に抱いて明かしたことなど今さらになつかしく思い出され、ついにたえられなくなって、今は宮の妻となってる人に慕いよって、宮の留守に御簾《みす》の中に押し入って添伏ししたりまでする。が、薫はやはり、心から愛《いと》しく思う人を不幸におとしいれるに忍びず、ここまで行きながら、ふたたび何ごともなく引きさがる。が、匂の宮は帰って来て、薫の移り香によってこの事を知ってしまう。もちろん中君も薫の香りを気にして、下着まですっかり換えておくのだが、相手が嗅覚の異常に発達した匂の宮だから、文字どおり嗅ぎつけられてしまったわけである。そこで、中君はやむを得ず、薫が御簾をくぐってはいったことを告白しなければならなかった。しかしそれだけだったということを、一所懸命弁明するのであるが、「そんなことを言って、信じる人があると思うのですか」といって匂の宮は笑っている。中君はもはや、ただ泣くよりほかにはないのである。

その後も薫は、無理じいをするということはないが、しかし、さっぱりとあきらめてしまうこともできず、何かにつけてしじゅう中君に胸の思いをほのめかすので、中君もほとほと困っている。そこへ常陸《ひたち》ノ守《かみ》の妻になっている中将という女の腹にできた、中君の妹にあたる浮舟という女があらわれたので、中君は「この妹は姉さん（大君）にそっくりだから、形代《かたしろ》としてどうか、かわいがって下さい」と薫君に頼む。

この浮舟という女は八の宮の三の君になるわけだが、母がいやしい身分なので、八の宮は二人の姉たちとは、いっしょにさせなかった。で、中将は常陸ノ守にとついで東国に下ったのだが、常陸ノ守の財力に目をつけて浮舟に婚姻を申し込んだ左近ノ少将という二十二三の男があった。ところが、この男は浮舟が常陸ノ守の実の娘でなくて、中将の連れ子であることを知って、大いにあわて、その事をはっきりいって実の娘をもらいたい、と申し込みを改めて、まだ子供である末娘をめとった。——このへんは、私もいかに当世風とはいえ、これほど破廉恥な男が存在するということを、これによって初めて知ったわけで、モデルによる物語の強みをしみじみ味わった次第である。現実とは、このようなものであったのだ。……そしてなお、私はこの時、大きな現実の流れはこの常陸ノ守のような豪族が次第に地方に勢力を張って、今私たちがなすこともなく日を消している安逸《あんいつ》な公卿の世界というものの存続の根底を、じわじわと浮かしはじめている、恐ろしい事実を知った。私たちの安易な世界も、いつまでも続くものとは思っているわけに行かないのである。しかし、この事には何人《なんぴと》も気づいていない。恐ろしいことではないか……

それはさておき、私がこの物語の筆を中絶するにいたった原因というのは——それを述べるためには、浮舟を中心にしていよいよはっきり対立してきた、薫大将と匂の宮の葛藤を語らなければならない。

中将は、このあわれな娘が実は貴い八の宮の姫であることを知らずに、こんな卑しい気持の男たちにバカにされることを嘆き、姉の中君に泣きついてこの娘を中君のところに身を寄せさせることになった。そこで、中君が薫にこの娘のことを話したわけである。

ところが、この娘が中君のいる二条ノ院に来て間もなく、一日匂の宮が来てふとこの娘を見かけ、何人《なんびと》とも知らぬままにこの娘に近づいて、その色好みの手腕を発揮してしまう。この匂の宮は大変な情熱家で、光源氏のこういうすきずきしい方面だけを一身にひき受けたような人物だから、風に吹きまくられた御簾の間からちらとこの娘のなべてならぬ美しい容貌を見ては、もう好き心をおさえることができなかったのである。侍女たちはあわてておさえとめようとし、右近《うこん》という女のごときは力ずくでもひき離そうと考えたが、そこまでもできない。娘自身も、この人が姉の夫の匂の宮だと思うから、姉にすまないと思い、のがれようとするが、御簾を被《かつ》いで近づいて来てしまった、このなれなれしい男を、どう防ぎようもない。中君の方でもこのことを知って、妹がかわいそうだとやきもきするが、どうしようもない。かく周囲の女たちがはらはらしてる中で、匂の宮は浮舟を犯してしまうのである。

中君は、姉の大君の形代として、そしてまた、自分の身代りとして、薫君に世話しようと思っていた妹が、こんなふとしたはずみで匂の宮に犯されてしまったことを、妹にもすまなく思い、薫にも気の毒に思う。そして、自分の夫である宮のこうしたすきずきしさを悲しく思うのである。匂の宮自身は、こうして自分の心ないふるまいから身のまわりの女たちを悲劇におとしいれながら、自分では決してそれほど悪意を持っているわけではないのである。

浮舟の母君の中将は、このことを知って中君にすまぬというわけで、ここに置いておけなくなり、三条あたりに家をさがして娘をつれて行く。匂の宮は、中君が嫉妬して女を隠したと思って、これを責める。薫大将は、求めて得られなかった恋しい大君の俤《おもかげ》に酷似《こくじ》する浮舟を見て、ついにこれと契《ちぎ》り、宇治のもと八の宮のおられたあとをりっぱに建てなおした邸へつれて行く。そして自分の正妻として京の邸へ迎えるつもりで、そのおりを見ている。薫は匂の宮とちがって、暖かい優しい情熱は心の底にたたえているが、それを奔流のようにふき出させる男ではない。宇治へ行くこともかれがれである。行く末頼もしい男ではあるが、宮のような激しい情熱は見せない。匂の宮は、女の心には、火のように燃えあがる匂の宮の一夜の情熱が深く刻みつけられている。匂の宮は、薫がしばしば宇治へ行くことを知って、だれかいい女をかこっているのだろうぐらいに思っていたが、それがあの娘であったことを知ると、矢もたてもたまらず、さっそく宇治へ行って、垣の破れから邸に忍びこみ、浮舟をその腕に狂おしく抱きしめるのであった。こうして浮舟は、いよいよ宇治の川霧のようにゆくえも知らぬ恋の深みへおちいって行くことになった。これを知った薫は、邸の見張りを厳重にして、宮の忍びこむ隙のないようにしてしまう……

どうもこのへんから私の筆はしぶりはじめた。匂の宮も匂の宮なら、薫大将も薫大将である。ここまで行ってしまっては、調和の精神に破綻《はたん》をきたす。私たちの時代の理想である調和の精神に……。それでも、これが現実ならと、私はしぶる筆を駆っていったが、浮舟の君は二人の板ばさみの苦悩にたえ切れず、火と燃える熱情の匂の宮恋しさに、優しい頼もしい薫の君の心は知りながら、京の邸へ引きとられる日の近くなったのを見て、ついに宇治川に身を投げる決心をして家出をした。ああ、なんということか。私の物語では、今まで一人も人に殺されたり自殺したりするような厭《いと》わしい事件はなかったのに……

それでも、幸いに浮舟は流れに醜い死骸をさらすことなく、横川《よかわ》の僧都《そうず》の妹の尼君《あまぎみ》に救われ、その小野《おの》の家に隠れすむことになった。ところが、どこかひどく男心をひきつけるところがあるらしく、浮舟はここでも尼君のなくなった娘の婿で中将になっている二十七八の男に言いよられたりする。一方、薫の君は中宮のところへ祈禱にきた横川の僧都の話から浮舟の生きていたことを知って、あらためて僧都にあいに行く。しかるに、この時すでに浮舟は中将に迫られるのを苦痛に感じ、またわが身のつたない運命をはかなんで、髪を切って出家してしまっている。(ああ！)しかし、薫はなおこの女を思い捨てず、こんどこそは正妻として愛ししあわせにしてやろうと決心する。僧都は、僧の身ながら薫の気持に同情して、還《げん》俗《ぞく》をすすめる……

ここまで私は書き続けたのであったが、この『夢の浮橋』を終ってあとは続けられなくなった。このあとはどうにも私には書くにたえなくなったのである。というのは、この後薫のねんごろなすすめによって、とうとう浮舟は還俗し、ふたたび宇治の邸にかこわれることになった。それもいい。こんどこそりっぱに薫の妻として生きて行こうというなら、僧都の言のごとく、還俗もかえっていいかも知れぬが、その後うわさによると、またまた匂の宮が近づいて行くらしいのである。宮もいよいよ決心して浮舟のために、京に邸をこしらえつつある。薫もかねてからの計画どおり、早く京の邸へ迎えようと急いでいる。ふたたびくりかえす二人の愚かしい恋のせり合い！　心のよるべなき浮舟という女は、ふたたび薫と匂とをまき込んで、宇治の流れのように荒ら荒らしい愛欲の渦巻に二人を誘いこもうとするのであろうか……

私は不吉な予感を感じた。不祥な事件がこの三人の未来に待っているように思われた。ああ光源氏の『此の世の外《ほか》』なる物語を、あえてきびしい現実の世界へひきもどすために、モデルを忠実に追究して行こうとした私の意図は、まちがっていたのであろうか。それとも……それとも……私はこんなところで筆を投ずべきではなくて、あえて、勇敢にこのきびしい現実を見つめて、それを描破して行くべきなのであろうか。あるいはそうかも知れぬ。が、私は私の忍耐の限界に達した。この上の不調和はもはや私にはたえられぬ。ああ、無軌道なる私の物語の主人公たちよ、勝手に行動せよ！――私はこう叫んで、ついに長嘆息して筆を投じたのであった。

第二章　浮舟の変死

その私がなぜまたふたたび筆をとりあげて、こんな手記をしたためておく気になったのであろう。それは――

私の物語の愛読者たちも知っておられる、静かな宇治の朝霧を破ってこのわずか一ト月の間に起こった連続の三つの殺人事件――否、それは殺人といわれ、自殺といわれ、未だに真相はわからないのであるが――あの奇怪な事件に原因があるのだ。もちろん、こんな世間の耳目を聳動《しょうどう》させるような事件なぞは、必ずしも私の創作精神を刺激するとはかぎらないのだが、この場合にはその殺人事件の当事者――殺された、あるいは自殺した当人たちと、殺人者と目される人物とが、私に非常に近い関係のある人――それは血縁関係ではないのだが、それよりももっと精神的に親近感のある人たち――はっきりいえば、私が半年まえまで書きつづけて来た、あの宇治の物語の主人公たちであったからである。

しかし、こんな事件はおよそ私の書きたい物語とは縁のない、厭《いと》わしい事件で――考えてみれば、私はこんな事が起こるのではないかと予感して、あの物語の筆を絶ったのだともいえるのである。が、もちろん、私は何か起こるとは予感していたが、これほど血なまぐさい事件が起きようとは、思いもよらなかったところで、せいぜいあの主人公たち三人の間にふたたび呪われた愛欲の葛藤がくりかえされて、やがて、せんだって企てられて失敗した悲劇的結末の実現にでも追いこまれて行くのであろう——ぐらいのところだった。私はそのくらいの予想でも、執筆をつづけるにたえられず、せっかくの畢生《ひっせい》の物語をあんな結末のつかない形でほうり出してしまったくらいであるから、このような凶暴な血なまぐさい事件に出あって、私はふたたび筆をとりあげてあの物語に結末をつけようと志した次第では決してない。否、私はあの物語はいよいよ永久に放棄するほかはないと、決心を堅くしたに過ぎなかった。

が、私の心の中で不思議な考えが頭をもたげはじめていたのである。……実をいうと、私は今非常な迷路に立っているのである。それは、この血なまぐさい事件——これを描写する新しい芸術はあり得ないものだろうか、という問題である。それはもしあり得るとしても、女の私が企てなくてもいいのであろうとも思われる。女の私にはふさわしくないものであるかも知れぬ。しかし、……しかし、……私は不思議な誘惑を感ずるのである。そもそも光源氏や宇治の物語で、古来の優しい美しい——私にいわせれば、たわいのない——架空の物語にあきたらず、新しい写実の道に志した私が、現実のきびしさに直面して筆を投ずるということは、どういうことになるのであろう。事件が血なまぐさく不吉であればとて、それが現実である以上、それから顔をそむけることは、私のとった私自身の主義に反することではあるまいか……そうだ。ああ、私の心の中には、やはり時代の理想である調和を愛する気持が、根強く巣食って残っていたのだ。私は思い切って、そういう残滓《ざんさい》を洗滌《せんじょう》しなければならない。

さもなければ、千年を先んじたと自負した私は、千年の後世から、やっぱり古い古いこの平安の時代の子に過ぎなかったと、憫笑《びんしょう》されるにとどまるであろう。

千年ののちの世の人は、恐らく勇敢に平気でかかるきびしい現実に直面し、好んで殺人事件を取りあげ、その謎の解決に思考の限りをつくす、新しい文学に精進するのではあるまいか。そのころには、今私たちが取りあげて喜んでいる情趣の文学などは、すきずきしい痴《し》れ者の閑文学としてとうに捨て去られているかも知れぬ。

私は今私が空想する、この真に千年を先んじた文学の幻想に、目くらめく思いで茫然としている形である。私にそれを描きつくす勇気と力量があり得るか否かを、私は知らない。しばらくありのままをかりに手記にしたためつつ、このあさましく、おどろおどろしい――そして、それゆえにすばらしい――現実の展開を、私はひるまずに見つめ、追求して行こうと決心した。

これをしたためている今、事件はまだ解決を見ていない。これがどういう風に解決されるのであるか。何人によって解明されるのであるのか。あるいは、永久に解けぬ謎として残されるものであるのか――全然私にはわからない。だから私は、今のところこの血なまぐさい連続の殺人事件をその発展を追いつつ、できるだけ詳しく写し描き出して行くのにとどまる。そして、後にもし物語になり得る確信が得られたら、そしてそれを描破し得る自信が得られたら、私はそれで宇治の物語を完成することにしたい。まだそれができるかできないかわからないのだが、もしひょっとして私の予期するごとくに完成し得たとしたら、——光源氏の物語は千年の後に捨てられるかも知れないが、宇治の物語は千年の後に燦然《さんぜん》と光輝を放つものになるに違いない……こんな大げさな期待に、私は胸をふくらましさえしているのである。

さて、このわずか一ト月半の間に起こった、連続した三つの殺人事件については、もはや人々も周知の事実だから、あえてここに書くにもおよばないわけだが、私はそういう意味で、できるだけ詳しく順序を追って書きとめておこうと思う。

第一の事件は、あの宇治の物語の女主人公浮舟《うきふね》——まえに一度宇治川に投身しようとしたことのある、八の宮の三の君浮舟が、ふたたび宇治の流れに身を沈め——人に殺されたのか、あるいは自ら死をえらんだのかは、疑問をのこしたが——死体の発見された当時には、その額《ひたい》を割られた深いむごたらしい傷によって明らかに——そしてあるいは軽率に——他殺と信ぜられたあの漂着死体となって、宇治の邸のまえの宇治橋から川下五町の漁師の網代《あじろ》にかかって発見されたところから、この事件の幕はあがるのである。

浮舟——否、これは私の物語においての名前であるが、私はこの手記において、あえて私の物語のモデルたちを、私の物語の中で呼んだ名前で呼ぶことにしよう。薫大将も、匂の宮も。……その方が私には親しみやすいし、したがって書きやすいから。

それは今から一ト月半ほど前だから、まだ秋の初め——目にはさやかに見えねど、風の音

に秋の来たのが知られるという、秋の初めのことだった。宇治の川面《かわも》に立ちこめる朝霧の中に、獲物を調べに川におりた漁師によって発見された、この美しい妙齢の漂着死体は、その額に何か太い刃物でグヮッと割りつけられたような傷口が、ざくろのように開いていて、砕けた頭蓋骨の中から白い脳味噌がはみ出してる、という無惨な姿だった。

婦人の身もとはすぐにわかって、宇治の薫大将の邸へ知らせてきたので、侍従《じじゆう》とか弁《べん》とかいう侍女たちは、早朝から女主人の失踪に気がついて騒ぎまわっているところだったので、あわてて駆けつけた。折から殿の薫大将は京にいて、ここ十日ばかり前から留守だった。それでさっそく京へ急使が飛ぶという騒ぎになっ

た。
　知らせに来た漁師の若者も「人に殺された死体が着きました」といっていたくらいで、だれの目にもひとめ見て惨殺死体と見るのがまず当然だったろう。しかし、邸の人々は、前にも一度身を投げて死んだと長いあいだ思われていたことがあるくらいなので、知らせを受けると、すぐそこへ気持が行ったのだったが、傷を見てからやはり他殺だとうろたえ出し、邸の侍どもは邸のまえの宇治橋へ飛んで行って、いろいろ調べたりしたが、なんの犯跡も見つからなかった。まだ橋のまわりにも朝霧が立ち

こめていた。侍どもは橋板を一枚一枚調べていったが、橋の中ほどにある『三《さん》の間《ま》』（註、この宇治橋の特徴である、川上の側にただ一つ、水の上に突き出た小さな張り出し。川上に向かい、右岸から数えて第二と第三の橋柱の間、すなわち三の間にあるので、この名で呼ばれる）の欄干《らんかん》に、飛びこむときに――あるいは殺されてほうり込まれるときに――引っかかって裂けたのであろう、女主人の裳《も》の切れはしが細く川風に吹かれて翻《ひるがえ》っていて、その下にあった浅鞐《あさぐつ》とともに、そこから水にはいったことを語っている以外、犯人についてはなんの発見もなかった。

はき物がきちんと揃っていたことは、覚悟の自殺をしめしていると見えたが、遺書が見つからぬ事、すこしも水を飲んでいない事――いや、そんな事より、何よりもむごたらしい額の傷は他殺を思わせるに、じゅうぶんだった。額に強力な一撃をあたえて絶命させ、それから水に投じた――こんな風に思われるのだった。

それにしても、こんな妙な傷をあたえる凶器はいったい、なんであろうか。刀創ではない。鉈《なた》とか鉞《おの》とか、そういう厚みのある刃物を考えてみても、とにかく刃のあとがつくはずだが、この傷にはそういうところが見えない。刃物の方向がないのである。では、槌《つち》のような鈍器で衝撃をあたえたのかと考えると、中心の深くえぐられた傷は説明がつかなかった。まあ、短刀か何かで深く打ちこんで、それで丸くえぐれば、こんな傷ができないこともないだろうが、そんなことをする者があるだろうか。第一、短刀で傷つけるとしたら、額を狙《ねら》うのは珍らしいやり方といわなければなるまい。

昼すぎてから薫大将が駆けつけたが、日ごろおちついた優しいこの主人が、今日はひどく取り乱して、顔をまっさおにし、手をぶるぶるふるわせて人心地もない様子なので、侍従をはじめ、こんなにも主人は女主人を愛していたのかと、あらためて胸のつまるような思いをさせられた。しかし、この主人の取り乱した様子が、後に殺人の疑いが思いがけず彼自身に向けられたときに、有力な嫌疑の材料になろうとは、だれもこのときは思いもかけぬことだった。けれど、そうなってから思い合わせると、そういう飛んでもない疑いも必ずしも一笑に付し得ないほど、このときの薫は平常と変っていたのである。もっとも、それもあれほど愛していた妻を失った悲しみと考えれば、無理もないこととも考えられるのであったが……

しかし、この取り乱した主人の注意によって、人々は初めてこの女主人の変死説をしりぞけ、隠蔽《いんぺい》して、投身自殺として自分らも信じ、邸外の者にも信じこませようという考えに達したのだから、実際は自分たちも、ずいぶん取り乱していたには違いないのである。が、この事も——後になって、薫に殺人の疑いを深めるいっそう有力な材料となったことはもちろんである。

いったい、どうしてあんなに優しい夫であった薫君《かおるぎみ》が、その最愛の妻に対してひそかにではあるが殺人の疑いを受けなければならなかったのであろうか。それは一見不思議なようでもあったが、すこし事情を知った者にとっては、それほど不思議でもなかったのである。この若い北の方を中心として匂の宮と薫君とが三角関係の争いをしていたことは、まえの浮舟の投身自殺を意図した失踪事件以来、知る人には知られた事実であったからである。それに、人の話によると、どうも薫を殺人犯人とするうわさの出どころは、当の競争相手の匂《におう》兵部卿ノ宮だという――まことしやかなうわさが伝わっていたのである。それはあらゆるデマというものの本質どおり、真偽のほどもわからず、確かめようもないことであったが、薫犯人説のよりどころは、以前からこの三人の間の葛藤によるのであるが、端的には、この問題の夜、三条の自邸に薫大将が不在であったという事実によるのである。

しかし、それは後に薫の弁明によって、当夜彼は宮中で彼の唯一の情人たる小宰相《こざいしょう》の君という女房の局《つぼね》で夜を明かした、ということが明らかにされた。この小宰相の君というのは、ちょっと沈んだ美しさのある、きゃしゃなからだの婦人で、私などの好きな型の女だ。あの堅人《かたじん》の薫に愛されるくらいだから、柔らかな中にも底にコツンとした張りのある女で、ほかの女たちがだれも彼も、色好みの匂の宮に手を出されると、待っていたようになびいてしまうのを口惜しく思い、自分だけはと、この美人を見すごすはずのない宮が、しつこく言いよるのを気強くはねつけて、薫の君一人にその小猫のようなしなやかなからだをまかせているのだった。薫大将はかたわかと思われるくらい、女に手を出さぬ人であったが、実際かたわではないのだから、この女だけは特別に心にかけて、ときどきは女の局で夜を明かすこともあったのである。

そういうわけだから、小宰相の君の述べるところをどれだけ信用していいかは問題であるし、それを信じないとなれば、宵にこの女房の局にはいる薫の姿を見たという数名の女房たちの言葉は信用するとしても、それから以後、薫と女と二人だけの有した時間については、二人のほかには、だれも証言のし手はないわけである。そして、京と宇治の邸とは、宵に出れば真夜中には到着し得る距離である。

が、そういうことを言うなら、相手の匂の宮にしても当夜の所在については、同様のことがいえたのである。彼もまた自邸の二条院におらず、宮中で、これはあまたある情人の中の一人のところで泊まった、ということになってるのだが、それもかんじんの時間のことになると、二人の当事者以外には証言のしようのないことは、薫の場合と異なるところはない。

そして状況は、というと――私が『夢の浮橋』で筆を絶って以後、薫は浮舟を還俗させ宇治の邸に妻としてかこい、時々通っていたのであるが、あんな事がまたあってはと、いよいよ京の邸へ迎えることを急いでいた。一方、匂の宮は、いつの間にかこのことを聞き知って、浮舟が投身して自殺したと言いふらされていたのまで、薫の作為であったように思いなし、さて生きていたと知って、ますます恋しさのつのる情人に、なんとかして会いたいと使をやって文を通わせたが、警戒厳重で自ら忍びこむ隙はなさそうだった。そこで最後の手段として、京の邸にひき取る用意をととのえ、腕力にうったえて、奪い取ってでも連れ出そうと、思い切った計画を立て、その旨を女に知らせてやった。ところが、この事を薫に知られて、薫はいっそう警戒を厳にし、そういう計画を粉砕して目に物見せてやろうと、手ぐすね引いてる様子なので、匂の宮もうかつに手を出すことはできなかった。

こんな状況だったので、浮舟が宮に対する恋情から、自由になれぬわが身をはかなんで自殺したとも考えられるが、さらに一歩疑って考えると、浮舟が宮恋しさに宮としめし合わせて邸をぬけ出そうと企てているのを見て、これほど愛してるものをと、薫がおこって最後の手段にうったえたのではないか——と、そんな風に考えるのも、まあ、匂の宮の方の身になって見れば、無理もないところかも知れなかったのである。しかしまた同様に、薫の方の身になって考えれば、匂の宮はろくろく返事も出せなくなった女に対して、心変りしたと誤解して、血気に走りやすい宮のことだから、いちずに女を恨み怒って、こんな態度に出た——と、考えられぬこともないわけである。

しかし、どちらも名誉ある貴い身分の人たちだから、たとえ相手を中傷するうわさを広めるようなことはしたとしても、確証もないのに表だってどうという動きをするわけはなく、もちろん、検非違使庁《けびいしちょう》でも右大将や当代の三の宮に対して動くことになると容易ならぬことになるので、訴えのないのを幸いに、あえて無責任なうわさを取りあげる愚はしなかった。が、こんな風に問題が表だたないために、よけい両者のあいだの暗闘は内訌《ないこう》して熾烈《しれつ》なものになって行く感じがあった。

私はこんな成り行きに、どうなることかと不安をおぼえ、嘆息をもらすばかりだったが、そこへ一日、当の薫大将の訪問をうけ、私はいや応なしにこの事件に対して特別な関心をいだかざるを得ないことになったのである。

それは事件があってから五六日後のことだったが、急にめっきり秋めいた風の吹きはじめた昼さがりだった。このごろは私は横着になって里勝ちなのだが、ちょうどその里におりていた私のところへ、お忍びではあるが数名のきらきらしい御随身《ごずいじん》どもに護られて、権大納言右近衛ノ大将が現われたのだから、貧しい学者の家の家族どもはすっかり動顚《どうてん》して大あわてにあわててしまった。私の物語では薫の君と呼ばれるこの若い貴公子は、お通しした部屋のへだての几帳《きちょう》をなんのこだわりもなく押しのけられて、

「式部さま、こんな他人行儀な扱いをされようと思って、わざわざおたずねしたのではありませんよ」

といって、にこにこ笑って私のすぐ膝近くにすわられたので、私は年にも似ずドギマギして、なすところを知らなかった。

鈍色《にびいろ》の御喪服もかえってなまめいて見える、この美しい盛りの貴公子に対して、思えば、私のようなさだ過ぎたおばあさんが——まさか、それほどの年でもないが——今さら恥ずかしがって見せるのも、かえって身のほども知らぬ恥ずかしい次第だと考えて、私はわれにもあらずほてって来る自分の頰をもてあましながら、この恍惚とするような美しい貴公子とさし向かいでお話をうかがうことにした。私が宮中では、この方にも御簾《みす》越しや几帳をへだててではあるが、ずいぶんあけすけにお話などしたこともあり、また私の物語を書くにつけて、

こちらから三条のお邸へお話を聞きにうかがったこともあるくらいで、うちとけた間がらであったのだが、こうして里住みのところへおたずね下されようとは思いもかけぬことであったし、たった二人きりでこんなに咫尺《しせき》にお目もじするのは初めてのことだったので、あちらでは女とも思っておられない御様子なのだが、こちらは、なんといっても恥ずかしく、ボーッとしてしまった。

やがて私は、自分がこんな恍惚としてしまっている原因が、この君のいつも変らぬいい香りを放っておられることにあったのに気がついた。こんなことにも気がつかなかったほど、私はボーッとしていたわけである。ああ、いつもながら、えもいえぬこのいい香り……どんな名香を合わせても、つくり出せぬこの香りを、なんの香料も用いずに、なま身から放っておられる、不思議な貴公子薫大将！　あの女たちを片っぱしから、とろかしてしまわれる、中宮の御愛子、当代の三の宮兵部卿ノ宮も、匂の宮とあだ名されるほどの香の道の天才で、美しい匂いを馥郁《ふくいく》とさせて人を恍惚とさせるお方であるが、それはどこまでも人工の香りだ。この人のは、それがなんの技巧もなくなま身から発散されるというのだから、ただただ驚嘆のほかはない。匂の宮もこの点を心からうらやましがっておられるという、不思議な現象！……そのゆかしい、なんとも言いようのない、この世ならぬ気さえする、美しい香りに私はもの言うことも忘れてただその香りに酔い痴《し》れ、匂の宮の女たらしらしい、やわらぎ過ぎた、なよびかな色男ぶりとは趣のちがった――なまめかしく（註、清純な美）あてに、きよげな御様子のめでたさに、私は若い女のように胸ときめかして、そのくせ何か気の遠くなるような恍惚とした気持で、この美しい、香ぐわしい貴公子をうっとりと眺め入るのだった……

第三章　薫大将の苦悩

さても、薫大将はなんのためにわざわざ私をたずねて来られたのであろう。それは私にもおよそ見当のつかぬことはなかった。あの浮舟の変死に対する、あらぬ世間のうわさは、どんなに当事者たる薫の君を苦しめたことであろう。殊に、匂の宮から出ているといわれる露骨な中傷については、どんなに心をいためておられることだろうと、私にも同情された。

やがて本題にはいられた薫君のお話は、やはり私の予測に違いはなかった。しかし、薫君は世評をそれほど気にしておられるわけではなかった。すくなくとも、私には気にしておられないように見えた。もっとも、疑って考えれば、気にしていないように見せかけておられたのだ、といえないこともないが……。薫君によれば、あれはもう明らかな投身自殺で、疑う余地は少しもない、ということだった。

「それでは、額の傷と、水を飲んでいなかったことは、どういうわけなのですか」

と、私が質問を試みると、大将は、

「なあに、あれはちょうど橋の下に、水に隠れた岩があるのですよ。そのかどにぶつかったのです」

と、事もなげなお答だった。

疑ってかかれば、あまりに事もなげに答えられたこのお答は、それだけにいっそう、あやしいといえばあやしいのかも知れなかった。しかし、私はその場では、この君と相対していると、どうしてもそういう疑いの気持になることはできないのだった。それはなんのためか……どうも変な話だが、あとから考えてみると、薫大将のあの、なんともいえぬ美しい香りの魔力に、すっかり魅惑されてしまっていたのだ――という気がして、私は自ら気がさしてしかたがないのだ。

が、そのときはそんな反省もなく、ただもうこの貴公子の、なんの罪のとがめもない、清らかな心の人のもつ明るい表情に、私はすっかり安心して、〝そうか。そうに違いない。つまらない心配をしていたが、まずまず何ごともなくてよかった……〟と、胸をなで下ろす気持だった。

しかし、さすがの私も、そのとき、〝でも、そんならなぜこの人は今日わざわざ私をたずねて来られたのだろう。ひょっとすると、罪を犯していて、それを罪のないように私に思わせるために、わざわざこんなことを言いに来られたのではないのだろうか……〟と、ちらと不安が心をかすめた。

すると、私の気持が何かの作用で相手につたわったのかと思うほど、薫大将は今までの明るい表情を急にくもらせて、

「実は今日おうかがいしたのは、私の心の罪の苛責《かしやく》について、あなたに聞いてもらい、慰めてもらいたいのです」

と、突然まるで調子のちがったことを言いだして、私をびっくりさせた。そこで私は、しいて微笑をうかべて、『そんなに浮舟の死が明らかな自殺であると確信しているのなら、なんでそんな罪の苛責なぞと言うのか。少し矛盾してるようではないか』ということを、やや皮肉に意地悪くきいてみた。

すると、大将は沈鬱な呪わしい声で、

「実は、私は自分があれを殺したのではないか、と思ってるのです」

と、大変なことを言いだして、いよいよ私を驚かした。

「いや、こんなことを言うとお驚きになるでしょうが、私はあれを心から愛していたのですが、その愛する心の中には、あれが憎くてたまらない。いっそ殺してしまいたい、と思う心が裏返しにひそんでいた――いや、そんな程度でなく、あれを愛する心がそのまま全部殺意になっていた、と言ってもいいくらいだったのです。で、私はあれにこんな風に突然死なれてみると、私のこの心の中の殺意があれを殺してしまったのではないか――と、心を責められるのです」

大将はいよいよ奇怪なことを言いはじめられた。

「こんな変なことを言いだして、まことにお恥ずかしいことですが、だれにも安心してうったえることのできない苦しさに、あなただけを信用して心の中をうちあけ、気持を軽くしたいためにお話するのですから、どうかそのつもりで聞いて下さい」

と言って、ちょっと黙って考えておられたが、

「実は、私とあれとの宿命的な愛情関係は、宇治の物語をお書き下さったあなたには私以上におわかりになっているかも知れませんが、ひととおりの男女の関係ではないのです。宇治の八の宮の大君《おおいぎみ》に対する私の愛情——そのせつない愛情がむくいられぬままに大君はなくなられ、その後私の気持はその代わりの対象をもとめて、妹の中君《なかぎみ》にむけられたのですが、私のようやく火のように燃えあがった愛情の対象は、すでに私自身のなかだちで匂の宮の北の方になっていたのでした。そこへ、大君の俤《おもかげ》をさながらにうつした、腹ちがいの妹浮舟が、私の前にあらわれたのです。

もっとも、あれは容貌は大君に似ておりましたが、心のありようはだいぶ違っておりました。むしろ中君の方がやはり大君の気持には近い人でした。が、今や、大君の代わりに私が愛し得る対象としては、この浮舟のほかにはないのでした。

私は大君に対していだいた深い深い愛情を、この私には少しうきうきとかろがろしくさえ見える、ひどく魅力のある末の妹に、むけ変えたのです。が、私の愛情は、静かな、燃えつ

きることのない、末長いまことの愛情なのですが、あの若々しい、私には激しすぎると思われるくらい情熱家のあれには、それが不満だったのでしょう。匂の宮の、色好みな、激しい、奔流のような熱情に、あれの心は漂わされてしまったのです。それに、後に知ったことですが、あれは私の妻となるまえに、すでに一度二条ノ院の中君のところで匂の宮の情をうけておったのでしたから、あれの気持にも、あながちに責められぬ、無理もないところもあったのでしょう。

だから、あれが私の愛情にそむいて、まえに家出をしたときも——それは投身自殺をするために家を出たので、そして長いあいだ死んだと思われていたのですが——私は、あれを哀れと思うばかりで、憎む気にはなれませんでした。むしろ、私の愛が足りなくて、あれにもの足りぬ気持をいだかせ、あんなことになったのを、かわいそうなことをした、すまぬことをした、と自らを責めたくらいでした。

ですから、あれが生きていたことを知ったときには、こんどこそ私の愛情であれをほんとうに幸福にしてやらなければと思って、私は気づよく無理じいに還俗までさせて、ふたたび妻としたのです。そして、二度とそんなさびしい気持を起こさせるような目には合わせまいと決心したのですが、まだ京の邸へ迎える準備ができぬまま、あんなものさびしい所へおき、私のくせで、毎日でも行ってやりたい気持はもっていながら、早くいっさいの都合をつけて、一日も早く京の邸へよんでやった方がいいと、末遠いことばかり考えて、さしあたってはついかれがれになっていくのでした。

そこへまた、あの匂の宮が出てきたのです。人の妻をまどわして投身を思いたたせ、出家までするような目に追いこんでおきながら、しょう懲《こ》りもなく、ふたたび文通をかわしていると知った時——否、あれの心がまたしても、今は逢瀬《おうせ》をせかれた匂の宮恋しさにいちずに燃えあがっているのを知ったとき、私は私がこれほどに思っているのにとカッとして、初めてあれを憎いと思いはじめました。

しかし、憎ければさっぱりと放してやればいいのですが、私にはそれができないのです。私があれを見捨てれば、移り気な匂の宮の一時のもてあそびものになって、やがて悲しい破局を見ることは、火を見るよりも明らかなことです……いえいえ、そんなことよりも、あれはやはり私には恋しい大君の形見《かたみ》だったのです。形代《かたしろ》だったのです。あれの浮わついた心はいとわしいが、あれの持ってる容貌の大君への酷似ということが——そして、ほっそりしたからだつきまで大君に酷似していることが、私のせつないばかりのなき人への愛情をわきたたせて、どんな罪でもゆるして私はあれを私の手もとにおいておきたかったのでした。私はあれを憎みながら、あれを死ぬほど愛しておったのです。

——ああ、しかし、あれにはあれの魂のあくがれ所があったのでしょう。ああやって、ふたたび投身して、とうとう命をちぢめてしまったほど、匂の宮を思っていたのだと思えば、私はもっとあれの気持を考えてやらなければならなかったのでしょう。色好みの匂の宮に早晩は捨てられるとしても、女の身の一時の情熱に身を燃えあがらせたかったのなら、思いのままに燃えあがらせてやった方が、あれのためだったのではなかったか——と、私は心を責めたてられるのです。なるほど、私のあれを愛した気持は大君の形代としてなのですから、あれが満足し切れなかったのも無理はありません。あれは形代としてでなく、正身《そうじみ》に愛されたかったのでしょう……思えば、悪いのは、あれでもない。匂の宮でもない。この私だったのです。匂の宮やあれを恨んでいた私の方が、実はだれよりも一番悪かったのです。

それなのに、あれの生きてるあいだは、私はそこまでは考えず、あれを恨み、憎みました。殺してやりたい——とまで、内心では思っていたのでした……

式部さま……あれを殺したのは私だったのではないか、と言ったのはこういうわけなのですよ。私が手をおろして殺した、というのじゃありません。ああしかし、これは私の手であれの額を割り、死体を川の中に投げこんだというより、この方がもっと責めらるべき殺人ではないでしょうか。私は見当ちがいの世人の非難は苦しくもないのですが、この私自身の心の苛責はたえられないのです。

私はどうしたらいいのでしょう……

そうして、この苦しみをうったえる人もないのです。たださえ人々は私を殺人嫌疑の白い目で見ようとしているのです。うっかりこんな苦しみを述べたら、たちまち殺人者の良心の苛責だと、疑いを深められることは必定《ひつじょう》です。それでもいい……誤解されたってかまわない、同じことではないか、とも思うのですが……ああ、それでも、あなたにこんな愚痴を聞いてもらったら、いくらか心が晴れるような気がしてきました。どうか、この哀れなめめしい痴《し》れ者を笑ってやって下さい」

　私はホーッとため息をついて、さて話を終って私の言葉をまっておられる薫君の顔を見ると、なんとかいって慰めてあげなければ、とにわかにあわてだしたが、私は今の薫君のお言葉ですっかり気持が重くなってしまって、なんの慰めの言葉も出ては来ないのだった。しかし、大将のお気持はそのまますなおに私の心に飛び入り、私は心の底からお気持に同情が持てるのだった。で、せめてそのことを口に出したいと思うのだが、私ともあろうものが、若い生娘《きむすめ》のように口もきけないというのはどうしたわざであろう。これもこの君のえならぬ香りのせいだったのだ、とあとでは理屈をつけてもみるのだが……

　しかし、そのうろたえてる私の心の底まで見すかすように大将は、

「ああ、やはりあなたは私の気持がわかってくれましたね。ありがとう」

　と言って、うれしそうに目を輝かして、

「私もあなただけはわかって下さると思っていました。ああ、やっぱりおうかがいしてよかった。話を聞いてもらったとて、もとよりどうなるものでもない。あなたも慰めの言葉が見つからないようですが、それがほんとうなのです。どう慰められたとて、私の気持はどうにもならないのです……ですが、それでも、私の気持をわかってくれる人が一人でもあるかと

思うと、それだけでもどんなにうれしいか知れないのです」

と、さびしげな中にも、にっこり頰に微笑を浮かべてお見せになるのだった。

私は、この人と浮舟と匂の宮との三角関係を、あらためて思い浮かべてみた。そして、なんといっても、けっきょく一番貧乏くじを引いているのは薫大将である、と同情された。しかし、それはその御性格から、どうにもならない当然の結果である、とも思われるのだった。考えてみれば、こんな頼もしい、誠意のあるまめ人をおいて、あんな色好みの匂の宮なぞに心を漂わした浮舟は、なんという軽薄な女だったろう。浮舟が大君のような女だったら――中君のような女だったら――と、私は思うのだった。そして匂の宮はこの薫君のおかげで中君を妻にしておきながら、知らずにとはいえ、薫の妻になろうとしていた女に手をつけ、それが自分の妻の妹であったことを知り、薫の妻になったことを知っても、その恋をあきらめ切れず、ついに女に投身自殺まで思いたたせるような結果をひき起こしたのに、それにも懲りず、またまた薫が寺からつれもどった浮舟に手を出そうとして、とうとう女の無惨な死を招いてしまった。薫のような考え方をすれば、浮舟を殺したのは薫ではなくて、むしろ匂の宮だというべきではなかろうか。しかるに、匂の宮は、たとえ死に様に疑いがあるとしても、親友の薫大将を傷つけるようなうわさをまき散らしているとは何ごとであろう……私は何か義憤のようなものが胸の中にわきあがって来るのを感じた。

それにしても、この薫という人は、どこまで人のいい、ひかえ目な考え方ばかりすることであろう。これがこの人の性格なのだろうが、そして決して欠点とはいえないはずのものなのだが、……やはり、男としては何かもの足りない、たよりない感じがする。尻っぺたをひっぱたいてやりたいような、もどかしさを感じる。さんざん匂の宮と浮舟にバカにされていながら、何もしでかせず——いっそう、うわさのように浮舟の額を割って殺し、川の中へほうり込んだという方が、むしろうなずきやすい……それくらいの事はやってもらいたい——といっては乱暴な話だが——男だったら、そのくらいの情熱を持つのがほんとうなのではあるまいか。これでは浮舟がもの足りなく思うのも無理はない。匂の宮は、この人が女を殺したと思ってるらしいが、匂の宮と薫大将と立場を変えてみたら、匂の宮は必ず殺しているのに違いない。それなればこそ、匂の宮はそんな忖度《そんたく》をするのだ。またそんな考え方をする方が、女の身としてはうれしいことではないのだろうか。この人のように、若いくせにいやに弱気で、めめしく自分ばかり責めているのは……もちろんそれは悪いことではないのだが……と、私はこの人に対する同情のあまり、だんだんじれったさを感じて、この人への同情がかえってこの人に反対の側へ気持が傾いていく不思議さに目をみはった。

しばらくうつむいてもの思いにふけっておられた薫の君は、やがて、『どうも飛んだおじゃまをした』といって帰るけはいを示されたが、それでもなかなか立ちかねて、何か言い出そうとして思いまどっておられるふぜいだった。

やがて、薫君は思い切ったように、

「これは前から、いつか一度あなたにおたずねしたいと思っていたのですが……」

といって、言いにくそうに言いだされたのは、さらに驚くべき意外なことだった。それは、彼の真の父柏木《かしわぎ》の中将の死因についての疑問だった。

——薫君は宿命的な悲劇的な運命をせおって生まれ出た人で、光源氏の子といいながら、実は柏木ノ右衛門ノ督《かみ》が、子供のときから心に思いつめていた、源氏の妻の女三の君に対して、女君の知らぬ間に近づいた『物のまぎれ』といわれる呪わしい一夜の契りによって生を得た、不義の子である。

おぼつかな誰に問はましいかにして
はじめもはても知らぬ我が身ぞ

このことをほの聞いた薫の君は、幼な心にもいぶかしく嘆かわしく思ってこんな歌を詠んだりしていたが、宇治へ行くようになってから、八の宮に仕えていた老女の弁という者から、見ぬ父柏木のことを詳しく聞くことができた。そして、その秘密を聞くとともに、さらに深刻な疑いが薫君の心に暗くおおいかぶさってしまった。

それは、柏木は、『物のまぎれ』のただ一度のあやまちに対して、良心の苛責から病の床についていたが、朱雀院《すざくいん》の御賀の試楽《しがく》のおりに源氏によばれて、無理をして出て行ったが、源氏から例のことをほのめかされ、すっかりおびえ切ってしまって杯もあげられないでいるのを、源氏にしいて酒を飲まされ、帰宅後どっと病がおもって死の床についた、というのであったが……薫はおおらかな気持で自分を愛してくれた源氏に対して深い感謝を感ずるとともに、やはりこの見も知らぬ真の父親というもののなつかしさと、そのいじらしいばかりの死恋の悲しさに心を打たれ、この話は、さもなくても暗い方向へ傾きがちであった彼の心を、ますます現世から離脱させ、あの世をあこがれさせる拍車となったのだった。

が、問題はそれだけではなかったのだ。ここに薫は、消しがたい深刻な疑惑に悩まされることになったのだ。というのは——柏木は試楽のおり、源氏に咫尺《しせき》したその夜から、死の床にふすことになったというのだが、ひょっとしたらそこに何かあったのではなかろうか。はっきりいえば、源氏はあんな風におおようにかまえていたが、柏木の不義に対しては激しい憤りを感じていたことは明らかなのだから、ひょっとしたら柏木の命をちぢめるような作為を講じた、という風なことは考えられないだろうか……たとえば、源氏のさした杯に、もしや毒でも……と、こういう疑惑だった。

薫は亡き源氏を心から愛していたし、そういう不義の子を少しもそれと悟らせぬよう

に愛してくれた父をありがたく思わずにはいられなかった。むしろ柏木は、自分は見たこともない遠い人であるのだから、こんなことを考えて源氏を疑うのは悪いことだと思い、またそんなことがあり得るはずはないと信じたが……そう思いながら、ともすると心の隙に忍びこむこの疑惑は、薫を救いがたい暗い気持におとしいれて行くのだった……

「きょうは図《はか》らずあなたをおたずねして、しみじみと心の中をうちあけてお話することのできたうれしさに、ついでに日ごろお聞きしたいと思っていたこの事をとうとうお耳に入れてしまったのですが、この事についてあなたはどうお考えでしょうか。真相を知っておられたら、どうか教えていただきたい」

と言われるのだ。

私はもちろん、この事件について表面の事実だけを、人から聞いた資料によって物語に書いたばかりで、あれ以上の真相なぞ知ってはいない。またあの事について、そんな陰の事実があり得たろうかと考えてみたこともなかった……どうしてそんなことにこの人は気がつくのであろう――私は一瞬いやな気持にされたことを告白する。この人はやはり、暗いめめしくねじけた陰険な性格の人なのであろうか。それでこんな飛んでもない犯罪に気がまわるのであろうか……

しかし、聞いているうちに、私はだんだんその感じも失《う》せてきた。この君の疑惑もなるほど、もっともだ。私がそこに気がつかなかったのは、うかつではなかったか。なるほど、考えれば考えるほど、あの時の源氏と柏木の間には何かあったのに違いない、という風に考えられてくる。私は人生のそういう面をえぐることを全然知らなかったが、こんなことでは私はどんな大きな見落としをしているかも知れぬ。私は今までも光源氏の物語にあきたりなさを感じていたが、この時いよいよその感じを深くした。これは、よほど厳格な観察をもって出なおさなければ、私の文学なぞは、今まで私が軽蔑していた在来の物語とたいして変りのない、現実から遊離した皮相な物語にすぎなくて、私の念願にそむいて千年の後には一顧《こ》もあたえられずに捨て去られてしまうであろう――と感じた。

私のこの屈託《くったく》を薫君はどうかん違いしたのか、私が気がついて見ると、ますます暗いかげりが彼の白皙《はくせき》な顔をおおって、一種凄惨な感じを漂わしていた。彼は私の返事をかたずをのんで待っていたのだ。しかし、私に何の答ができよう。私は今はじめてその疑いそのものを彼から教えられたくらい、うかつな女なのだ。恥ずかしいうかつな作者なのだ！

が、大将は私の満足しにくい答にも別に腹もたてず、自分の勝手な悩みごとで私の時間をつぶしたことをくれぐれもわびて、

「こんどお会いするときには、もっと明るいお話で、あなたを笑わしてあげますよ」

などと愛想をふりまいて帰って行かれた。

帰ってしまわれると、私は急にいろいろな事がはっきり分別され、ああも言ってあげればよかった、こうも言ってあげればよかったと、愚か者の知恵はあとから続々と出てくるのだったが……それは、この今でも部屋に漂っている、悩ましいくらい恍惚とさせる美しい香りを発する、あてになまめかしい貴公子に膝近く対坐して、私の気持がそんなにも生娘《きむすめ》のように若々しくふるえおののき、平常心を失っていたのだ、ということを私に教えて、私はますます恥ずかしく、ひとり顔をあからめるのであった。

しかし、このときの薫大将のお話が後にいたって――あの連続の三つの殺人事件の後になって、不思議に重大な意味をもって思い出されることになろうとは、もとより思いがけない

ところだった。実父柏木に対する薫の同情――源氏に対する、真の父を殺されたかも知れぬ疑い――それが意識を超えたところで、源氏に対する恨みとなって、その源氏の血を引いている御孫の匂の宮に対する感情において――恋の競争相手であり、深刻な愛欲の相剋《そうこく》の対象であるという反目に加えて、それに重大な付加的意味を添えるものであることは、言うまでもないことであるからだ。

が、このときは、むろん私はそこまでは考えおよばなかったが、薫大将の来られたことは、大将御自身は『おかげで心が軽くなった』といわれたが、私の方はそれだけ心が重くなったような気がした。空をおおっていた暗雲が、いっそう濃くなって垂れさがって来たような――やがて、その中から何か恐ろしいものがはっきり形を現わして出て来そうな、暗い、薄気味のわるい、重苦しい気持にさせられたのだった……

第四章　中君の変死

浮舟の変死事件が、たぶんに他殺の疑いをはらんだまま、何も犯人の手掛かりがないというために自殺として葬り去られようとしていたときに、第二の変死事件が起こった。それは第一の事件からちょうど一ト月たった日の出来事だった。

前の事件が薫大将の隠し妻浮舟の変死だったのに、こんどはその薫の競争相手《ライバル》匂の宮の妻中君の変死だったのだから、いたく人々を驚かした。もちろん第一の場合と同じく、事件はできるだけ秘密裡《ひみつり》に葬り去られようとしたのだが、そこは内裏《うち》の女房たちの口に戸は立てられぬ。秘密は秘密として伝えられて、だれ一人として知らぬ者のない『秘密』となってしまうのだ。

こんどの事件が人の注意をひいた点は、なんといっても前の事件と独立したものでなくて、深い関係のあるものだと推定されることだった。第一に、前の変死者が薫君の妻であって、こんどの変死者が匂の宮の妻である――ということ自身がすでに大いに口さがない連中の興味をそそるものだった。第二に、この二人の変死者がともに宇治の八の宮の中君・三の君であって、腹ちがいではあるが姉妹関係にあること。そして、この二人の女性が、ともに薫大将・匂の宮という当代の代表的青年貴公子の、恋の競争の対象であった――いわば二重の三角関係の、それぞれの三角形の一頂点をこの姉妹が占めていた、ということ。第三に、さらに驚くべきことには、二人の死にざまが全く同様であったこと。すなわち、ともに宇治橋の上から投身したものと思われるが、水をすこしものんでおらず、同じように額を何か大きな、尖端のある鈍器――というのも奇妙な言い方だが――で割られて、ざくろのように無惨な傷口を開いていること。したがって、二人とも自殺だと家族たちからは発表され、極力その死にざまは秘密にされているが、他殺の疑いが濃厚であること、等であった。

私はちょうど内裏《うち》にあがっていて、弘徽殿《こきでん》の細殿《ほそどの》の三の口で女房たちと雑談をかわしているときに、いち早くこの出来事を耳にしたわけだったが、私たちにこの報道を伝えたのが、おしゃべり者の中務《なかつかさ》の君だったから、初めには〝何を中務の君が……。また私をかつぐのではないか……〟と、眉唾《まゆつば》でだまされぬ用心をしながら、半信半疑で聞いていたのであるが、聞いてるうちに〝これはいつものうそではない。うそどころか、えらい事が起きたのだ……〟と私は直感的に感じたのであった。

中務の君の姉にあたる人が、薫大将の宇治の邸に仕えてる侍の妻になっていて、その人が来て、たった今知らせてくれた話だが——と言って、中務の君は興奮にほてった顔を切燈台《きりとうだい》の灯に輝かせながらしゃべりたてた。それによると、『事件は昨夜《ゆうべ》からけさにかけての夜中に起こったことで、けさがた、先日浮舟の死体を引きあげた漁師が、またしても同じ網代《あじろ》にかかってる二条ノ院の北の方（中君）の死体を発見した』ということで、この事件はそんな些《さ》細《さい》な点まで前の事件と一致しているのだった。

匂の宮の妻なる中君が、薫大将の宇治の邸に行って死ぬというのは、ちょっと異様な話だが、もともと薫君の邸というのは故八の宮の邸のあとを改築したものであり、中君はここに生い立った人であるのだから、なんの不思議もない。そして、さきに死んだ妹の浮舟のあとを追って、同じ宇治橋の上から身を投じたとすれば、これはよく筋の通る話だろう——と、中務の君は、自分の話の信憑性《しんぴょうせい》を弁護するように、したり顔に語るのだった。

しかし、匂の宮の妻となってる中君が、なんでそんな死をえらばなければならなかったか、ということについては、大いに問題にせられていいはずだった。さらに、その死にざまが他殺の匂いが濃いものであるとすれば、犯人は何人《なんぴと》であるか――その事を第一に考えてみなければならぬ……こう私が考えた時に、その場にいた馴公《なれき》という女房が、すこぶる興味ある話を語りだした。

「それは一昨夜のことでしたが」――馴公は、匂の宮の二条ノ院に仕えている伯母にあたる乳母《めのと》をたずねて行って、話しこんで泊まりこんでしまったその晩に、馴公は年のごく若い、人一倍もの好きな女なので（もっとも、これは彼女自身の話の中にはなかったところだが）、この夜、宮が来ていることを聞いて、よそながらでも宮のあの悩ましい匂いを嗅いできたいと言いだして、伯母の止めるのも聞かず、こっそり廊下をわたって女主人の寝間の方へ忍びよって行った。ところが、彼女の期待したかも知れない情景とは、およそ違った、荒々しい匂の宮の怒号が突然静寂を破っておこり、馴公は足がすくんで逃げだすこともできなくなって、いやおうなしに話を立ち聞くことになってしまった――と言うのだが、「その話というのがねえ……いくら私でも、こんな事はどうにもしゃべれないわ……」

といって言いにくそうに口をつぐんでしまうのが、いつもの相手をじらして聞きたがらせる手ばかりではなく、ほんとうに困りはてているありさまなので、そうなるとよけい聞きたくなり、みんなで寄ってたかって責めたてると、とうとう泣き出しそうな顔つきでしゃべりはじめた。

匂の宮はその夜おそく邸へ来たらしく、馴公が忍んで行ったときは、そのほんのちょっと前にお二人は北の方（中君）のお部屋へはいって休まれたばかりのところだったらしい。彼女の立ち聞いたところによると、どうも匂の宮が、薫大将がこの部屋に来て泊まって行ったに違いない、と責めたてている——いわば痴話《ちわ》喧嘩なのだ。それが、いつもの色好みの匂の宮のくどきとは違った、いやに真剣味をおびたものだった。女君の方では、絶対にそんなことはない、と言いはる。しまいには、匂の宮も、

「そんなことがあったといって、私は別にどうというわけではないのだが、そんな風に私をだまそうとするのは、なんとしても、がまんのできない、つらいお心だ」

という風にかきくどいて、どこまでも白状させようと図った。ところがまた、女君の方はどうしたことか、バカに強情に、知らぬことは知らぬと答えるほかに、しようがない——と、つれなく言い切って、はては絶対に口もきかなくなってしまった様子だった……

立ち聞いていた馴公もなんだか恐ろしくなって、そっと伯母の部屋へ逃げ帰ってしまった。だから、「その結果が昨夜の投身になって現われたのに違いない、と思いますわ」というのだ。

「そんなことで身を投げる気になりゃしないでしょ」

と、これは打ってもたたいても、およそ死ぬ気になりそうもない右近《うこん》ノ内侍《ないし》が、大がらなからだをゆすって立ちあがり、切燈台の灯をかきたてながら、バカバカしい、といわんばかりに言いすてると、気の弱い、何か意地の悪いことをいわれると、すぐめそめそ泣きだすくせのある源《げん》少納言が、はや、涙を目のなかに用意しながら、

「そう言ったものでもないわ。思う人からあらぬ疑いをかけられたら、死にたくもなるでしょうよ。ねえ」

といって、まわりの者の賛成をうながした。

すると、いつもたいしたえらい理屈でもないものを、もっともらしい重々しい口調で、人になるほどとうなずかせる不思議な芸をもっている宣旨《せんじ》の君が、こほとばかりせき払いをして、

「そんなつまらぬことで言い争うより、だいたい、あの色好みの匂の宮が、そんなことでそんなに真剣におこりだしたというのは、どうも不思議ではありませんか。密《みそ》か事を発見しても、その道のわけ知り人《びと》らしく笑ってすませる匂の宮だと思うのですがねえ……それに、薫大将が密かごとをされたというのも、私にはちょっとうなずきがたい気がするのですが……」

と言い出した。が、今日はそれきりであとが続かない。いつもの雄弁が出ないところを見ると、問題はまだ彼女の頭でもはっきり割りきれぬらしい。が、さすがに宣旨の君で、こんな尻切れの口上でも、彼女の言葉はいたくみんなの同感をさそったから、私は感心してしま

った。そういう私自身も、彼女の考え方には全然同感だった。馴公だけは、自分の話にけちをつけられて、不服そうに頰をふくらました。

すると、突然みんなの静まりかえった黙考をうち破るように、からからと朗らかな笑い声があがった。みんなが驚いてその方に目をやると、それこそ早耳で評判の中納言の君だった。

「いきなり笑いだしたりして失礼しましたわね。でも、皆さんがあんまりもったいらしく考えこんでしまわれたので、お寝《やす》みになっちゃったのかと思いましてね。ホホホ……薫大将が密か事をされるかどうか、匂の宮がなんでそんなに無粋《ぶすい》な腹立ちをされたか——まあ、私の聞いたところを詳しくお話し申し上げましたら、すっかりおわかりになると思いますわ」

と、例のガラガラした調子で、ずいぶん高飛車な言い方だったが、みんな、あきれながらも好奇心をそそられて聞き耳を立てた。

「これは今からだいぶ前のことですが——だいぶといっても、十五六日ぐらい前かしら、……そうそう、あの薫大将の北の方（浮舟）がなくなられてから十四五日後の話です。そうです。北の方のおなくなりになったことと関係のある出来事なんです。とても不思議な事件なのです。そして、わずか十五六日の間に、私の耳にはいっただけでも六件を数えるのですから、実際にはもっと多いかも知れません。え、その事件の内容ですか……ええ、それをお話し申し上げようと思うのですが、これこそ、まことに言いづらい話なのです。お上品な皆さまにお耳に入れたくない話なんですが、お話ししなければ事情がわかりませんから、あえてお話しいたしましょう。こんな奇妙な事件なのです……」

と、十二分に気を持たせた話ぶりで、早耳の中納言の君のしゃべり出したところは、まことに私も筆にとどめにくい話なのだが、要約すると――

匂の宮がさる宵、例によって色好みの癖を発揮して、下《しも》の局《つぼね》に、ねんごろの女房（その名ははっきりわかっているが、私の口からは言えない――と、中納言の君は大人《おとな》しく断わった）のもとへ御無音《ぶいん》を謝しに行かれたところが、宮はすでに自分にさきだって薫大将がその女に御無音を――ではない、これは初めての御訪問をすまされたあとだったことを、発見しなければならなかった。匂の宮は、あの薫の君がと、まことに不思議なことに思われたが、かたわではないかと陰口をきかれる、道徳堅固の薫君が、こんなくだけた人間になったのかと大笑して、相手の女をからかって上きげんだった。女はもちろん、そんなバカなこととうち消したが、これはうち消すほかはあるまい。（と、中納言の君はわけ知りらしく注釈をほどこして）さて、その夜はそんなぐあいで、匂の宮は自分の女を犯されて、かえってひどく満悦のていだったが、しかし、その次に御無音を謝しに行った女房が、またしてもすでに薫に便りを受けていることを知ったときは、そううれしがってもおられぬ御様子だった。

それから、三人目、四人目とあせって訪れる情人たちが、そのたびにことごとく一ト足さきに薫君が訪問して喜ばして行ったあとだったとなると、これはいくら色好みのわけ知りを誇る匂の宮でも、そうそう喜んでばかりいられるものではない。美しいつやつやしい顔を非常に憂鬱そうに暗く曇らせて、内心の怒りをおさえるのが精いっぱいの御様子だった、という……

「痛快な話ではないか」

と、老女の木工《もく》の君が話の終るのを待ちかねて、興奮した感想をもらした。

「薫君はよくそれまで思い立った、と私はほめてやりたいくらいだよ。思いあがった女たらしの匂の宮は、少しは思い知るがいい」

と、ひどくまじめに匂の宮を非難しはじめたので、小少将《こしょうしょう》の君が、

「おや、木工の君、そんなに匂の宮を悪くいうと、宮の御前《おまえ》に聞こえますよ。なにしろ宮の御前の一番の御寵児《ごちょうじ》でいらっしゃるのですからねえ……それとも、木工の君は匂の宮に恨みごとでもあるのかな」

と、首をひねっておどけた顔をして見せたので、一座は大笑いになった。

中納言の君は、話の腰を折られてもすこしも騒がず、みんなが笑いしずまるのを待って、

「あなたがたは、ひとごとだからそんなに笑ったりしていられるが、行く先々で、だれも彼も、自分の競争相手にもみくちゃにされたあとを見せつけられては、だれだって憂鬱病になってしまいますよ。――その上、――」

と言いかけたときに、子供のようなあどけない顔のあてきという中宮の侍女が、

「でも、おかしいじゃありませんか。あなたは、たずねて行った先々がすでにほかの男に訪

問されたあとだったというけれど、どうしてそんなことがわかるのかしら……」

と、首をかしげた。

すると、中納言の君は、

「フッフフ、わかりっこないから安心おし、あてきさん」

と、からかっておいて、

「普通の人ならね。一人に訪問されて、すぐあとでほかの人の訪問を受けても、普通の人なら、お前さんのいうとおり、わかりっこないさ。ところがね。あれは『匂う』とあだ名されてる兵部卿ノ宮さ。そして相手が『薫る』といわれる右大将じゃ、おたがいに隠しごとはできないのさ。私たちだって、あの人たちのはいっていた部屋へはいったら、あの人たちのいたってことは、すぐわかるからね。二人ともいい匂いだものねえ。なかなか移り香が消えないよ。でも、半日もたてば、私たちにゃわからなくなっちゃうが、あの二人と来たら、自分たちがあんないい匂いをさせてるだけあって、鼻も犬と同じさ。犬より強いのかも知れない。なにしろ、前にも一度匂の宮の北の方（中君）が薫の君に抱かれたことがあったが、――もっとも、この時は、なんのこともなかったのだけれど――その翌日、すっかり下着まで換えておいたのに、匂の宮に嗅ぎつけられてしまった、というのだからね。おたがいに隠しごとのできないお二人なのさ。しかも、そのお二人が恋の競争をしてるんだから、しまつが悪いわけですよ。今までは、薫君の方がくやしいほど大人しやかだったから問題はなかったけれど、どうした風の吹きまわしか、急にあんなぐあいになってみると、ただでは納まりがつきそうにもないと、私も心配していたところだったんです。……いいえ、私だって内心では痛快だと思ってたんだけど……だけど……薫大将も薫大将さ。……すこしやり過ぎた、と私は思いますね。あすこまでやっちゃ……」

「いいえ、うんとやってやったがいい」

と、突然口を入れたのは、さきほどの木工の君とはまた別の老女靫負《ゆげい》の命婦《みょうぶ》であったから、薫の君はよほど年老いた女たちからひいきを受けているらしい。いや、そういう私だって、こんな話を聞いても、匂の宮を気の毒と思う気にはならなかった。かえって、木工の君じゃないけれど、痛快だという気がしている自分を発見して、驚いているところだった。みんな口に出すと出さないとにかかわらず、すくなくとも多少溜飲のさがった気持のしてることは事実らしい。

「そりゃそうさ」

と、中納言の君は一人で話の矢おもてに立つのが好きだった。

「そりゃ私だって同感ですがね。私がやり過ぎたというのはね、こうなんです。そりゃ内裏《うち》の尻軽の女房たちなら、だれの持ち物というわけじゃないのだから、だれが訪問しようと、文句はないはずだけれど、それにしたって薫君のは、匂の宮の行く先々と一人もあまさずつけ狙って行くんだから、少しあくど過ぎると思いますね。……その上、とうとう女房だけじゃすまなくなっちゃったんだから」

ああ、そうか。中納言の君はそこへ話の結論を持って行くつもりだったのか。

「今聞けば、薫君はとうとう匂の宮の北の方にまで、魔手を伸ばしたという話じゃありませんか。もっとも、これは聞くところによると、思いをかけたのは右大将の方が先口《せんくち》だというけれど、それはそれ、これはこれ、今では、ともかくも、匂の宮の北の方なんですからねえ……私がやり過ぎたというのは、無理はないでしょう」

と、やっと中納言の君は話を終った。

ところが、さきほどの老女木工の君がまた口を出した。

「いや、そうでもないよ。私は何も中納言の君に反対はとなえたくはないけれど、人の北の方を狙うのは、匂の宮の方から、しかけた仕事じゃなかったのかね。右大将の北の方(浮舟)にちょっかいを出して、とうとうあんなことにしちまったのはだれだっけね。薫君が復讐をするんなら、自分の北の方を犯した匂の宮の、北の方を犯すのは、当然の返礼じゃないか。私はすこしもやり過ぎじゃないと思うよ」

これを聞くと、みんな何かゾーッとするものを感じて、シーンと静かになってしまった。それは、中納言の君と木工の君との口争いとかなんとか、そんな小さなことではなくて、それより話の内容の恐ろしさに打たれたのだった。

薫大将の復讐!……なるほど、今までのいきさつを考えれば、大将はこのくらいの復讐はしたくなるかも知れぬ。したくなるのが当然だ、と私は考えた。

しかし、なんという恐ろしい復讐だろう！　ほんとうにあの薫その人が、そんなことをするであろうか……そうかといって、これは薫君の匂いで嗅ぎつけるというのであってみれば、代人でそんな作為ができるものではなかろう。

「そりゃ、そうですとも。匂の宮の方なら、あれはどんなに香《こう》の道の天才だといったって、ともかく人工の香をうまく合わせれば、あれだけの匂いは出せるはずですが、薫大将のは天性のからだから出る香りなんですからねえ。いくら香を合わせても、あれだけのものは出せっこないのですよ。だから、匂の宮の代人は勤まるでしょうが、薫君には代人はきかないのですよ、式部さん」

と、中納言の君は私に説明して聞かせ、したり顔に付け加えるのだった。

「……それだけに、薫大将の復讐は徹底していて、効果的なんですよ。隠しごとをするには、薫という人は不便この上もない人だけれど、こんな復讐をするには、これがまた、こよない便利をあたえてるんだから、世の中は皮肉ですねえ。その相手がまた犬の鼻と来てるんだから、うまくできてますよ。二三日前に訪問したんだって、ちゃんと嗅ぎ出せるんですからね。匂の宮も、いい鼻を持ってつらい目に会ったものですよ。よく嗅ぎわけるという特徴を、逆につかまれて復讐されてるんですからねえ」

「逆上するのも、無理はありませんね」

と、これはさっき匂の宮の痴話喧嘩を紹介した馴公が、ここでやっと話を取り返した。

「ただなら、わけ知り人の匂の宮ともあろうものが、たとえ、かわいい北の方が薫大将に抱かれたことがわかったとしても、あれほど取り乱しもしなかったのでしょうが、そんなに行く先々で、自分に先んじた人の匂いを嗅がされ続けて、気をたかぶらせてきたあとで、やれやれとたどりついたわが邸の北の方に、同じ訪問のあとの匂いを嗅がされたんじゃ、いくら兵部卿ノ宮だって取りのぼせてしまいましょう。ホッホホホ」

「ホッホホホ」「ハッハハハ」

と、みんな笑ったが、私は笑えなかった。

笑うにはあまりに凄い喜劇ではないか。あまりに呪われた喜劇ではないか。二人の異常なる香の道の天才――その異常に鋭敏な嗅覚を利用して、すこしのまちがいもなく的確に相手の心臓を刺しつらぬく、凄い復讐！

そして、ああ！ ついにこの凄い復讐の喜劇は、中君の自殺（あるいは他殺！）という犠牲をむさぼらなければ、やまなかったではないか。

こんなぐあいで、第二の事件については、私はいちはやくその日のうちに、しかも真相をかなりうがったところまで、耳にすることを得たのであったが、その後いろいろの方面から私の聞き得たところを綜合してみても、だいたいこの事件は右に述べたところ以上には出ないようであった。そして、だいたいの結論は、夫の匂の宮からその不貞を責められた中君が、悲観のあまり妹の浮舟のあとを追って、同じ川に身を投じて命をちぢめたのだろう、ということになるらしかった。

それにしても、こんな変死事件が相次いでおこるとは、なんという恐ろしいことであろう。私の物語の登場者たちは、どうして死神に憑《つ》かれたごとく、狂気のように死を急ぐのであろう。ただ一人の変死事件でも驚くべきことであったのに……しかも、まだ事件は解決してはいないのだ。浮舟にしても、中君にしても、はたしてただの投身自殺であるのか、あるいは他殺であるのか――ほんとうには、まだわかってはいないのだ。額を割られた凄惨な死体の秘密！　水にはいって死にながら、すこしも水を飲んでいない不思議！

第一の事件が解きえぬ謎を残しているときに、さらに第二の事件が謎をかさねたのだ。第二の事件は、薫大将の復讐からひき起こされた悲劇とすれば、すなわち中君の投身自殺とすれば、わりあい簡単に説明はつきそうに見えるが、そうとすれば、あの死にざまの不可解さはどう解釈したらいいのであろう。

ひょっとしたら、匂の宮が怒りにまかせて、これを殺して川に投じた――とは考えられないだろうか。

あるいは逆に、薫大将が、さきに匂の宮のことが原因となって命を失った妻の仇を討つために、匂の宮の妻の命を奪った――とも考えられぬことはない。

あるいは、匂の宮に責められて逃げてきた中君を、薫君が自分のものにしようとし、こばまれて殺意を生じた——ということもあり得ないことではない。

それからまた、そこまで考えれば、匂の宮のもとを逃げだして薫の胸に投じた中君を、宮が復讐的に殺した——という風にも考えられぬことはない……

私は一見簡単に考えられそうに見えた第二の事件にも、なかなか解きがたい謎のあることを感じはじめた。第一、常識的にいっても、投身自殺とすれば遺書があってもよさそうに思われる。が、また逆に、自殺するくらい逆上していたのだから、遺書のないことも当然で、遺書のないことが自殺でない理由にはならぬ——こういう風に言う人もあるしまつだ。

私はこの第二の事件の日の、薫大将と匂の宮の居場所を自ら検討してみることにした。薫君も宮も自邸あるいは内裏《うち》におられたことが証明されれば、すなわち事件の現場宇治におられなかったことが証明し得れば、それぞれ殺人の嫌疑は免れ得るわけである。

聞くところによれば、お二人とも第一の事件の場合と同様、自邸にはおられなかったということであった。そこで私は、前の場合にならって、薫大将の所在証明のために、彼の内裏における ただ一人の情人である小宰相《こさいしよう》の君に会ってみた。すると、その夜は確かに薫君は彼女の局《つぼね》に泊まられたことがわかった。匂の宮については、内裏で心あたりの女房をたずねて行くうちに、私は三人目でうまくその晩宮が来られたという女を探りあてることができた。

そこで、事件当夜はお二人とも自邸にはおられなかったが、それぞれ内裏の情人の局に泊まられたことを、私は直接その情人たちの口から聞くことができたのである。

しかし、これは第一の事件の場合と同じく、疑えば依然として疑いは残る。事件のあとで彼女らは事情を知って、彼女らの情人を弁護するために、当夜の彼らの所在を主張しているのかも知れないし、また彼女らのところに来られたのは事実としても、宵のうちに出て行かれたのを、かばう気になれば朝までおられたと言うこともできるのだから。

……こんな風に、事件についていろいろと人の話を聞いたり、わざわざ自分から聞きに行ったりして、ああでもない、こうでもない、と考えめぐらしているうちに、私は何か異様な情熱を感じてきた。それは今までの、私が物語を書くときの情熱とは、およそ種類のちがった情熱だ。だいたいこんな血なまぐさい事件なぞ、私の好みとはおよそ縁の遠い――という対蹠的《たいせきてき》な性質のものであったはずだ。しかるに、私は今そこに何かしら不思議な情熱を感ずるのだ。きびしい現実に、面をそむけず直視して行く情熱、奇怪な事件の謎を、なんとかして解いて行こうとする情熱……ああ、それは私の全く経験したことのない、想像もしたことのない、不思議な新しい熱情だった！……

第五章　匂いの秘密

ところが、宇治の八の宮の姫君二人がわずか一ト月をへだてて、同じような自殺か他殺かわからぬ不思議な死にざまで変死したという、異常な事件の興奮に私たちが酔っているうちに、すでに血に飢えた邪悪の魔羅《マーラ》は第三の犠牲をねらって、毒牙をといでいたのであった。ああ、恐ろしい悪魔の企画！　だれか第二の中君変死事件からわずか十五日にして、さらに新しい犠牲者がその血みどろな変死体を宇治の流れに浮かべ、内裏《うち》の内外を暗い恐怖におののかせようと思いおよんだ者があろう。

私はこの連続しておこった三つの殺人（？）事件のかげに、つかみどころのない一つの怪しい影を感じないわけには行かない。しかし、それは、この手記を書いている今でも、私にははっきりとはわからないのだ。それが何者であるか……一人の人間であるのか、あるいは数人の人間であるのか……否、それは人間ではないのかも知れない。全然形のない、えたいの知れぬものであるのかも知れぬ……が、私は漠然と何か私を戦慄せしむるに足る、ある怪しいものの影を感じるのだ。

ああ、私がもっと早くその事に気がつき、鋭い洞察力をはたらかして、その怪しい影を明るみに引きずり出すことができたならば、すくなくとも第三の犠牲者の命だけは救い得たかも知れなかったのだ。それを思うと、私は心を責められる。確かに機会はあったようだ。地獄の魔羅《マーラ》はその邪悪な嘲笑をたたえた顔を私の鼻先まで近よせて、隠れた恐ろしい真相を匂わせてみせたことがあったのだ。私はそれをひっつかみさえすれば、よかったのだろう。というのは――

第二の中君の変死事件から四日目の宵のことだった。私は下《しも》の局《つぼね》でひとりもの思いに沈んでいたが、急にひどくいい匂いがすると思ったら、私の前に突然ふわりとお立ちになった方があるので、びっくりして顔をあげると、それは匂の宮だった。まったく思いもかけないことだったので、私は物に憑かれたように驚いてアッと声をたてると、宮は手をふって、

「ああ、驚かしてすまない。紫式部という人は、ひとりいる時は何をしているのか知りたかったので、そっと御簾《みす》を被《かつ》いではいって来たのです。どうかそのままで、しばらく私の話を聞いて下さい。私たちのことをよく知っていて下さるあなたに聞いてもらうほかには、うったえどころのない私の苦衷《くちゆう》を聞いてもらおうと思って、御迷惑をかえりみず、突然うかがったのです」

私はともかくも、おもてなしするために人を呼ぼうとすると、宮はそれをおさえるように、

「どうか人を呼ばないで下さい。あなたと二人きりでお話ししたいのです……まさかあなたをくどこうとは言いませんから、安心して下さい」

こんな冗談をいって初めて微笑を見せられたので、私もやっとおちつきを取りもどして、薫の君とはまた違った、ひどくうち解けた、悩ましくさえある強い香りに、ああこの人のこの香りだ、とこの時ようやく気がついたくらいだから、私はよほどこの宮の突然の出現に動《どう》

顛《てん》していたのだろう。

宮は私と膝が触れるくらいに近くおすわりになると、せっかちに話をはじめられた。薄墨色の御衣《おんぞ》（喪服）も痛々しく、日ごろつやつやしいお顔が、きょうは暗い、憂鬱な、青いかげりをおびている。

「式部さん。私の突然な、しかも変なお話で、あなたを驚かすのはまことにすまないが、この日ごろ私を悩ましている不思議な事件を一つ聞いてくれませんか」

こうおっしゃるので、

「さあ、私などお話を承っても、なんのお慰めもできるかどうかわかりませんが……でも、お話をなさるだけでもお胸が晴れるならば、いくらでも聞き手になってあげましょう」

と申し上げると、匂の宮は喜ばしそうに頬に微笑を浮かべられたが、まだ幼いくらいに若々しい、美しいお顔が、痛々しいまでに暗く憂鬱そうに見えた。私はおちつきを取りもどすとともに、宮自身のお口から、何か事件解決のいとぐちが得られるかも知れない——こう思うと、急に興味を感じだして聞き耳をたてた。

匂の宮のお話というのは、先夜細殿《ほそどの》の三の口で、口さがない連中の話題になった、あの奇妙な事件——薫大将の不思議な復讐の話だったから、私には新しい話ではなかった。それをしかし、初めて聞くような顔をして私はただうなずきながら、さすがに宮も話しにくそうにして話されるこのいやらしい話を、聞きづらい気持で聞いているうちに、私は次第に、あれほど淫蕩《いんとう》な色好みの名をはせていたこの君が、今さらこんな苦しみをうったえられたからといって、そんなに同情してあげられない、意地わるい気持になって行く自分をどうしようもなかった。人に対してあれほど傍若無人《ぼうじゃくぶじん》に我意を通して勝手なふるまいをしていたこの人が、自分が、たまたまその被害者の側に立たされると、こんなにも参ってしまうとは――同情のきわみでもあるが、先夜の老女ではないが、むしろ痛快味を感じさせぬこともない。こんな人はじゅうぶんに思い知らされるが、いいのだ。

この人は薫君の復讐を、今こんなにくだくだと恨み憤っているけれど、自分はその忠実そのものであった親友の薫に対して、自分のとった行為をどう思っているのであろう。殊にあの浮舟がまだ生娘で中君の邸に託されていたとき、薫にめあわされようとしていたその浮舟を姉の中君の邸で、姉の気をもませつつ、そして浮舟自身には、姉に対する気がねに身もだえさせつつ、侍女の右近や少将たちのやきもきする中で――しかし、それらの人々がそれ以上に手を出さぬのをいいことにして、初穂を摘《つ》んでしまった、そんな行為を私は思い浮かべ、こうして、しあわせに行くべかりし人々の運命を狂わしてしまった匂の宮の、くどくどとうったえる恨み言を聞きながら、かえってだんだん反感をつのらせて行くばかりだった。

匂の宮の話はとうとう中君のあやまちにおよび、

「私もあれほど責めなくてもよかったのですが、何しろそれまでに私の気持がさんざん苦しめられ、いじめつけられたあげくだったので、ついあんな強いことを言ってしまったのです。

それも、あれがすなおに事実をみとめて、わびてくれれば、許すつもりだったのですが、あれはどうしてもそれを認めず、そ知らぬ顔で私をだまそうとするものですから……しかし、こんなことになってみると、やっぱり私の行きすぎが後悔されてなりません。たとえ、あやまちがあろうと、あれと右大将とはもともと縁の深い間がらなのですから……それに、私だって右大将の北の方になったあれの妹（浮舟）に対して行なったことを考えれば、それほどきれいな口もきけない身なのですが……」

宮はホーッとため息をついて、あとも続けられぬほど苦しみ悩んでおられる御様子なので、本来ならここらでお慰めの言葉をかけてあげるべきなのであろうが、私はかえって、

「ほんとにそうですわ。宮様、あなたは御自分でそこにお気がおつきになったのは、さすがに聡明《そうめい》のお名にそむきませんわ。ほんとにそのとおりです。あなたは薫君のことを責めるまえに、そうして御自分をお責めになっていらっしゃるのは（――実は、宮はここで初めて自分の罪を反省されたわけだったが）まことに道理にかなったことと感服いたします。今、御自分がお苦しみになってみて、初めて人の苦しみがおわかりになったことでしょう。が、それはあなたにとって、決して悪いことではないでしょう。何年仏《ほとけ》の道を修行するよりも、いい御修行になったに違いありませぬ。どうせ果報は正確なのですから、あの世に苦の因をお残しになるよりは、この世でお遂げ遊ばした方が、後生はお楽でございましょうから」

と、初めは皮肉をほのめかすつもりだったのが、思わず露骨に口をきわめて非難の言葉を

はいてしまった。

匂の宮は、激しい私の言葉に、慰めてもらえると思っていた予想がはずれて、あっけに取られて茫然として私の顔を見つめておられたが、見る見るその目に涙がいっぱいあふれて来たと思うと、恥ずかしげもなくポタポタと涙をおこぼしになって、

「ああ、式部さん。あなたもそうお思いになるのですか……ああ、もうだめだ……私も初めて、自分のわがままがどんなに人に迷惑をおよぼしていたか、ということがわかりました。自分ではちっとも気がつかず、それほど悪気でやったことではないのですが……」

といって、さめざめと泣き入ってしまわれた。

私はむしろ小気味よくその御様子をながめていたのだが、さすがに、この君とて今も自分でいうとおり――それはずいぶん勝手な話ではあるが――自分ではそれほどの悪気でやっていたのでないことは確かだろう。それがどんなに深い痛手を人におわせるかも知らずに、悪気でなくあんなことをしておられたというのは――それは考えようによっては、ますますこの人の人格全体を否定する材料になるばかりでもあろうが――この人をそれだけの人間としてながめてやれば、この人自身にはどうにもならない宿命であったのかも知れない。嵐が花を吹き散らしたとしても、それが嵐のさがであってみれば、そのために無心の嵐を責める権利はわれわれにないのかも知れない……そんなことを考えながら、私はこの身分のたかい、色好みの名をうたわれた貴公子が、しおたれた花のようにくずおれて泣き入っておられるの

を、すこしは気の毒にもなって来たが、しかし、薫大将に対して非難したい気持は、いっこう起こって来なかった。

この人はこんなことでもなければ、人の気持なぞ思いやることは恐らく一生なかったに違いない。うんと苦しむが、いいのだ。最後に中君が犠牲になったのは、お気の毒だけれど……そして薫もきっと後悔しておられるに違いないが……ともかく、薫はいい復讐をした。この人には、このほかにこれほどきく復讐はなかったであろう。けっきょくそれがこの人にとっても、その人格の救いのいとぐちになるのかも知れないのだ……

私がそんなことを考えながら、やはり冷然と見おろしていると、やがて宮は涙をふいて身をおこされた。

「ああ、しかし、よく言って下さいました。式部さんなればこそ……むしろ、ありがたい善知識のお言葉と感謝しなければなりますまい。暖かい慰めのお言葉を予期してきた私は、どこまで甘い身勝手な男だったでしょう」

と、さっぱりした面持《おももち》でいわれる。そう聞きわけよく言われると、私は自分の言葉が強すぎたこと――いや、それよりも自分の気持があまりこの人につれなかったことを思って、私は心が痛かった。

「私が原因で右大将の妻の浮舟が死んだのであってみれば、右大将のことで私の妻の中君が死んでも、しかたがないことかも知れませんね。みごとに仇を取られたというわけでしょうか」

こんなことをしみじみとした口調で言われたが、また急に目を光らせたと思うと、

「しかしねえ、式部さん。私は右大将からこれほどまでの復讐を受けようとは、思いもよらなかったところです。それも私が甘いから、と言われればそれまでですが、……さきほども言ったとおり、私は悪意なしにやったのに、右大将は悪意をもって仕返しをしたのです。私が彼の妻になるべき人の初穂を摘んでしまった罪は大きいかも知れないが、私はそれがいかなる人かも知らなかったのです。それを右大将は私の妻であることを知って、私の妻を……ああ、知らずに犯したのと、知って犯したのと、あなたはどちらを罪が深いとお思いになりますか」

私は面食らった。匂の宮は急にねちねちした調子で、憎々しい表情を浮かべて、くどくどと述べたてられたのだ。で、私も少しあわてたと見えて、

「でもあなたは、浮舟の君が右大将の北の方になってから後も、しつこく関係を結んでたではありませんか」

と言ったまではよかったのだが、

「だって、それは私の方がさきに浮舟と契《ちぎ》りを結んだのだから、しかたがないではありませんか」

と言われたのに対して、つい口をすべらして、

「それなら薫君だって、中君とは前々から深い因縁のある人で、あなたが宇治へ行きはじめる前に、あの邸で大君《おおいぎみ》の身代りに部屋に残されて、薫の君と、ただ二人で、添伏《そいぶ》しして明かしたことだってあったくらいじゃありませんか」

と、飛んでもないことをしゃべってしまった。私はすこしどうかしていた。この貴公子のむせ返るような、えならぬ香気のさせたわざか。ああ、これは匂の宮の知らぬ事実だったのだ。

「え？」

宮はこの新しい意外な事実に、目を丸くして驚かれた。

「そ、そんな事があったのですか」

私は狼狽した。いい年をして、私はなんという失策をしたことだろう。私はしかし、もうこうなったら、隠しだてをしては、いっそう事態を悪くすることを知った。

「あれはしかし、何ごともなかったのですよ、宮様。私が『総角《あげまき》の巻』に書いたとおりなんです。宮様はあすこをお読みにはならなかったのですか」

色事に忙しい匂の宮は、私の物語なぞ読んでいるお暇はなかったのだ。そこに私の誤算があった。宮は私の言葉にもかかわらず、動揺はすこしも静まりそうではなかった。若い男女がたった二人で一つ部屋に残されて、しかも夜明けまで添伏しをして語らいながら何ごともなかった——という信じがたい事実は、まして色好みの匂の宮にしてみれば、よけい信じが

たいことであろう。私はいよいよあわてて、
「信じがたいことでしょうが、薫君はそういう人なんですよ。ホラ、いつか……」
と、私はまた失敗をかさねそうで心配だったが、宮をなんとかして納得させてあげたいと
思い、
「これは宮様御自身もよく覚えていらっしゃるはずですが、いつかあなたのお留守に薫君は
中君に言いよって、とうとう御簾を被《かつ》いで中にはいり、ともに添伏したことがありました
ね。私は『寄木《やどりぎ》の巻』に書いておきましたが……あの時も、薫君は中君の肌まで見たのです
が、何ごともなくて終ったじゃありませんか。あの時あなたはお帰りになってから、そのこ
とを薫大将の香りによって嗅ぎつけられましたね。そして、いっさいを中君が告白なさった
……あなたは『何ごともなかった』という信じがたい事実を、快くお容《い》れになったではあり
ませんか……ね、大将はそういう人なんですよ。あの時はあんなにおおらかなお気持を持つ
ことのできたあなたが、どうして、こんどはお許しになれなかったのでしょう。こんどだっ
て、きっと、大将は何ごともなされなかったのに違いないと思いますよ」
　私はようやく陣容が立ちなおって来た。ところが、
「いいえ、あの時はそうでしたが……こんどはそうじゃなかったのです」
　と宮は言う。
「そうじゃなかった、とは……実事《こと》があった、とおっしゃるのですか」

「そうなんです」

匂の宮は沈痛な面持でうなずかれた。

「おかしいじゃありませんか。私の聞くところでは、中君は大将と会ったことさえ否定していた、という話でしたが」

「そうなんです……前には、私に責められて正直に抱かれたことを告白したのに、こんどは全然会ったことさえ否定したのです。右大将の来たことはわかりきってるのに……」

「いったい、それはどういうことなのですか……あの正直な中君が、会ったことさえ否定なさったのなら、ほんとうに会わなかったのじゃないでしょうか」

「いいえ、会ったことは確かです。それなのに否定するので、私もついカッとして大きな声を出して責めたのです。わかりきったことを隠そうとするのが憎かったので……」

「わかりました。そうですか……いえ、あなたのお気持もお察しできますわ……中君はこの前の時のように、正直にうちあけてあなたの了解を得ればよかったのにねえ……どうしてお隠しになったのでしょう……あなたのように鼻のきく方には、隠しだてしたってしようのないことは、おわかりだったのでしょうに……」

まことに、この特異な機能の所有者にも困ったものだ。そして御当人も——私たちよりいい嗅覚を持って、美しい香りの世界に住んでおられる、うらやましい人だと私は思っていたが、なんの特異性もない普通の人より、必ずしも幸福でもなさそうだ。この人には誰も隠し事はできないのだが、そのことは決してこの人を幸福にする何物でもなかったようだ、と私は思った。

「あなたの、相手に正直を求めるそのお気持はわかりますわ……それは結構なことだったんでしょうが……女の気持というものに、もすこし思いやりをお持ちになればよかったのですわ……中君はきっとあなたをだまそうとしたのではなくて、あなたに心配をかけたくなかったのですわ……前にもあんなことがあったし、またそんなことがあったと言っては、あなたがもう御信用にならないだろうと、お考えになったのでしょう……薫君のことですから、こんどもきっと何ごともなかったのに違いないのですから、会わなかったと言ったって、必ずしもうそにはならないのじゃないでしょうか」

「あなたはそんなことを言われるが、どうして薫君のことだから何ごともなかった、と言われるのですか」

匂の宮のお言葉はひどく冷静だったので、妙に脅迫的な響きを持って私の神経をついた。

「こんどの薫は、今までとは違うじゃありませんか。弁《べん》の内侍にしても、小兵衛《こひょうえ》にしても、源《げん》少納言にしても……まあ、一々名前をあげるのはやめときますが、みな実事があったのですよ。もっとも、連中、だれも彼も口をそろえて私には否定しているのですが、きっと薫に口止めされてるのでしょう……中君も同じように口止めされてるのに違いないのです」

私は論理のすきを見つけた。

「おかしいですね。まあ、中君の話は別として……そのほかの何人かの人たちに薫君が近づいたのは、あなたのお話だと、あなたに対する復讐だというんでしょ？　そんならなぜ口止めをしたのでしょう。口止めしては、復讐の目的が達せられないではないですか」

「そ、そうです。それはちょっとおかしいようですが……」

と、宮は少し口ごもられたが、やがて意を決したように、

「それはね、式部さん。言いにくいことですが、私の場合には口止めをしても、復讐の目的はすこしも妨げられないことを、彼自身はよく知ってるからなのですよ。彼は無言の証跡をはっきり残して行くのです。無言の――そして、ほかの人にはわからないが、当の相手の私だけには、しいて目をつぶろうとしても、わかってしまう明らかな証拠を、文字どおり鼻先に突きつけておくのですから……」

なるほど……いよいよ匂の宮は、その特異な機能を相手につかまえられて、みごとな復讐を受けているのだ。

「よくわかりました。しかし、それにしてもですね。どうして口止めをする必要があったのでしょう。しなくてもいい道理ではありませんか」

「そうですね……それは、薫はああいう性質だから、やっぱりこんなことは人に知られたくないんでしょう。目的は私一人なんですから、ほかの人には知られる必要はないんですからね」

匂の宮はこともなげにこういわれたが、私はふと妙なことを考えはじめた。もし口止めをしたとするならば、そんな簡単な理由ですましていいだろうか……否、薫君の復讐をかりに事実とするなら、口止めということは何かもっと重大な意味を持っているのではあるまいか。ほかの人に知られる必要がない？　否々、ほかの人に知られてはならないから、口止めをしたのではあるまいか……

しかし、薫の復讐ということ自体は、私は、人々が信じているほど、信じてはいないのだ。事態は、だいたいそれを指向してるようだが、私の直感では、薫君はそんなことをする人がらとは思えないのだ。たとえ復讐のためとはいえ、そんなことを……それとも、復讐の鬼になれば、そんな破廉恥なような行為でも、あえてするものであろうか。そこには、女にはわからぬ、男というものの秘密があるかも知れぬ。それに、こういう匂の宮のような男に対しては、こういう復讐手段が一番効果的であることは、現に眼前の事実として証明されているくらいであってみれば……

私はしかし、もう匂の宮も充分に罰を受けた、と思った。これくらい身にしみたら、人の苦しみも思い知ったろう。私のところへ慰めの言葉を期待して来られたとすれば、ずいぶんいい気なものだが、その私から思いがけぬ笞《むち》をピシピシ加えられて、じゅうぶんすぎるくらい思い知られたろう。私はもう、最後に用意しておいた救いを垂れてあげてもいいだろう。私は私の物語のモデルを、もうすこし暖かい気持で愛してやらなければなるまい……

「宮様、お話はよくわかりました。が、もうできてしまったことを、そうお嘆きなさいますな。……私は信じています。おなくなりになった中君は、あなたのおっしゃるとおり、薫君にお会いになったかも知れませんが……それをお隠しになったのは、あなたをだまそうとなすったのではありません。さきほど申し上げたように、あなたによけいな心配をさせたくなかったからに違いないのです……実際には、それがかえってあなたを怒らせることになってしまったのですけれど……どうか私のために、中君を許してあげて下さい。中君はあなたに不正直であったことは悪かったが、あなたを裏切ってはいないことを信じます。きっと、前の時と同じように——『薫はこんどは違う』とあなたはおっしゃいましたが、私は薫君も中君に対してだけは、ほかの女に対するのとは違ったろうと思います。薫君は、自分の復讐のために、自分が心から愛する人を犠牲にするような人じゃない、と信じます。（こうは言いながら、私は薫君の中君に対する愛欲が、復讐のためではなくて愛欲そのもののために、最後の瞬間にどんな出かたをするか、必ずしも保証のかぎりではない——と、みずから苦笑せざるを得なかった）……匂の宮様、あなたもなき人のために、その点だけは信じてあげて下さい。中君はこんども、薫君にまつわられて移り香は残っていたでしょうが、前の二度の場合と同じように、何ごともなかった、ということを」

こう言ってあげると、匂の宮は、

「そう信じられるくらいだったら、私だってあんなにおこりはしません。私だってそうであってくれたら、どんなにうれしいでしょう」

「なぜそう信じられないのです？　前にはあなたは信じたではありませんか。普通の男だったら、あり得そうもないこと——二人きりで添伏ししながら、何ごともなかったという事実を」

「それは、前の場合には信じました。信じられたからです」

「では、なぜこんどは信じられないのですか。復讐ということを考えるからでしょう？」

「いいえ、そんなことを考えないでも、です。前の場合には信じられたが、こんどは信じられない……いや、信じる信じないじゃない。事実なのです。明らかな事実なのです。前には事実がなかったのです。中君の告白を信じたわけじゃないのです。明らかに事実がなかったのです。それが、こんどは……事実があったのです」

私はこの熱して来た匂の宮のお言葉を、どう解釈していいのかわからなかった。

「おわかりにならないのですか……前には、抱いたけれど、実事《こと》はなかった。こんどは、抱いただけでなくて実事《こと》があった——というのです」

「どうしてそんなことが、おわかりになるのです？」

「どうして？……どうして、と言って……私には……わかるのです」

宮もさすがに言葉につまって、急に顔を赤らめられた。それを見て、私もなんとも、わけはわからないのに、胸がドキドキして、顔がポーッと赤くなるのを感じた。

「それは……」

宮は口をもぐもぐさせたが、やはり言葉にはならなかった。しかし、もはや言葉の必要はなかった。私には、言葉以上にはっきりわかった。だが、ああ！　はっきりはわかったけれど、わかったということと驚きとは全然別だった。私はわかればわかるほど、ますます驚きあきれるばかりだった。

やがて、匂の宮は気まり悪そうに、小さな声でボソボソと、

「ほんとに私もこんどばかりは、つくづく自分の異常な特質にあいそがつきました」

といって、こんどは思い切ったようにしゃべりはじめられた。しゃべりはじめると、だんだん熱に浮かされたように、聞きづらいことまで語り出され、そばにいるのが苦しくなった。

「思えば、右大将と私とは宿命的に呪われた関係にあるのです。あの人の香りは、物の本にもないところで、普通の鼻でも、あの人がその部屋に数刻まえに来たことがわかるくらいです。そこへもってきて、この私が、ああいう香りを出す技能はないが、嗅覚にかけてはあの人に劣りません。ですから、あの人が来たか来ないかぐらいなら、二三日まえにふと部屋に来たのでもわかります。まして、あの人に抱かれた女が、いくら下着をすっかり換えようと、私には隠しおわせようと考えるのが笑止なくらいです。好きな女とともにいる時には、興奮が香りを極度に高めて、それはそれは恍惚とさせる、なんともいえぬいい香りを出すのですから、その部屋の器物にまつわりついた移り香は、五日や六日は薫っております。もっとも、

普通の人にはわかりませんけどね。……そして、その興奮のきわまった時のあの匂いは——これはふだんとはまた別な匂いですが、それはそれは、男の私でも気の遠くなるような、夢の国にふわふわと誘い込まれるような、ただもう甘い悩ましい匂いなのです……」

私はかたわら痛くなって、ここまで立ち入ってお聞きしたことを後悔した。けれども、私がこの時ここまで立ち入って聞いておいたことが、後に私がこの奇怪な連続殺人事件の真相を解決する上に、重要な根拠になったことを考えると、やはりあすこまで聞いておいてよかった、と思うのである。ここまで立ち入った匂いの秘密を聞き得たものは、恐らく私一人しかいなかったであろう……

宮もさすがに女の私が前にいることにお気がつかれて、

「ああ、私は飛んでもないことをお耳に入れてしまいました。さぞお聞き苦しかったでしょう。どうかお忘れになって下さい……ハハハハ、御当惑のお気持は、そんなお顔をなさらなくても、私にはよくわかるのですよ。これは、右大将でも同じことですが、私は相手の匂いによって、その気持の細かい変化までよくわかるのですから」

こう言って、匂の宮はすこしあからんだ顔をあげて、いたずらっぽく目をクリクリさせて、私の目をのぞき込まれた。思いなしか、小鼻をヒクヒクさせておられる御様子なので、私は飛んでもない困った人もあるものだと、なんだかくすぐったいような、気味の悪いような気持で、——さきほどから、実は、この美しい容貌の貴公子の、薫君とは違うが、かえって若い男性の匂いらしい、甘い、悩ましい、圧倒されるような匂いに、いささか恍惚としていた私は、心の奥底をのぞかれるような気がして、がらにもなく腋《わき》の下からタラタラと冷や汗が流れて来た……

第六章　死霊の陳述

匂兵部卿ノ宮のあの変なお話を承って、遅くまで夜ふかしをしてしまった私は、翌朝里にさがって、一日寝たり起きたり、のんきに暮らした。

思えば思うほど変なお話で、私はつくづくいやになってしまった。もうあんな変な世界へもどらず、このままお暇を頂戴して、わが家でのんきに暮らしたいと思った。乳母にまかせっきりにしてある、夫の遺《のこ》した形見の二人の幼い女児が、習慣でそういうものだと思いこんで、たまに私が里へ帰っても、やたらに身のまわりにまつわりついたりしないのを、心の中ではもの足りなくも思いながら、いい幸いに自分ひとりの生活を楽しんでいるわけだが、考えてみれば子供のためにはかわいそうな次第で、宮仕えなどやめて子供らと親しく暮らして行くのがほんとうではあるまいか――などと、そんなことまで考えたりした。

が、そう考える一方であの恐ろしい、謎をふくむ事件は、いったいどう解決されるのか、それを見きわめたい気持も強く感じられるのだった。匂の宮と薫の君とは、どうもあのままで納まりがつきそうにも思われない……それに、浮舟や中君の死因だって、まだはっきりしたわけではない。疑いは、じゅうぶんにある。私はそれらから面をそむけてしまうのは、なんだか惜しい気もした。というのは、やはり私の物語に対する欲望が、私の心のなかに残っていたからだろう。事件はいよいよ奇妙な発展を示しそうで、ほとんど私の手には描き切れないように思われる。だが、それだけにいっそう私の創作欲は刺激されるのだった。……しかし、私は昨夜《ゆうべ》のお話を思い出して、これはとても私の物語にはならない、と考え直さなければならなかった。あんなことを、とても女の筆で書き表わせるものではない。ただきえ、狂言綺語を経文の裏に書いたというので、私を、そして私の物語を非難する人々がある。経文の裏に書いたから、というのは一応わけはわかるが、実際の彼らの腹は、そうではないので、物語そのものをくさしたいのがほんとうのところなのだ。有象無象《うぞうむぞう》の同感をそんなことで、あおっておいて、その上で私の物語を排斥しようという、彼らの陰険なやり方なのだ。そういう連中が、私がみずから変な話だと思うような話を題材にして物語をつづったら、それこそどんなことを言うかわからない……その点は、ありがたいことに、中宮《ちゅうぐう》は一番よく私のほんとうの気持を理解して下さって、お励まし下さるので、私はただこの御一方のためにでもと思って涸筆《こひつ》を揮《ふる》った次第だったが……その中宮だって、私がもし昨夜の話のような、あんな変なことを書いたら、どんなに私の恥知らずをおこりになることであろう。否、私自身としたって、あんなことは恥ずかしくて、とても発表する気にはなれないだろう。いずれにしても、もう私の宇治の物語は、あの十帖でうち切るほかはなくなったようだ……

そんなもの思いにふけりながら、内裏《うち》とは違った、狭くわびしい、しかしそれだけなつかしい、里の家の前栽《せんざい》の秋草をながめながら、私は何かひどく気持が鬱屈していくのを感じた。

だから、その翌々日の暮れ方、内裏から中宮のお使で大輔《たゆう》の君がやって来て、至急御前《おまえ》に出るようにと催促にきたときには、ホッと救われた感じで、いつか宮廷に住みなれた私には、もはや眠くなるばかり静かな学者の家の空気は、かえっておちつけなくなってしまったのかと、わが身が苦笑をもって省みられるのだった。私のように、ふだんはどちらかというと、うるさいことをきらって、宮廷の生活など軽蔑したい気持の多い人間でさえこうなのだから、あのはで好きな、男友だちをしじゅう何人も集めて騒いでいたい清少納言なぞは、宮廷生活をこよない晴れがましい舞台と心得て、これこそ女の生きがいとばかり、いみじくはしゃぎまわっているのも無理もないことだ……と、そんなことまで考えられた。

そんな気持なので、よけいお迎えをいただいて待っていたように腰をあげるのがごうはらで、私は「気鬱だから、もすこし御勘弁にあずかりたい」などと、しぶって見せると、大輔の君は色の白い、今めいた、かわいらしい顔を、いたずらっぽくほほえませて、

「でも式部様。それで、今夜はいらっしゃらないと、後悔しますよ」

と言う。

「何かあるのですか」

と聞くと、クスクス笑って答えない。

私は大いに好奇心をそそられたが、こういう場合、それを聞きたがるそぶりを示すと、いよいよ隠してじらせたがることは明らかで、うるさいから、私は、

「どんなおもしろいことがあっても、こうして里住みでのびのびと秋草をながめ暮らしてる方が、気楽でいいわ」

といって、すましていると、大輔の君はあきらめて、

「しようのない人ねえ。それでは、話してあげましょう。きょう、宮の御前(中宮)の仰せで、西方院の院源僧都《いんげんそうず》を召されて、死霊《しりょう》を招いて、内輪の人々ばかりであの変死事件の真相を究明しようということになったのです。あまり匂の宮と薫大将の御争いが激しくなって来たものだから」

と言いだした。

「さあ、どうです。これでも参らずにいられますか」

私も変死事件の真相と聞いては、すくなからず好奇心をそそられた。

「そうですか。ほんとうにうるさいことになってしまったのですね。では、せっかくの宮の御前のお呼びですから、よんどころありません。ともかく、宮にお目にかかるだけでも、上らせていただきましょう」

と、しぶしぶのように装って、いっしょに迎えの女車に乗った。

ところが、参内《さんだい》してみると驚いた、ごく内輪の行事と思ったのに、弘徽殿《こきでん》の南廂《ひさし》に壇を荘《しょう》厳《ごん》して金剛夜叉明王を請《しょう》じ、護摩《ごま》を焚いて陀羅尼《だらに》を誦《じゅ》する十数人の修験者《しゅげんじゃ》の声は、耳を聾《ろう》するばかりに部屋に響きわたって、おどろおどろしく尊いかぎりである。日本一の験者《げんざ》と自他ともに許す首座の西方院の座主《ざす》院源僧都は、今年八十三歳、高徳の聖《ひじり》らしい白い長い眉の、血色のいい老人の赤ら顔を、眠そうな表情で、渋い青黒の浄衣に、白熊毛の払子《ほっす》を斜《しゃ》にかまえて、ゆったりと倚子《いし》にすわっている。その右側につらなって、きらきらしく着飾った修験者たちが、晴れの舞台に顔をほてらせて、野太い声を張りあげている。

修験者たちと相対して、左側に、中宮をはじめ、匂の宮、それからお親しい仲の女御《にょうご》や更《こう》衣《い》のお顔も二三見える。あとは女房たちが二十人ばかり所せく押し並んで、花やかな色彩をゆらめかし、ひそめたつもりのささやきが賑やかなざわめきをわき起こしている。

私が中宮に遠くから御挨拶申し上げると、目ざとくお認めになって、「こち来《こ》」とお手招きなさって、わきをおあけ下されたが、私は御辞退して、下座《しもざ》にひかえた。

しばらくすると、一座にハッとしたような空気が流れたので、私はキョロキョロと見まわすと、女房たちの後ろの戸口から薫大将がはいって来られるところだった。私は「あっ」と声を立てそうになった。これは、いったいどうしたことだ……。大輔の君は私の顔を見て、したり顔に笑って見せた。『どうです。来てよかったでしょう。おもしろい見ものではありませんか』といってるつもりだろう。が、私はそれどころではなかった。私は胸がつぶれた。これは、いけない。女たちばかりということだったのに、これでは匂の宮と薫大将との対決ではないか。そんなことをしては、いよいよ事は荒だって来るばかりではないか……

「さっき宮の御前から、急なお使でお呼び立てになったのです」

大輔の君が、私の耳に口をよせて説明してくれた。

〝やっぱりそうか〟――私は里住みで退屈なままに、事件がもっと発展してくれれば、などとあらぬことを考えていたのも忘れて、薫君のお顔を見ると、こんなところへひっぱり出されていらっしゃったことを、心からお気の毒に思った。

やがて修験者たちの祈禱が高調に達すると、女たちの側のざわめきもしだいに静まって、シンとしてきた。すると、あちこちで女たちが何かうなずき合って賛嘆の声をもらしている。私もはっと気がついた。さきほどからえならぬいい香りがしていたのだが、ああ、この香り！　薫大将と匂の宮のお二人がこの部屋におられるからの香りだったのだ。私はその刹那《せつな》に、一昨夜の匂の宮のあの変なお話を思い出して、胸がドキドキしてきた。そっと匂の宮の方に目をやると、宮は中宮のすぐお隣にすわって何か小声でお話をしておられる。この間の陰鬱なかげりは見えないで、ポッと頰が赤るんでさえおられるが、それは今夜の行事に興奮して上気しておられるからであろう。お顔色はつやつやしいけれど、あのふくよかだった――笑うとえくぼさえできる、かわいらしいお顔は、すっかりおやせになって、目つきが神経質に弱々しく病的にふるえている。

宮から二人ばかり女君を間において、薫大将がしんと静まりかえった御様子で、匂の宮の何かおちつかずそわそわした御姿といい対照を見せてすわっていらっしゃる。日ごろから沈んだ御表情の人だが、こんな場合でも、たいしてお変りにはならず、平然としておられる様が、日ごろから匂の宮よりお年は二つ三つ下のはずなのに、かえって年上に見えるのが、今

夜はいっそう匂の宮のまるで動顚《どうてん》しておられるのにくらべて、ひどく大人しくも頼もしくも見え、また見ようによっては、いやにふてぶてしく憎らしくさえも見られないことはない。

中宮は、相変らずお優しい面持で、にこやかに、しかし、いくぶん心配そうな御顔色で、ときどき匂の宮の話にうなずいていらっし

ゃる。
院源僧都はやおら倚子から立って、老齢にもかかわらずすばらしい長身をスラリとした感じで、正面の壇の前に進み出た。そしてこちら（下座）を向いて座を占めると、修験者たちの末座にひかえていた、白《しろ》綾《あや》の衣にまっかな袴《はかま》を着けた、年若い——十六七歳ぐらいにしか見えぬ、ほっそりした顔つきの寄兇《よりまし》が、静々と僧都の後ろから出て、その下座に彼と相対してすわった。
修験者たちの陀羅尼がい

っそう声高く唱誦《しょうじゅ》される中で、この高名の老修験者は立ちあがって、老人にも似合わぬ、御《み》嶽精進《たけそうじ》で鍛えあげた、野太い、荒々しい声で、何か呪《の》ろ呪ろしい咒文《じゅもん》を唱え、払子を巫《みこ》の上に振って、しばらく熱禱をささげていたが、それが予期よりも長く続いて、うまく死霊が乗り移らぬのかと、私が心配しかけた時に、寄咒の様子が変った。恍惚と魂を失ったようになって、巫はふらふらと立ちあがろうとしたのである。それを老人は上から払子でたたき伏せるようにしてすわらせ、修験者たちの伴誦がハタとやんだ静寂の中で、僧都はぶつぶつと低《こ》声《ごえ》の咒文をもったいらしく口の中で唱えていたが、やがて、

「さて、ここに現われたは、何人《なんびと》の霊でおわするか」

と、きまり文句で始めた。

寄咒の女は、蚊の鳴くような声で答えた。

「ハイ、宇治の流れに身を投げて死にました、浮舟と申す女でございます」

女の声は小さかったが、一座はシンとしてしまって、針の落ちる音も聞こえそうに静まりかえっているので、私なぞ下座にいる者にもよく聞こえた。

「権大納言右近衛ノ大将（薫君）の北の方でおわすな？」

というのに対して、浮舟の死霊はしばらくためらっている様子だったが、やっと、

「ハ、ハイ……」

と答えた。が、何か不満らしい様子で、もじもじしていたが、とうとう思い切ったように、

「生きておりました間は」

と、付け加えた。

「愚かなことを……生きていた間のことをお聞き申しているのじゃ。死んでからのことなぞ聞いてはおりませぬ」

「でも、右近衛ノ大将の妻じゃな、とおたずねでしたから、ただ今のことかと思いましたので」

と、この死霊はなかなか気が強い。

老修験者もたじたじとして、

「では、ただ今はどうだというのじゃ」

「ただ今は、私の思い人、兵部卿ノ宮の妻でござります」

誇らかな浮舟の言葉に一座は動揺した。私もギクッと心を揺り動かされた感じがした。私のまわりの女房たちは、顔見合わせて『ねえ――』という風にうなずき合った。哀れな浮舟のいちずな恋心に、同情を感じたものらしい。

が、私の動揺はすこし違っていた。ひき続いて激しい怒りが勃然《ぼつぜん》と胸にわきあがってきた。それは、日ごろから私はこういう愚かしい迷信に対して、疑惑と反感とをいだいていたからだ。正しい仏教の教義に対して深い興味を感じている私は――そして、それゆえにこそ、私は私の物語において、盛者必衰、会者定離《えしゃじょうり》、生老病死、有為転変《ういてんぺん》の諸相を描破して、世間常住壊空《えくう》の法と、煩悩即菩提《ぼんのうそくぼだい》の理《ことわり》とを表現しようとしたつもりであるのだが——その仏教の経典のどこにも根拠を見いだしにくい、こういう奇怪な迷信に人々がうつつを抜かしていることにあきたらぬものを感じているのだが、それはしかたがないとしても、現にここに来ている院源僧都を初めとして、もっともらしい高徳の聖《ひじり》たちが、こんなことにまじめくさって——否、本気で精魂を傾けているらしいのには、私は深い疑惑と反感とを感じずにはいられなかったのだ。いつかもそのことを真剣に思い悩んだ末、父為時の師と仰ぐ文章博士《もんじょうはかせ》の管三《かんさん》品文時卿《ぼんふみときききょう》にそのことをおたずねしたことがあったが、卿は笑って、

「そういうことを言うから、あなたは内典外典《ないてんげてん》に通じた女学者とか、日本紀の局《つぼね》とか、えらそうなあだ名を奉られて、うやうやしく遠ざけられてしまうのですよ。あの人たちもまさか本気で信じているわけでもないでしょうが、方便《ほうべん》というものがありますからね。あなたも心を広く持って、あれは一種の社交機関だぐらいに考えていらっしゃい」

とおっしゃった。私も、そういう気持で、人のこわがるものはこわがり、人の楽しむものは楽しむ、社交性は持ちたいと思った。そして、そういう気持になれば、それはそれで、けっこう、おもしろくも眺められないことはないのだった。……しかし、今夜のように、人間の微妙な愛欲関係に——ただされ、こじれたむずかしい局面に立ってる微妙な愛欲関係に、心なきかかる狂信者の無責任な放言が行われることは……私にはやはり許しがたいことだったのだ。

私の屈託とは無関係に、日本一の験者の不思議な訊問は続行されて行った。

「さて、そなたは今どこにおいでかな」

「身を投げて死にました罪により、無間《むげん》の地獄に呻吟《しんぎん》しております」

「ウム、……苦しいか」

「苦しいにも、なんにも……」

こういって、寄児の少女は身をもだえて苦しみはじめた。

薫君のお顔をうかがうと、さすがに、わが身の妻がこんな苦しみをしているかと、色青ざめて額にあぶら汗を浮かべ、苦しそうに目をギラギラ光らして見つめておられる御様子だ。

「ウム、よしよし……さて、そなたは身を投げたと言われたが、どこから身を投げたかな」

「宇治橋の上からでございます。右大将の宇治の邸のまえの」

「フム。じゃが、それはうそであろ？ そなたは実は人に殺されたのであろ？」

ああ！ 私の怒りは爆発した。いかなる権威あって、この老修験者はこんな思い切った質問を発し得るのであろう。そして、この無知な巫《みこ》に何を答えさせようというのであろうか……

事はあまりに重大であった。……もっとも、だれもが聞きたいところには違いないのだが……もしこれをたずねなければ、修験者は人々からあきたらず思われるのに違いはない……

匂の宮はさっきまで上気して赤くなっていた顔を、今はまっさおにして、頰をブルブルふるわせながら、飛びかかりそうな様子で、巫の口もとを見つめておられる。中宮は、どういうお気持であろう。優しいお顔を、困ったことだといわぬばかりに眉をしかめて、苦しげな御様子で巫の様子を見つめていらっしゃる。

さても、いかなる答を、浮舟の死霊は答えようとするのであろう――私はからだを堅くして、聞き耳をたてた。

「いいえ、人に殺されたのではありませぬ。身を投げました」

ああ、よかった……ともかく無事な答だった――と私は胸をなでおろした。あらぬ殺害のうわさを立てられてる薫君のために、これは何よりいい答だったから。

すると修験者はしつこく、

「そうではなかろうが……人に殺されたのに違いない。そなたの額には、大きな傷があるではないか……そなたは人に殺されたのじゃ。その人の名をここで言い立てなさい」

と、ますます威猛高《いたけだか》におし迫った。寄児の少女に死霊が乗り移ってるわけなのだが、あの眠そうにしていた、おだやかなさっきの老人が、こんなに威猛高に、あらぬことを口走ってるありさまは、この老修験者の方にこそ何か憑きものがしたのではないか、と思われるくらいだ。どう考えてもただごととは思われぬ修験者の様子だ。

ところが、死霊もさるもので、頑強に首を振って、

「自ら身を投げたと申し上げました。あなたは何をおっしゃるのですか。人に殺されたなど

と、人聞きの悪いことを……これは、水中の岩にぶつかったのじゃ。その時できた傷じゃ。おお痛い、痛い、痛い……」

死霊は急に傷の痛みに気づいたのか、額をかかえるようにして、その場にのたうちまわった。

「こりゃ、もういい……痛かったろう。恨めしかったろう。痛かったら、恨めしかったら、その人の名を言うのじゃ。その殺した人の名を言うのじゃ」

一座はいっそうシーンとして、すさまじいばかりのしじまだった。私は心の中で軽蔑し、憤慨しながら、思わず手に汗を握ってかたずをのんだ。

しかし、死霊はなかなか利巧で、そんな誘導には乗らず、かえって、

「何をいうか、この贋《にせ》修験者めッ」

と、甲高《かんだか》く怒号しながら、いきなり立ちあがって、飛鳥のように老修験者におどりかかり、凄い力でその払子を奪い取って、あべこべに老人を払子を振りあげてたたき伏せた。修験者は不意を食らって、かたわらの大きな燈台を倒しながら、後ろ様にひっくり返った。

この音で、憑きものは落ちたのであろう、寄児はキョトンとした顔で、払子を片手にさげて茫然と立っている。

老人は起きあがって、汗をふきふき、

「やれやれ、なんという気の荒い死霊であろう。からき目に会わされた。ワハハハ」

と、おおように笑った。

「贋修験者めッ」と寄咒が叫んだ時は、私はビクリとした。ひょっとすると、寄咒の少女の意識の裏にある隠れたものが、こんな場合に知らず知らず飛び出したのかも知れない、と思って、私は修験者の身になって、代わりにヒヤリとしたわけだ。女というものは、よけいな苦労をするものだ。が、当の修験者は、さすがになれたもので、すこしも騒がない。こんなことで自分のはくが落ちる心配などすこしもない、じゅうぶんに自信のあるおちついた態度だった。

みな満足した。

「うまいものですね」

大輔の君が、今めいた白い顔をさしよせて、ため息をつきながら、そっとささやいた。

全く、僅かの時間で、皆の聞きたい、かんじんのところを、実に要領よく聞いて見せたものだ。そして最後に、威猛高だった老修験者自身が、か弱い女にひっぱたかれて、ひっくり返ったところなぞも、観客の心を喜ばせるのにじゅうぶん力があった。

「うまいものですね」――私もこの賛辞を、大輔の君とは違った意味で、老修験者に呈上したい。

またしばらく陀羅尼が十数人の修験者によって声高く唱誦されてから、院源僧都はふたたび威儀を正して正面の座についた。こんどは違った巫――さっきのより、すこし年上の、しかし若い娘には違いない、ぽっちゃり太った寄児が、老人に対坐した。

こんどは、どういうことになるのであろう……私は妙な興味を感じてきた。

寄児には期待どおり中君の死霊が乗り移った。兵部卿ノ宮は熱心に目を輝かして、自分の妻の霊を見つめた。薫大将の目も妖《あや》しく燃えあがった。死霊の名のりがあってから、いきなり、

「そなたを殺したのは誰じゃったかな」

こんどは老修験者は、趣向を変えた質問のしかたをした。死霊をだまして、うっかり真相をはき出させる魂胆《こんたん》らしい。なかなか要領がいい。観客は満足そうにうなずいている。

が、中君の死霊は、合点が行かぬという面持で、

「殺した?……だれが殺されたのですか」

と、あべこべに聞き返した。

「そなたが、じゃ」

修験者は威猛高に答えた。

「私は殺されたのではありませぬ。自ら宇治川に身を投げて死にました」

「じゃが、その額の傷はどうしたのじゃ。人に傷つけられたのじゃろ。それはだれじゃ」

死霊はこのしつこい質問に、ふきげんな顔をして黙りこんでしまった。

私はこのかさねての老修験者の不思議にしつこい質問ぶりに、心の中でハッとするものを

感じて、中宮のお顔をちらとうかがった。それから、その隣にいらっしゃる匂の宮のお顔を……だが、この方々が頼んだ修験者だとて、必ずしも意を含められて……と、そこまで疑うのは行き過ぎであろう。中宮にしても、匂の宮にしても、そんなお方とは思えないし、院源僧都ほどの人が頼まれたってそんな事をしようとは考えられぬ。私は私の気持をみずから恥じて、死霊の答弁如何《いかん》と、巫の顔を見つめた。

中君の霊は、やっと細い声でつぶやいた。

「これは投身のおりに、水の下に隠れた岩にあたってできた傷でございます」

こう言って、寄児は額を痛そうにおさえた。こんどの死霊は、なかなか大人《おとな》しやかだ。老修験者は、自分のかけたかま《ヽ》が《ヽ》はずされたことを気にもかけず、死霊の答を前から予期していたかのような、おおようなそぶりで、

「フム、よし、よし……では、その前の事をお聞きしたい。そなたは二条ノ院で右大将と密《みそ》かごとがあったように、夫の宮から疑いをかけられて責められたが、その密かごとは事実あったのじゃな？」

この思い切った修験者の質問に、一座はさすがにぞっとした。が、これこそ今夜の一番重大な質問だった。人々の最も聞きたいところだった。だから、それを簡単率直にただして行く修験者の、きびきびした質問ぶりには、だれ一人その不躾《ぶしつ》けをとがめる気は起こらなかった。

だが、ああ！　今まで薫の君にきわめて有利に展開してきたが、こんどはどうであろう。こんどこそ大将は、満座のなかで中君との密か事をあばかれるのだ！……私はそれを知っているのだ。この間の匂の宮のあの変な話を聞いていたから、私は薫君のために寄児の口をふさいでやりたい気持だった。が、実際にはそんなことをするわけにも行かず、私はただもう胸のつぶれる思いだった。

薫大将も、匂の宮も、中宮も、今は興奮に顔をひきつらせて、身じろぎもせず、からだを堅くして、一言も聞きもらさじと巫の口もとを見つめている。当事者以外の女たちとて、緊張さは同じだった。皆この一瞬に期待をかけて、かたずをのんで局面の展開を見まもった。

寄児は、しばらくもじもじしていた。これは、死霊の中君が答えにくく、しぶっているものと思われた。これがいっそう人々の期待をいやが上にもたかぶらせた。が、とうとう宇治の中君の霊は、細い消え入りそうな声で、しかし、はっきりと、

「わたくしは右大将と密かごとをした覚えはありませぬ。夫の宮のお言葉は冤《むじつ》でございました」

と言い切った。ああ、ついに死霊の答は下されたのだ！

私は薫大将の顔をうかがい、匂の宮の顔をうかがった。薫大将は満足そうに、うちうなずいておられるが、匂の宮はびっくりしたように目をみはり、それから苦しそうに顔をしかめられた。なんともうなずけぬ、という御不満の色が、ありありと見える。

院源僧都はここで不思議にも、まだ死霊は離れずにいるのに質問をうち切って、つかつかと中宮の方へ歩みよった。そして、

「何かおたずねになりたい儀はござりませぬか」

と言った。

予期しない事だったので、中宮は匂の宮と顔を見合わせ、何かひそひそと言葉をかわされたが、匂の宮は首をふっておられる。

修験者は、中宮から匂の宮、その隣の女房……と、ひとりひとり順々に顔を見ながら、質問はないかと目で聞きながら歩き出した。薫大将の前に来た。大将も軽く首をふって、質問のないことを示された。薫君はいかにも満足げな御様子であった。それはこの君としては無理もなかろう……私はこの君のために喜んであげていい結果となったことに、ホッと胸なでおろした次第だったが、しかし、なんという不思議か、私は今や深い疑惑が心の底からわきあがって、目の前が暗くなる感じに襲われた。……ああ、先日の匂の宮のお言葉は偽りだった、というのであろうか。否々、そんなことはない。あれはほんとうだった。私の直感がこれを教える。しかるに……ああ、現前の中君の死霊は、密かごとはなかったと語っているのだ！　この矛盾はどう解釈したらいいのであろう……私は憎らしいほど悠々としておられる右大将の横顔を見つめ、それから老練そのもののような高齢の修験者の顔を睨んだ。

修験者は、薫大将からあとは、そこに立ちどまったままゆっくり顔をまわして、一とわた

り眺めわたした。これでうち切りにするつもりなのだろう。ものなれた修験者には、どこまでがおもだった客かは一目でわかるのだろう。末座にひかえた私などには、質問の余裕もあたえずに、くるりと身をひるがえして、中宮の方に向かい「ございませぬな」といった。

私は、私の疑問をただしたいと思った。が、機会を失した。私はどうもこういう席で目だった行ないをするのが、気が進まぬのだ。あの私の競争者の清少納言なぞなら、こんな時こそしたり顔にしゃしゃり出るところだろうが、私にはそれができなかった。あの人のように怪しげな学問を鼻さきにぶら下げて、さかしら顔をさらしているのが苦々しく、自分としては一という文字をだに、ろくろく書き得ぬ様で過ごして行くのが、私の信条のようになってしまったのだ。それは必ずしも私の趣旨ではなかったのだが、あの意地悪い競争相手の、知らぬ字も知り顔にざえがる醜さに、反撥《はんぱつ》する気持が私をここまで追いこんでしまったのだ。私は私の不自由さを反省し、あの闊達《かったつ》な『枕の草子』の作者の天衣無縫ともいうべき傍若無人ぶりを、憎らしいけれど、うらやましく思い浮かべずにはいられなかった……

と、その時だった。

「おたずねいたしたい儀がございます」

と、澄んだよく通る声が響いて、一座の目がいっせいにその声の方にふり向けられると、おお、そこには、いつの間にやって来ていたのであろう、今私が思い浮かべていた当の清少納言その人が、男のような太い一文字眉を誇らしげにあげ、澄んだ大きな目をみはって、太った二重顎を胸にうずめるようにして、不敵な面魂《つらだましい》で老修験者を睨んでいるのだった。そのまわりには、私も顔だけは見知っている皇后《きさき》付きの女房が二三人、護衛のように付き添っていた。

ああ、また清少納言にしてやられた！……そう思って、私は私の優柔不断を口惜しく思った。清少納言は、またしても何かすばらしい――彼女の名をいよいよ高めるような、そしてやがて彼女自身の筆によって『枕の草子』の一段を飾るような――そういう、すばらしいことを、私たちの目の前で今夜これから、しでかそうというのであろう！……

が、事情は私たちの予期に反した。老修験者はこの有名な女房の顔を一瞬ジッと見つめたようだったが、彼女の揺るがぬ眼光に、老人はつと目をそらして巫の方をふり返り、あわてて座にもどると、

「ああ、もう御魂《みたま》がお戻りじゃ……ああ、遅うござったな」

と言った。

寄児の女はキョトンと我に返って、茫然としてすわっている。

「これで終りました」

院源僧都は、中宮の方に向かって、ていねいに挨拶をした。修験者たちの陀羅尼の誦唱がふたたび声高く響きはじめた。一座はホーッとしたざわめきを見せた。

老猾《ろうかい》なる修験者は、巧みに悍馬《かんば》の蹄《ひづめ》をそらしたと、いうべきであろう。獲物に逃げられた

少納言清原元輔の女《むすめ》は、それでも相変らず不敵な面魂で、にやにやと露骨な嘲笑を浮かべて修験者たちを睨《ね》めまわしている……

「ああ、よかったわねえ」

戸口を出る時、大輔の君が私の耳に口をよせてささやいた。

「兵部卿ノ宮だって、あれでよかったのですよ。北の方を寝取られたことが公表されたんじゃ、いい恥をさらすだけですものね」

明らかに薫びいきの大輔の君は、うれしくてたまらない様子だった。

確かに薫大将の勝利であったことは、私にもうなずけた。薫大将が匂の宮の北の方(中君)と密かごとがなかったということは、匂の宮の主張がまちがっていたことを示すもので、薫大将のいい分が正しかったことを証《あか》したことになる。薫君はその身の濡れぎぬが晴れたわけである。薫びいきの者が喜ぶのも、無理はあるまい。

その上、匂の宮から言いふらされたといううわささえある、浮舟殺害に関して薫君にまつわる暗雲……またそれにひき続く中君の死についてさえ、それにともなってこの君に疑惑の目が向けられがちだった……それに対して、こよいの死霊の陳述は、薫君にとって、なんと都合のいいことであったろう。それは、都合がよ過ぎるくらい、都合のいい言葉であったのだ!

ああ、私はしかし、大輔の君のようにただそれを喜んではいられなかった。私はすぐに下《しも》の局へおりることをやめ、大輔の君と別れてただ一人、夜の庭におりて、興奮をしずめるためにぶらぶら清涼殿の方へ歩いて行った。私の瞼の裏には、先日の、あの不思議な匂いの秘密を話して下さったときの、匂の宮の真剣なお顔が浮かんできた。あの立ち入り過ぎたとさえ思った、機微なお話までうかがった、あの密か事が、うそだったというのであろうか……

　これは全く相反する、相容《い》れない二つの事実なのだ。宮のお話がほんとうだとすれば、きょうの死霊の陳述がうそでなければならないのだ！

　もしも、私があすこまで恥知らずにおうかがいしておかなかったならば、私はこれほどまでの疑惑にとらえられずにすんだのに違いない。それは、死霊の言葉も、匂の宮のお話も、どちらもうそでなかったとする道は、ただ一つあることを私は知っている。それは、中君と薫君とが添伏しをしたのみで実事はなかった、と考えることだった。これは薫君においてはあり得ないことでもないのだ。そして、匂の宮の方では、その添伏しの移り香で、二人の密かごとを嗅ぎつける……だが、ああ！　私はもっとはっきり聞いてしまったのだ。添伏しだけではなくて実事まであったことを、匂の宮が確認しておられるということを……

　私はもの思いに沈んで薄暗い庭をあるいてるうちに、いつの間にか、また、もとの弘徽殿の方へもどってきてしまった自分を発見した。頭の中で渦巻いているこよいの魂寄せの疑惑が、知らぬ間に私の足をこちらへ向けたのでもあろうか。私は苦笑してひっ返そうとした時に、ふとその北側の渡殿《わたどの》のあたりに怪しげな人影をみとめ、ハッとして立ちどまった。私はそっとその方へ近づいて行った。人影は二人だった。何か熱心に話しこんでいる。灯《あか》りが遠いのでよくは見えぬが、こちら向きの人は、おお、あの老修験者だったではないか！　しかも、それと相対している若者らしいスラリとした後ろ姿は、どうも薫君のように思われた。

私はジッとたたずんで、その人がこちらを向きはしないかと、待ってみたが、なかなかこちらを向かない。そして、老修験者が何か言って白い歯を見せて笑ったと思うと、二人は並んで歩き出した。その横顔は暗くてはっきりはわからなかったが、私には薫大将に違いないと思われた。いや、そんなことを心配する必要はなかった。私が二人の去ったあとへ、渡殿の方へ向かって暗い庭土の上を二三歩あるき出したとき、えもいえぬ甘い香り——あの恍惚とするような、まぎれもない薫大将の香りが、庭木のあいだを通る微風に乗って、私の鼻のまわりに快く薫って来たのである——

第七章　第三の犠牲

あの弘徽殿の魂寄せの結果は、私の考えた以上に薫大将にとって明るい反響を呼びおこした。きのうまでは人々の猜疑《さいぎ》の目は薫大将の一身にそそがれ、二人の女性の怪死にまつわる他殺・自殺の論争には、必ずそのかげに薫大将の姿が、口にするとしないとにかかわらず、だれの瞼にも浮かびがちだったわけだが、あれ以来、口さがない女房たちのおしゃべりにも、他殺説は一掃されてしまい、薫君に疑いをかけていた者は、自分たちの不明を後悔するのだった。

事件当夜の容疑者の行動時間の言いわけも拒否して、額の傷口の怪しさを誇張し、遺書のないことをもっともらしく論じていた人たちも、死霊の――すなわち、浮舟・中君自身の陳述には、なんの抗弁の余地も見いだせないのであった。生きた人間の言いわけよりも、死霊の言葉の方が、はるかに力があるのだった。

が、それはそれでいいとして、問題はもう一つの死霊の陳述、すなわち、薫大将と中君との密かごとが事実無根であったと証明されたことから派生する事実だった。

それも私は当初、匂の宮の言い分がしりぞけられて、薫大将の主張が通ったので、匂の宮の面目がつぶれてお気の毒だと思ったし、私自身としては匂の宮の言っておられることがうそではないと信じていたので、よけいお気の毒に思ったのだが、考えてみれば、あの晩薫びいきの大輔の君が評したように、すでに浮舟・中君の変死が他殺でないとわかってしまった以上、匂の宮の主張が通って、中君が右大将に寝取られていたことが死霊の口から暴露されたとしても、それで薫大将をどうすることもできないのだから、匂の宮にとって決してありがたいことではなく、事実の真否はともかくとして、死霊の口からそんな醜い事実のなかったことが公表されたことは、薫君のためばかりではなく、匂の宮のためにも、けっきょく喜ばしいことに違いないのだ――と私は考えた。あの夜、渡殿で薫君と老修験者が語り合っていた姿を見かけたことによって、私の心に生じたある疑惑は、いっそう動かしがたいものになっていたのではあったが……

　しかし、現実はそんな甘いものではなかったのである。私の思いもおよばないような結果が、この死霊の陳述からひき起こされたのであった。あのことがあってから、内裏《うち》の女房たちの間にかわされた会話の結論は、匂の宮は飛んだ過失を犯した。妻が潔白であったのに、薫と密かごとがあったごとくかん違いして、ついにこれを自殺させてしまった――ということになるのだった。

　なるほど、これは重大なことだった。そして、女房たちの意見は、次には、そうした過失に気づかれたら、匂の宮はあのとおりいちずな、純情な、そしてむかっ鼻の強い割に、ほんとうは非常に気の弱い方なのだから、自分のあやまちから愛する妻を殺したということになっては、どんなに心を痛めておられるだろう。密かごとが事実だったとしても、妻に死なれた今ではあんなにおこったことに心をとがめられている宮が、その妻の自殺の原因が自分の誤解からおこったと悟っては、このままでは、すむまい。何か悪いことがきっと起こるに違いない……こういう期待に変って行ったのだった。

　そのうちに妙なことを私は聞いた。それは、この匂の宮に関するあらぬ期待の発源地が、あの清少納言だという妙な話である。妙な話ではあるが、私はそれを信用し得る筋から耳に入れたのである。もっとも、あんなうわさは、考えてみれば、どんな女だって考えつくようなことで、何もあの才女をわずらわすこともないわけだから、必ずしも彼女が提唱者だとも思われないが、あのはでな、にぎやかな女が一度「こんなうわさが、ありますよ」といって話をすれば、それは十人の女がしゃべるよりも宣伝力の大きいことは事実だった。それだけに彼女はもっと慎しむべきはずなのだが、あの浅知恵をひけらかすことの好きな彼女では、こんなことも大いにあり得そうにも思われる。それに、彼女と私とは人も知るとおりの競争相手だったし、そのお仕えするお方も皇后《きさき》と中宮《ちゅうぐう》とで、なんといっても競争相手には違いなく、とかく、こちらの悪いことは、あちらでは得たりと騒ぎたてる傾向があったのだ。げんに先日の、中宮が内輪だけでおやりになった魂寄せに、招きもしないのに聞きつけてわざわざ顔を出していた彼女のことを考え合わせると、案外彼女がうわさの発源地であるという説も、うそではないのかも知れぬ……私は苦々しくそんなことも考えたが、しだいに私自身、うわさの内容の恐ろしさに脅かされはじめて、ついに、ともかくも一度匂の宮にお目にかかって御様子をおうかがいしてみよう、と決心した。

幸い、中宮の御前で、宮にお目にかかることができた。匂の宮は私の顔を御覧になると、うれしそうに、私に話したいことがあるから、とおっしゃって、別の一間につれて行って、人気のない所で、また、さしむかいですわらされた。

宮はうわさのように思いつめていられやしないかと、私は心配していたのだが、そんな御様子も見えないので、まずまず私は安心した。相変らずむせかえるような香ぐわしい匂いに、ともすればふらふらとなりそうなのに当惑しながら、私はとにかく一応そのことをうかがってみた。

「あ、そのことですか……いや、あなたはこの間の魂寄せで、中君の死霊の言ったことを聞いて、あるいはその前に私がお話ししたことを、飛んでもないうそだった、と思ってやしないかと思って、心配していたのですよ。それであなたに、そのことについてお話ししたいと思っていたのです。ね、式部さん、あなたはそう思っておこってるのじゃないのですか」

「いいえ、宮様が私にうそをおっしゃったなどとは思いません。たとえ思い違いをなさったということは、あったとしましても……」

「思い違いですって？　ああ、やっぱりあなたは心の中では、私がうそをついたと思っておられるのだ。やっぱり、一度弁明しておく必要があった。あれは、あらためて申しますが、決してうそじゃありません。思い違いなんて、そんなことのあり得べき性質のものじゃありません。いかなる神変不可思議も承認しましょうが、あれが事実でなかったとか、思い違いだったとかいうことだけは、あり得るはずはありません」

激しい口調で、匂の宮はむきになっておっしゃるのだった。

「では、宮様は死霊の言葉はお信じにならないのですね。ああいう魂寄せなどということは、愚かしい迷信だと……」

「いやいや、飛んでもない。私はそんな不信心者ではありませんよ。それどころか、私は死霊とか生霊《いきりょう》というものの存在を確信しています。それだから、あれの死霊を呼び出して、取り澄ました右大将の偽善の仮面をひっぱがしてやろうと思ったのですよ」

私はおかしくなって、

「でも、あなたのおっしゃったことと死霊の陳述とは、相反しているじゃありませんか。その矛盾はどうお考えになるのですか。実は、あなたが平然としていらっしゃるから、安心して申し上げますが、あの死霊の言葉によって、あなたは御自分のあやまった判断で中君をお責めになって、あんなことになってしまったことを、後悔しておられるのではないか——と、そんなうわさがあるので、私はすくなからず心配しておったのでございますよ」

「そうですか。それはどうもありがとう。いや、あれを死なせたことは、私はかわいそうなことをしたと心から後悔しています……が、あのことが私の思い違いだったなんて心配はないのです。いいえ、ちっとも矛盾はないのですよ。あれはね——」

と、言って、宮はグッと顔をおよせになって、

「——あれは、中君の死霊がうそをついたんですよ。死んだからって、あんなことを平気で口にできるあれではありませんからね」

私は、あッとあきれて、まじまじと宮のお顔を見つめた。なるほど、そういう考え方もできるものか、と私は感心してしまった。この分なら、宮は自殺どころか、ずいぶん長生きを

せられることであろう。私は飛んだよけいな心配をしてしまったものだ。私はすっかり愉快になってしまった。宮の考え方の是非などは、問うところではなかった。宮が自殺でもしかねないようなうわさをまき散らしている、清少納言のあの傲慢《ごうまん》な鼻をへし折ってやることができる！——それだけで、私はじゅうぶん愉快になってしまった。

いったい、清少納言は私から見れば大先輩で、十歳も年上だし、宮中へ上がったのもそのくらい私より先んじている。私がまだ藤原宣孝《のぶたか》の妻であったころ、彼女はもう宮中であの天才的な才知をひらめかして、公卿殿上人をあっといわせて得意になっていたのである。彼女はすぐれた同性として私の一つのあこがれの的であったと同時に、実はそのころから私にはうわさに聞いただけで虫の好かぬ対象であった。いわば、彼女はそのころからすでに私の好敵手であったのである。もっともそのころは、私は何人《なんびと》の目にもとまらぬ名もなき女で、彼女は当代の女流を代表する第一人者であったのだから、好敵手といっても、それは私の心の中でだけの話だったけれど……

私が二十五歳で寡婦になり、つれづれをまぎらすために宮中にはいって中宮にお仕え申すようになったころ、彼女の有名な『枕の草子』が出はじめて、清少納言の名はいやが上にも内裏の内外に鳴り響いていた。私は『枕の草子』にあらわれる鋭敏な感覚と、簡潔無比、なんとも言えないきびきびした文章とには、まったく頭のさがる思いがしたが、彼女がその頓《とん》才《さい》！をひけらかして男たちを手玉に取りながら、実は、男たちのいい嬲《なぶ》り者になっているのに気のつかない愚劣さをあざ笑わずにはいられなかった。

私は宮仕えに出る前から——といっても、宣孝に死別してからのわずかな間だが、ひそかに書きつづっていた物語がまとまれば、その人生観照の深さにおいて、彼女の皮相な警抜さを誇った文学なぞ、日の前の月のように光を失ってしまうものだ、とうぬぼれて、彼女の傲慢ぶりを傍痛《かたわらいた》いものに思っていた。

私の物語が中宮のお目にとまり、多くの方々にも読んでいただけるようになってから、私は初めて彼女の文学が、並々ならぬ苦心の末にできあがっているものであることを——そして、あの簡潔な珠玉のような美しい文章を書く力量は、百年をさかのぼってもそうやすやすとは、もちろん男の中にも見いだしがたいものであることを、知るようになった。私は私の物語において苦労をかさねるうちに、私自身がそれだけ成長して行ったのだ、といえる。が、彼女の文学のよさに愛情を感じ、同性の偉大なる先輩として敬意をいだきながら、そういう風に彼女の価値を高くみとめるだけに、いっそう、彼女の騒がしい才知のひけらかしと、これ見よがしの軽薄な火遊びとに、がまんのならぬ反撥を感じ、鼻持ちならぬ嫌悪を覚えずにはいられないのだった。

なんとかして彼女に反省をうながしてやりたい——こういう気持から、私はつい、このころようやく人に喜んで読まれるようになった光源氏の物語の中で、清少納言をもじった博士の娘の話を、『雨夜の品定《しなさだめ》』の条でおもしろおかしく皮肉って書いてしまったのだ。

ところが、あの傲慢な清少納言は、私の物語なぞ見もせぬ様子で、いっこう反響がなかった。

そこで、無視された私はやっきになって、こんどは私の『日記』の中で、つけつけと、『清少納言こそ、したり顔にいみじう侍《はべ》りける人。さばかり賢《さか》しだち、真字《まな》書き散らして侍るほども、よく見れば、まだいと堪へぬこと多かり』

と書いてしまった。

その上、こんな人はついにはろくな目に会わぬだろう――『そのあだになりぬる人のはて、いかでかはよく侍らん』とまで、決めつけてしまったのだ。

まさかこれを当の清少納言に見せるつもりでもなかったのだが、私のまわりの女たちが、おもしろがって、いつの間にか書き写して彼女に見せてしまったのだ。

それでも、彼女はなんの反応も示さなかった。が、しばらくすると、いろいろな人が――ほんとに思いがけないような人までが、このことを知っていて、中には私に真偽を問いただしたりするので、私はびっくりした。彼女は私の『日記』を示して苦々しげにこういうのだそうだ。

「これが女の困ったところですよ。私の『枕の草子』を見て下さい。ずいぶん男の悪口は書いてるけれど、同性の悪口は一ト言も書いちゃいません。女が女同志で悪く言うなんて、見っともないじゃありませんか。すくなくとも宮仕えするほどの者の、なすべきことじゃありますまい。私は紫式部の悪口なぞ一個所も書いておりませんよ。もっとも書くほど、私はあの人のことなぞ問題にしては、いないのだけれど……」

ああ、先輩の同性を物語の中で皮肉ったり、日記につけつけと相手の悪口を書いたりする女と、なんでも好きなことを書いて、勝手な気焔をあげているように見えながら、同性の悪口なぞ一ト言も筆にのせず、ほえつく相手を眼中に入れずに笑っている女と——心ある人はいずれを高く買うことであろう……

私は完全に負けた。私はやっぱり若かったのだ。彼女のような老獪《ろうかい》な女から見たら、私をうち負かすことは、赤子の手をねじるごとくであったろう。

あのとき以来の、彼女と私との長い反目であり、競争であった。私は知っている。彼女はあんなりっぱな口はききながらも、ほんとうには、私のことを歯牙《しが》にもかけぬほど、大きな腹を持っている女ではないことを。さればこそ、こんどのような事件にも、口を出さなくてもいいことに、あらぬうわさを走らせて、いやがらせをやったりするのだ。

——私が匂の宮のお話を承って、清少納言が宣伝をしている、もっともらしい心配が、杞《き》憂《ゆう》に過ぎなかったことを知り、あの才媛《さいえん》の鼻を明かしてやることができると、心から愉快に思ったのは、こんな行きがかりがあったからなのである。

中君の死霊が、薫大将との密か事を否定したのは、死霊が恥ずかしがってうそをついたのだ、という匂の宮のお言葉に、私は茫然としたのであったが、ついでに私はうかがってみた。

「では、浮舟の君や中君が自ら身を投げたという、あの返答もたいして信用はおけませんですね」

するとと、宮はいかにも意外なことを聞くという面持で、

「ハハア、浮舟・中君他殺説のことを言っているのですね……いや、あすこは、死霊たちの言ったところは確かです。私はあのとおりだと思いますよ」

とおっしゃるので、

「オヤオヤ、それでは死霊がどう答えようと、御自分の考えしだいで、いいように解釈してしまうようじゃありませんか」

と、私が笑いだすと、宮は大まじめで、

「いいえ、そういうわけじゃないのです。あれは、あんなに験者《げんざ》が強く聞きただしていたでしょう？　それでもあのとおり自殺だと答えたんですから、まちがいありません。中君の密か事の件だって、もすこし強く決めつければ、ほんとのことを言ったのに違いないのです。験者め、なんだか妙に遠慮してやめちまったもんだから、あんなことになっちゃって、右大将の面皮をひっぱいでやろうと思った私の目的は、失敗に終ったのですが……ですがねえ、式部さん。私も初め浮舟の死んだ時には、薫が殺したんだろうなどと言った覚えもあるんですが、実際死霊の言うことを聞いてみると、薫は人を殺しなぞしませんね。薫はそんな人間じゃありませんね」

憎い相手をこんな風に弁護する宮を、私は御りっぱな態度だと感心して、

「それを聞いて、私も安心しました。あなたが右大将に対してそんなに大きな心を持っていらっしゃることを知って、私は何よりうれしく思います」

と言うと、宮は急にやっきとなって、

「いいえ、待って下さいよ、式部さん。薫が人殺しをしないということと、薫に対する私の気持とは別問題ですよ。彼は私に対しては人殺しよりもっとひどい事をしているんですよ。私は彼のひどい復讐――そして、そのために私の妻を死なせてしまった、このひどい復讐に対しては、じゅうぶん仕返しをしてやるつもりです。

殊に、この間の中君の死霊の陳述で、私はほんとうのことを知ってるから、自分では苦にしておりませんが、人々からあやまって妻を殺したその責任をどうするつもりだろうと、死ねといわぬばかりの、それはそれはひどい悪評を受けているのです。この点、薫の弁明をもとめて、人々の誤解を解かなくちゃならんと思っております。うわさによると、右大将はあの事実を否定してるということですが、ほんとうにそうだったら――そんな卑怯な態度をとるんだったら、私はもう許してはおけません。事実を偽わるような男は生かしておけません。私は腕にかけても、白状させてお目にかけます。見ていて下さい」

いちずな宮の御気性としては、こんな激しいお言葉をおはきになるのも無理はあるまい。私はすこし恐ろしい気がしてきたが、薫大将とてそんな確実な事実なら、どこまでも否定す

るようなこともあるまいから、まあ、そんなに心配することもないだろう——私はこんな風に楽観してしまった。

それはやはり、この君のむせかえるばかりの甘い悩ましい匂いが、私の判断力を鈍らせていたのかも知れぬ……いや、そういう言いわけをしても、私自身の心が満足しはしない。なんといっても、私がうかつだったのだ。

それから五日目の夜、私はその匂の宮が、所も同じ宇治橋から身を投じ、しかも前の二人の犠牲者と同じように、その額に深い大きなざくろのような傷を受けて、水にはいりながら少しも水を飲まずに死ぬという、例の不可解な死に方で、そしてその死体がまたしても前の二人の場合と同様に、例の五六町川下の網代にかかっておられるところを引き揚げられた——という悲報に接しなければならなかったのである。

前の二人の女性の場合でも、じゅうぶん驚くべき事件だったが、こんどは何しろ当代の三の宮、中宮の御愛子という、こよなき尊い御身分のお方で、しかもお若い、お美しい、女たちに並々ならぬ人気のある盛りの君が、こんなすさまじいお姿で変死なさったというのだから、宮中はひどい衝撃を受けて、恐怖と惑乱におちいったのも無理はなかったろう。

第八章　凶器の発見

　私は、中宮からこんどの事件をどう思うかとたずねられて、ほとほと当惑してしまった。匂の宮の変死は、前の二人の場合と同様に、自殺・他殺いずれとも決定しがたいものだったが、宮の薫大将との前からの葛藤、殊に最近の切迫した両者の暗闘は、人々の責任のない疑惑の目を、今までよりも決定的な殺人の色彩をもって、薫君の上に投ぜしめたのである。兵部卿ノ宮は中宮の御愛子であり、もし殺人という疑いがあるとすれば、中宮としてもほうっておくわけには行かない。ところが、その疑いの対象となっているのが、中宮にとっては、ほんとうの血のつながりはないとしても、すくなくとも表面上は、御自分の姉弟《はらから》であり、主上《う》の女二《え》の宮（匂の宮の兄妹《はらから》）を北の方にいただいている薫大将というのだから、事情はなかなか微妙をきわめているのであった。

　私はこの事件の当事者たちを、私の物語の主人公として、人よりもよけい知っているには相違ないが、それだけにいっそう事情の複雑混迷を感じて、結論をつかみにくかった。私の感想といったところで、その死体の状態を見せていただいたわけでもなし、検非違使《けびいし》のように犯罪の有無に関して調査し得る、特別な権限があたえられているのでもないかぎり、一般の人の見るところと、たいして変りようはあり得ない。

この場合も今までの二つの場合と同じように、遺書がないということが、自殺でないとする説の根拠として取りあげられた。それから、額の大きな深い傷と、水を飲んでいないことから、投身自殺による溺死ではなくて他殺であろうという考えは、浮舟事件以来再三論ぜられてきたところだったが、これも水中に岩があって、飛び込むとすぐ岩にぶつかって額を割られて死に至ったとすれば、水を飲んでいなくても投身自殺であり得る、という説も出ていたわけで、それらの他殺説・自殺説がまたまたにぎやかにむし返されたに過ぎなかった。けっきょく、こんどの場合も、今までと同じく、犯人の手掛かりが少しも残されていないことが、最後には自殺説を最もうなずきやすいものとさせる根拠となるのだった。

しかし、考えてみれば、こんなことは実はなんの根拠にも証拠にもならないことは、子供にでもわかることで、犯罪が行なわれたとしたら、その犯罪が実に巧みに行なわれた、ということを証明し得るに過ぎないのである。今日にも、犯人の足取りが見いだされるとか、あの不思議な傷口を説明し得る凶器が発見されるとかすれば、たちまち他殺説が盛りかえすことは明らかで、はなはだたよりない話である。

死体はちゃんと残されているのだから、その傷口、あるいはその他の状態から、なんとかもっとはっきりと自殺か他殺かを決定する方法がないものだろうか――と、私はもどかしく思う次第だが、そんなことを言っても、しかたがない。そこで、死者あるいはその周囲の人々の性格や状況から判断を下すほかはないことになる。そして、中宮をはじめ、匂の宮や薫大将の血縁関係、情人などはかえって正当な判断は下せないだろうし、そういう特殊な関係のない人で、彼らをよく知っている人こそ、最も公平適切な判断者となれるわけだ。そんな点から、私などの考えが案外重きをなして来ることになるのかも知れない。――中宮が私の意見をおたずねになったのも、こんな理由からであろう。

ところが、私にしてみると、中宮やその親近の人々が公平な判断が下せない以上に、私にも彼らに対して――実際、精神的には、中宮やその他の御近親の方々よりも、彼らの心内の奥底まで知り抜いていると信じているが、それだけに私には彼らに対して好悪感がないわけには行かないので、やはり公平な判断を下せる自信は、正直なところ、あまりない。

それに、私自身まだはっきりと事態が見きわめられないのだ。匂の宮と薫大将との根本的な性格の相違から、宿命的な相剋《そうこく》の悲劇は感ずるけれど、薫大将が匂の宮を殺そうなどとは、人がらからいっても考えられないところである。が、そうかと言って、匂の宮が自殺なさったということも、私には考えにくいことなのだ。というのは、匂の宮の自殺の原因としては、この間の魂寄せで、中君の死霊の陳述によって薫大将との密かごとが事実無根であったことを知り、その事を責めて中君を自殺に追いやったことに対する自責、ということが考えられるわけだが、私はこの間の匂の宮との会見で、宮がそのことに関しては決して心配しておられないことを知った。死霊の陳述にもかかわらず、宮は密かごとが事実無根であったことなどは、決しておみとめにならなかったのである。むしろ、宮は薫大将の行動を憤って、その罪の釈明を命にかけてでも要求する、と言っておられた。だから、もし薫大将が殺された、というのだったら、私は匂の宮に疑いの目を向けるのに躊躇はしなかったろう、と思うくらいである。

中宮のお話では、事件の当夜から翌日にかけて、薫大将は三条の邸におられた、ということだった。この点だけは、前の二つの場合と違う。そして、薫君のためには有利な状況であったといえる。が、疑いの目をもって見れば、右大将が当夜自邸におられたということは、だれも宮中、あるいはその他の場所で大将を見かけなかったということであって、かえって大将のためにその所在が証明せられないことになる、というのである。すなわち、邸内の側近の者が心得て隠しだてしているとすれば、当夜大将は邸内におられなかったと考えても、その考えはあながちまちがっているとも言えない、というのである。

私はずいぶんうがち過ぎた無理な考えだと思ったが、中宮がもっともらしくそんな考えを取りあげておられるところを見ると、あるいは中宮は薫君に対して疑いをいだいておられるのではないかと、私は胸のつぶれる思いがした。

そこで、私は中宮に、私にも、なんとも申し上げられぬ。というのは、私にも判断のしようがないのだ。ただ、私は薫大将が匂の宮を殺したというようなことは、どうも考えにくいところだ——ということだけを申し上げておいた。

すると、中宮は、

「ホホホ、式部は薫びいきだからねえ……」

とおっしゃった。

匂の宮の御母君でいらっしゃる中宮には、これだけでも、私が薫大将の肩をもつという風にお考えになるのだろうか。

「式部は薫びいきだからねえ」とおっしゃった中宮のお言葉は、下の局にさがってから、ひどく私の気にかかりだした。私は初めて自分の心の秘密を人にのぞかれたような気がした。自分でも知らずにいた心の奥の底を、案外に人は私よりもよく知っているのかも知れない。私は私の物語の主人公に対して偏頗《へんぱ》な愛情はいだかぬつもりだった。しかし、よくよく自分の心を反省してみると、私は薫大将と匂の宮と、二人の葛藤を物語に書いているうちに、知らず知らずに薫君の方に好意をよせてきていたかも知れない。実際、もしなくなられたのが薫君の方だったとしたら、私はその殺人者を憎み、隠された犯跡の暴露されることを望むことが、今よりずっと激しかったのに違いない。

そうだ。私は正直に自分の心の中をのぞくと、薫君のために、匂の宮の死が自殺であることを望み、さらにもし自殺でなかったならば、その殺人者が薫君でないことを期待し、またもし万一、殺人者が薫君であったとしたならば、その犯罪事実が人目にふれずに自殺説で納まってしまうことを願っている自分であったことを発見し、私はすくなからず狼狽した。

しかし、私はたとえ心の中の秘密としてでも、そういう考え方を是認するほど大胆ではあり得なかった。私は――すくなくとも物語作者たる私は、私のモデルたちに対してそんな偏愛をいだいてはならない。私はもっと冷静に事実を観察しよう。もしも薫君が殺人者であったなら、私は積極的にその犯罪の暴露されることを希望しなければならない――私はこう自分に言って聞かせた。

それにしても、私のこの心の秘密は、いったいどこから来たものであろう。光源氏の性格には、私は全面的に傾倒できたのだった。もっとも、それはモデルを離れて、私が勝手に好きなように作りあげたものだから、当然のことであったが……。それが宇治の物語に至って、光源氏の性格を二分して、その花やかな色好みな面と、地味なまじめな面と、それぞれを分担して生まれてきたような、新しいモデル匂の宮と薫大将とに接し、その性格を追究して行くうちに、私は光源氏にくらべてそのいずれにも不満を感じながら、より多い非難は前者の方に向けられて行ったらしい。さらにその原因を考えてみると、けっきょく貧しい儒者の家に生い立ち、嫁しては左衛門ノ権ノ佐《すけ》ぐらいの生活の身にしみた、その花やかならぬ環境から来たものであろう……そんな風な結論に達して、私はあじけない気持になった。花やかな自由な宮廷生活に、批判なしに溺れて行けない自分に、私は誇らしい自己信頼の念をいだいていたのだったが、今は、それよりも明るい色彩の中になんの懸念もなく自分も溶け入って、享楽から享楽を追って、行く雲・流れる水のように、暗い明日を思わずに現在の一瞬に不安なくうち込んで行けるあどけなさを、私はむしろ得がたい尊いもののようにあこがれるような気持になり、関白殿（藤原道長）の求愛をさえすげなくしりぞけ得た自分を、たいそうえらいもののように思っていたのも、けっきょく自由な宮廷の色彩に染まり得ぬ不自由な自分の、わびしい慰めに過ぎなかったのだ――とそんなことまで考えて、私はいっそう深い憂鬱におちいって行くのだった……

検非違使庁でも、今までの二女性の変死事件では、兵部卿ノ宮・右近衛ノ大将両家のいわば秘密に属する事なので、遠慮を示して、隠密裡《おんみつり》には調査を進めていたらしいが、表だってはなんの行動も示さなかったのだが、こんどは、事あまりに重大であり、各方面からも思い切った活動を要望する声が多く、庁としても捨ておきがたいので、いよいよ活潑な活動を開始したということだった。やがてこの自殺・他殺不明の奇怪な事件も、その真相が究明されることであろう。もし殺人の事実があったとすれば、遠からず真犯人はその仮面をはがれる時が来るに違いない――そう考えて、私は喜んで然るべきなのに、なぜかやはり心が重くなるのを、どうしようもないのだった。

が、事件後数日を経るのに、検非違使庁ではなんら犯人の手掛かりをつかむことができず、庁内でも自他殺両派が生じて、しだいに自殺派が勢力を占めて行きつつある――そういううわさを聞いて、わけもなく胸なでおろす私だった……

こういう私の心境に対して、事態は急に意地悪い展開を示すことになった。

それは匂の宮の変死後八日目——この呪わしい三つの連続変死事件の最初、浮舟変死の悲報が私たちを驚かした、あの初秋の日から二か月に近い日がたって、秋も深まり、にわかに風が野分《のわき》だって吹く夕暮、下の局でもの思いにふけっていた私は、中宮から「検非違使が来ているから」というお召しにあずかって、急いで御前に出た。

検非違使の別当《べつとう》源義清は御簾《みす》の前にかしこまって、中宮のおたずねに答えているところだった。私は御簾の中に呼び入れられて、中宮のおそば近くすわって、御いっしょに義清の話を聞くことになった。義清はこういう席には勝手が違うらしく、恐縮して顔もあげられぬ様子だった。義清の前には、白紙にのせて、長さ五六寸（十六七センチ）ばかりの不思議な形をしたものが置いてあった。私がそれに目をとめていると、中宮は、

「あれが宮を殺した凶器だというのですよ」

とおっしゃった。

私はハッとして御簾のところにより、その裾をあげて、手を出してそれを取ろうとすると、中宮は「お止《よ》し」という風に手をふられて、

「血によごれていますよ」

私はびっくりして手をひっ込めた。なんだって血によごれたまま、こんなところへ持って来るのだろう。気のきかない男だ。

しかし、私が手を出しかけたのを見た義清は、老人の節くれだった手に、そのものを紙ご

と取りあげて、膝を進めて御簾の下から差し入れたので、私はしかたなしに、薄気味わるいのをこらえて、それをつくづく眺めなければならぬはめになった。それは金色《こんじき》の金剛杵《こんごうしょ》——両端が五つに分かれた五鈷《こ》という仏具だった。その両端の丸くなった一方が、どす黒くよごれている。これが血なのか！　と思うと、私はぞっとして、どうにも手が出なかった。中宮も首をのばして、気味わるそうに御覧になっている。

義清は詳しく語りはじめた。それによると、この金剛杵は昨夜検非違使庁の巡邏《じゅんら》が夜警の途次、三条の右大将の邸の裏手にかかった時、その裏の御門の下から突然ムク犬が飛び出して夜警を驚かしたが、そのムク犬が何かくわえているので、不審に思い取りおさえて調べてみると、この五鈷をくわえていたのであった。

巡邏はどうもよごれが血のかたまりのように思えたので看督長《かどのおさ》に届けた。看督長の頭にはそれが右大将の邸であるところから、近ごろの風評がピンと来たので、一大事と府生《ふしょう》の耳に入れ、府生から尉《ぞう》と、順々に上役につたえて、ついに別当義清の耳に達した——という次第だった。

「あの三人の変死者の額に残された、不思議な傷の謎——槌のような鈍器でありながら、しかも頭蓋骨を割り得る尖端を持った凶器、そういう奇妙な凶器があり得ようとも思えませんでしたが、やはりあったのでございました。これならば、大きくて、しかも深い、あの不思議な傷がよく説明されます。金剛杵というもの、煩悩を断つ象徴とされる仏具でございます

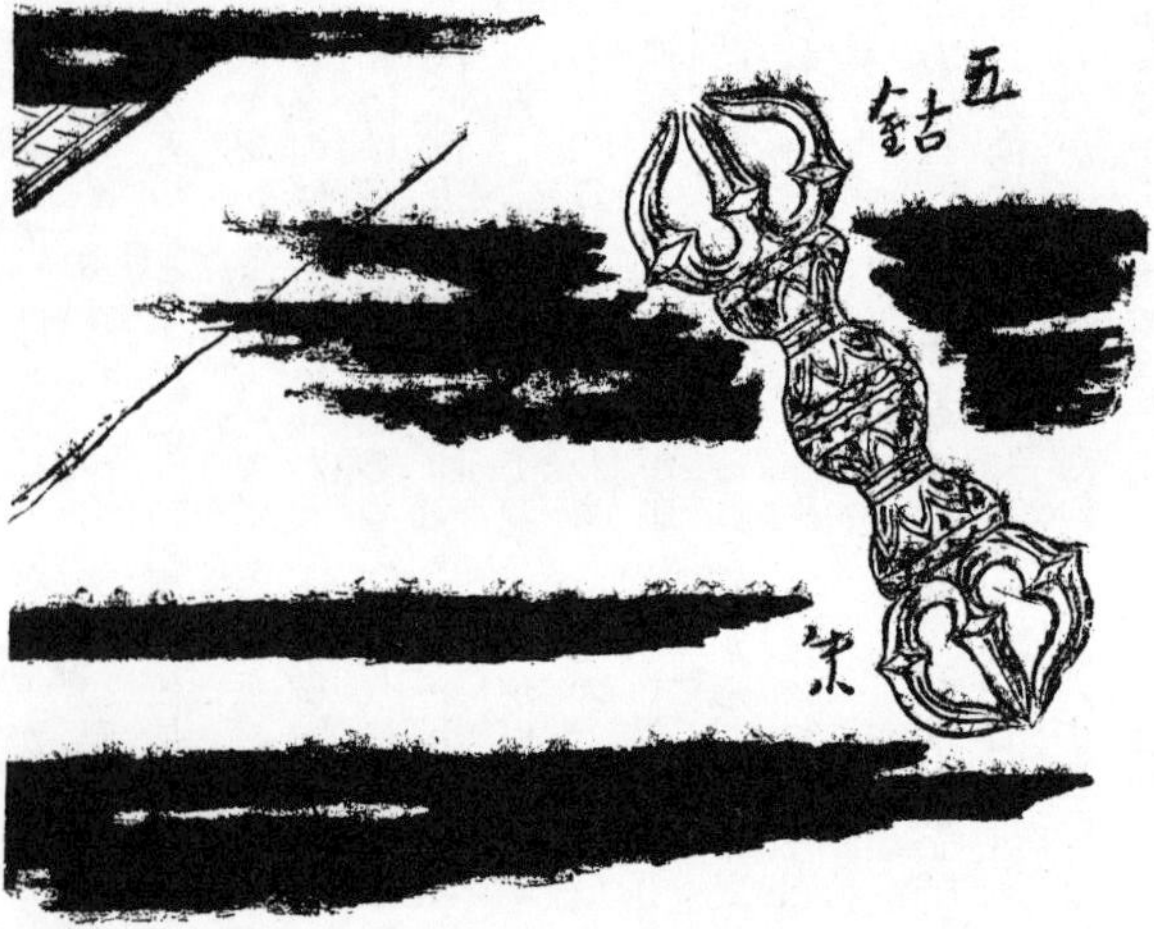

が、もとこれは天竺《てんじく》の護身の武器だったそうで、女はもとより男《おのこ》でも一撃のもとに即死せしむることは可能で……されども、まさかこのようなものが、あの事件の凶器とは、この義清も思いよりませんところでござりました」

義清は得意げに述べたてるのだった。

私も、そういわれれば、こんなものでもないかぎり、あんな不思議な傷はできないであろうと思い、それにしても奇妙な凶器が使われたものだ——と、茫然とした気持で、その怪しげな形の武器をまじまじと眺めていた。

が、たちまち現実の事態に思いいたって、これは薫大将のために容易ならぬことになったのだ——ということに気がつき、私は背筋が寒くなる思いだった。

はたして義清は、右大将邸を秘密裡に捜索したいからと、暗に中宮の承認をもとめるような口ぶりだった。中宮も事の重大さを思い、御愛子の匂の宮のためには、真相をきわめたいが、右大将は、自分には表面だけの姉弟《はらから》であるが、主上《うえ》の御妹の一品《いっぽん》内親王（女三の宮）の御子《みこ》であり、且つ主上の御愛子女二の宮を北の方にいただいている人であるから、こんなことで、匂の宮と薫大将との葛藤が、主上とみずからとの

間に持ち越される恐れなしとしないので、中宮はもし事実でなかったらどうしよう、という心配がさきに立って、義清にも、よくよく慎重を期して、捜索をするもいいが悟られることのないようと、くれぐれも御注意を遊ばされた。

義清とて、もとより右大将のような尊い御身分の方に対して、よくよくの確信がなければ動き出す気にはなれなかったであろう。今までも、うわさはじゅうぶん耳にはいって、内々には探査を進めていたが、まさか薫大将がと思い、あまり気を入れてもいなかった。そのため変なうわさが広がり出して、検非違使の別当義清は、相手が尊い御身分の方なるがゆえに手を出しかねているのだとか、犯罪を見のがしているのだとか——そういう陰口が、実は非常に剛腹で一徹な老人である義清を、すくなからず刺激していたのであった。

「たとえ身分はどうありましょうと、非法違法を検匡《けんきょう》する責任ある職に当たっておりまする上は、右大将であろうと権大納言であろうと、その非違を見のがす義清ではござりませぬ」

と、老人は頼もしげに力んで見せるのだった。彼の心にはすでに確信が堅められているらしく、私には感じられた。

義清は一人で気焔をあげてしまってから、少し気まり悪げに、

「申すまでもなく、右大将殿は尊い御身分で、六議《りくぎ》すなわち、議親・議故・議賢・議能・議功・議貴の最高位、議親に当たられるお方でござりますれば、その裁断は大納言以上・少輔以上の太政官及び刑部省の官人その罪を合議して勅裁を仰ぐもので、その罪がいかに決せら

れようと、もとより小職の知るところではございませぬが、検非違使庁がその権限を広め、弾正台《だんじょうだい》の職域であった糾弾《きゅうだん》の責を併合して参りました今日、かかる犯罪を見のがすことは小職の職責にもとる恐れあり、かつは権限拡張に対する各方面の非難の声もあり、この機会に令《りょう》に定めた職域に復原せしめる運動の起こりかねない情勢がじゅうぶん察せられます。そういうところから、庁では小職の尻っぺたをたたいて庁の権限を守らんとする、佐《すけ》以下の強硬論がもちあがっているしまつで……いえいえ、小職はあえて左様な庁の権限などという問題にこだわるつもりはございませぬが、ただ自ら当たっております職責の上からと、正義を守りたい念願とから、小職といたしましては、犯罪の実否という点だけを目標にして、行動いたしたい所存でございます」

と、老人はくどくどと申し立てるのだった。

私は下《しも》の局にさがって、はげしい風の音におびえながら、不安なもの思いに沈んでいた。さっき見せてもらった、血によごれたあの奇妙な武器が、あの不思議な傷をつくった武器であったとなると、それは匂の宮を屠《ほふ》ったばかりでなくて、今まで自殺説に納まりかけていた浮舟・中君の死因についても、ふたたび他殺説が擡頭《たいとう》するにちがいない。あれが右大将の邸から出たというからは、薫君は匂の宮を殺したばかりか、浮舟や中君をも殺したという疑いを受けなければならぬのではあるまいか。

浮舟の死はもとより、すこぶる怪しい。匂の宮に走ろうとする浮舟を、薫がおこって殺したということは考えられぬことではない。が、中君はどうであろう。中君は普通には、例のあの薫とのあやまち――その実否は別として――を責められて自殺した、と思われているわけだが、薫が匂の宮や浮舟を殺したとなると、これもまた考えなおす余地が出てくるのではないか。これだけが自殺で、他の二件が薫の犯罪ということになるのであろうか。死にざまの他の二人との相似は、中君も例外ではないことを示しているのではないだろうか。遺書のなかったことも、いったんは思い捨てられたが、こんな情勢になってくると、ふたたび取り上げられなければならなくなるだろう。薫は中君を犯しただけで満足せず、中君を脅迫して宇治に招きよせ、これを殺害して自殺と見せかけた、と考えられてくるのではあるまいか……私はそんなことを考えてるうちに、だんだんいつの間にか、それに違いない……という風に考えはじめている自分を発見して、私は慄然とした。「いや、そんなことはない」――私の心の中で、大急ぎで絶叫するものがあった――「薫大将は、そんなことをする人じゃない!」

しかし、その翌々日、薫大将のために状況はさらに悪化することになった。

それは、三条の右大将邸を秘密裡に探っていた義清の部下が、薫君の居間の文机《ふづくえ》の上の硯《すずり》筥《ばこ》の底に隠されていた、匂の宮から右大将に送られた決闘の挑戦状を発見したのである。それには――右大将が匂の宮の情人たちを次々に犯して行く非道ももとより怪《け》しかることながら、ついに正妻たる中君まで犯してこれを死に致した罪は、なんとしても黙視するわけに行は、自分の方では、浮舟に対する私の情事の報復であると言うかも知れぬが、自分の方では、何も悪意あってやったことではなく、やむにやまれぬ情の発したものであった。それはじゅうぶん責められていいが、その復讐としてこんな挙に出るというのはひど過ぎる。こちらは他意のない純粋な恋から、しでかしたあやまちだったが、そちらは全く悪意ある復讐行為として行なったのだ。これは断じて許すことはできぬ。しかも、謝罪の機会をあたえたのに、密か事の明々白々たる事実まで空とぼけて否定するにいたっては、もはや誠意ある折衝を望むことは不可能と思われる。私はどちらが神仏の前に嘉《よみ》せられるか、潔《いさぎよ》く雌雄を決したい——と、いかにも匂の宮らしい、相手のことなぞ考えず、自分の考えだけで物を判断して行く、ひとりよがりな、しかし、直情で打算のない、御自分としては神の前にも恥じないであろう、激情の言葉がつらねられていた。そして、筆跡が鑑定されることになったが、それは素人《しろうと》目にも、署名どおり疑いのない匂の宮の筆つきであった。

これと同時に、匂の宮の二条ノ院からも、薫大将から匂の宮の決闘状に対して送られた返書が出てきた。それも似せようのない明らかな薫君の手で、ああいう根も葉もない言いがかりをつけられて、決闘なぞしいられるのは、迷惑至極である。自分がはっきりと密か事を否定したのに、あなたはまだ疑っているのか。そうなると、こちらこそあなたの誠意を疑いたくなる。あなたは浮舟・中君の死についても、私に対してずいぶんひどい邪推をし、そればかりか悪いうわささえ立てているということだが、いったい、なんの恨みがあってそれほどまでに私を憎むのであるか、私にはほとんど解しかねるところである。一度ゆっくり話も聞き、こちらからも説明したいと思っていたが、もはやあなたの望むところは私の釈明ではなくて、私の命であるらしいから、そういう人に何をいってもむだであろうから、御申越しの決闘は潔くお受けする。明日夕刻、御指定の宇治橋の上で、恋しい浮舟・中君のあとを追わしてあげよう——と、これも匂の宮のに劣らぬ激越な言葉をつらねてあった。

二人がこういう切迫した感情のもとに、あの事件の当日、指定の場所宇治の右大将の邸で会見したであろうことは、もはや疑う余地はないであろう。事がはたして公平な決闘という形式で行なわれたか、あるいはもっと違ったやり方で行なわれたか、それはまだわからないが、大将と匂の宮のあいだで何ごとかが行なわれたと考えることは、当然すぎるほど当然のことであろう。

事件当日から翌朝にかけて、薫大将は京の自邸におられたということになっていたのだが、事は片づきはじめると、バタバタと片づくもので、同じ日に、京から宇治へ行く途中で、事件当日、右大将の姿をみとめた、という証人が出てきた。それは、まえに浮舟が投身の目的で家出をしたことがあったが、そのとき彼女を救った小野の尼君の家で、浮舟を見たことのある、尼君の婿の中将なる人物であるが、彼があの日、僧侶となっている弟を横川《よかわ》の僧房へたずねて行く途中、京と宇治のちょうどまんなかぐらいの萩の井の里のあたりで休息しているときに、夕日のカッと赤くさしはじめた道を、宇治へ向かってただ一人乗馬で走り去る、身分ありげな人影をみとめた。彼は松の根かたに腰かけてものをたべていたので、顔は見なかったのだが、そのあとで薫《かお》って来たあのえもいえぬ香りで、それでは今のは右大将殿であったか、と気がついた。――「自分はだれに恩怨もあるわけではないが、近ごろ兵部卿ノ宮の変死事件がだいぶ騒がしくなって来たので、まちがって解決されることを恐れ、あえて自分の目撃した事実をありのままに御報告申し上げます」

というのである。

その中将なる人物は、身分も相当だし、人がらもりっぱで、でたらめを言っているものとは思われなかった。

こうなると、薫大将が京の自邸におられたと言明していることが、かえって大将に対する嫌疑を深める材料になり、検非違使の別当源義清はいよいよ最後の行動に移る決心をかため、――「そのまえに一応右の事情を宮の御前のお耳に入れておきたい、と存じまして、御前に上がりました次第でございます」

中宮はわざわざまた私をお召しになって、この義清の報告をいっしょにお聞かせ下さったのであるが、別当の言葉が終ると、ホーッとため息をおつきになって、

「さて式部。いつかそなたに右大将のことをたずねた折、そなたは確信ありげに、薫君がやったとは思わぬ、と言いましたね。今、事情はこんなぐあいになってしまいました。こんなに動かしがたい証拠がそろったからは、義清は私の了解を得た上で、主上《うえ》の御内諾を賜わり、

さっそく行動を起こしたい、というのでしょう。

主上は薫を婿君とせられているのですから、さぞかし、おつらいことでしょう。ですが、それゆえに、なおさら、主上は義清の御願いをお許しになるでしょう。そうなると、私が義清に、この問題を主上の方へ持って行くのを許すかどうかということが、いっさいの帰趨《きすう》を示すことになるので、匂の宮の母たる私としては、同じく匂の宮の父君ではあるが、薫大将の御舅《ごしゅうと》でいらっしゃる主上に対して、きわめて微妙な立場に立つことになってしまったのです。

で、私はもとよりいっさい私情をはさまず、ただ真実のみによって行動するほかはない、と思っているのですが、その真実が私にはどうにもつかみ得ないのです。それで、才知衆にすぐれ、学問も深く究《きわ》めた、そなたの意見を聞きたいのです。どうでしょう、そなたの考え一つで、私は心を決めようと思います。義清はあのとおり返事を待っています。ねえ、式部。そなたの考えを聞かせて下さい」

私はまったく当惑してしまった。こうなると、問題は私一個の考えで、右とも左とも決せられることになる。飛んでもない迷惑なことだ。そんなことになっては、なおさら私には発言する勇気はない。私は、問題が簡単には解きがたい、怪しげなところがあるので、私にはなんとも判断の下しようがない、と申し上げた。

すると、中宮はいたく失望の御様子で、しばらく考えに沈んでおられたが、

「ああ、そなたにさえも判断が下せないことなら、私などに判断のつかないのは当然のことです。たとえ義清がそのまま動いて、それが誤まった判断であったとしても、もはや私たちの責任ではないでしょう。しかたがない、別当にまかせることにしましょう」

と、深く心をお決めになった御様子で、義清の方に向かわれた。

ああ、これで薫大将はいよいよ表向きに、殺人の罪を糾弾されることになるのだ！　罪の裁断は別だといっても、こんな恥辱に薫大将がたえられようはずはない。……こんなことでいいのか……だが、悪いといっても、どうしようもないではないか。私に、このかさなる証拠を覆《くつが》えし得る、いかなる根拠があろう。私の提出し得る根拠は、ただ『薫大将は、そんな恐ろしい殺人なぞする人ではない！』という、女らしい感情から来た確信だけではないか！

中宮はもう一度私の顔を御覧になって、最後に『いいね？』と念をおす表情をされた。そして静かに義清に向かって口をお開きになった……と、その瞬間だった。私は何かに憑かれたように、

「あ、お待ち下さい、宮の御前！」

と、われ知らず叫んでいた。

けげんそうにふり返られた中宮に、私は今さら自分で自分の気持がわからず、なんでお止めしたのかと、自分をかえりみる気持だったが、もうこうなってはしようがなかった。

「宮の御前、すこし猶予をおあたえ下さい。お願いいたします。私はもうすこし考えてみと

うございます」

中宮はにっこりお笑いになって、未練な私の申し出を、かえってわが意を得たというように、満足げな表情をお見せになって、うなずいて下さったのは、なんともありがたかった。しかし、それだけに、私はいっそう責任の重さを感じて、心の中では〝しまった〟と思ってる気持も、たぶんにあるのだった。

「よろしい。考えて下さい、じゅうぶんに。……そなたは、薫大将のことも、匂の宮のことも、また中君のことも浮舟のことも、私たちよりよくわかっているはずです。その人の考えを、私は聞きたいのです。千年の後までも、あやまちを犯したという悔いはのこしたくない。じゅうぶんに考えて下さい。では義清、お聞きのとおりの次第ですから、式部の考えが決まるまで、しばらく待って下さい」

こう言われては、義清もどうしようもない。はなはだ不服そうな顔をして平伏したが、

「小職としましては、もはや証拠もそろいました以上、考慮の余地はないと存じますのですが、音に聞こえた才媛の式部様のことゆえ、さぞかしわれわれどもには考えおよばぬ御見込みがおありなのでござりましょう。でござりまするが、当てもなくお待ちいたすわけにも参りかねますので、およそ幾日ぐらいお待ちしたらよいか、日をきっていただけませんでしょうか。式部様のことなれば、そんな心配をするまでもなく、すぐにも御解決がつくのかも知れませせぬが……」

と、しゅうねくつぶやくのだった。

私には実のところ、なんの見込みも心当たりもありはしない。こう別当に対立的に出られては、いよいよ心細く、どうしていいか途方に暮れてしまったが、こうなっては中宮の手前、弱音を吐くわけにも行かない。それに、義清の、専門家のわれわれが手をつくして到達した判断に、女のお前たちに何がわかるものか——といわぬばかりの言葉も面憎《つらにく》く、私は向こうの罠にかかるとは知りながら、

「いえ、そう長いことは要《い》りませぬ。三日間——三日間お待ち下さりませ。いずれとも決定的な御返事を申し上げます」

と言ってしまった。

「よろしい。では、義清、三日間待ってもらいましょう……なお、式部が捜査のために、義清はじゅうぶんに援助をおしまぬようにして下さいね」

と、中宮はありがたいお言葉を賜わった。

義清は「へへえッ」と恐れ入って、

「検非違使庁の誤まった判断をお匡《ただ》し下さろうという式部様のためには、われわれ検非違使は喜んで全力をあげて、御命令のままに走りまわるでござりましょう」

と、皮肉か本気かわからぬような、まじめくさった顔で、老人は答えるのだった。

この男の律気《りちぎ》な気持はよくわかる。そういう男が、網にかかった魚をそのまま手をつかね

て見すごすことは、どんなにか忌《い》ま忌《い》ましいことであろう。それも、彼から見てきわめてたよりない理由で、徒《いたず》らに犯罪の糾弾を遷延《せんえん》しなければならぬとしたら、ずいぶん残念なことであろう。彼から見て――だけならいいが、私自身から見ても、彼が想像するより以上に心細いたよりない理由なのだから、困ったものだ。

ああ、だが、考えてみれば、私はあの一徹な老人の気持を思いやっている余裕なぞはなかったのだ。私自身の方が同情されてもいい窮地に押しこめられていることを、自覚しなければならなかった。私は賢明にも「いずれとも決定的な御返事を申し上げます」といって来た。しかし、これはたいして賢明であったか、どうか。あのはやり立つ別当を無理に押さえつけて三日を延ばしたあげく、のめのめと、やっぱり右大将が怪しいから、さあどうぞ――と、私に言えるだろうか。

ああ、私は薫君の冤《むじつ》をどうしても立証しなければならないのだ。

翌日一日、私は下の局に閉じこもって、あらためて薫大将と匂の宮との宿命的な性格の相違を検討してみた。要するに、この事件は二人の宿命的な性格の相違から来る葛藤の、当然すぎるほど当然な悲劇的結果であることだけは確かだった。

考えれば考えるほど、私は自ら悲観的になって行く自分を感じた。匂の宮の明るい花やかな、かろがろしい、色好みな性格……薫大将の実直《まめ》な、つつましい、若いくせに妙に暗い性格……これほど対蹠的な性格も、それぞれ独立で置かれたなら、それなりに無事にすんだのであろうが、その二つの性格の運命的な不幸な交錯……宇治の八の宮の姫君を中心としての激しい愛欲の相剋……中君・浮舟にからまる、その呪うべき二重の三角関係において、匂の宮の積極的な、押しの強い、わがままな――しかし、彼としては純情な行動が、受身な、忍耐強い、弱気な薫大将に、常に犠牲をしいて来たのではなかったか……その長い忍従がついに爆発して、こういう恐ろしい事件がひき起こされたとしても、薫君のみを責めることはできないであろう……同情さるべき薫大将の復讐！

私はぞっと身ぶるいした。ああ、こういう考え方では、薫君は救われないのだ。それは、ひいきの引き倒しという結果を招来するだけだ。私はこんな風でなく、これと反対な方向に考えを進めて行くのでなければ、薫大将の冤を証明することはできないであろう……

ああ、私はいよいよ窮地に追い込まれたことを知った。

ところが、こうして一日をむなしく悶々《もんもん》のうちに過ごした翌朝、すなわち義清との約束の三日間の第二日目に、私をさらに窮地に追い込む運命が、私を待っていた。それは、ほかならぬ私の宿命的な競争相手、清少納言の文《ふみ》だった。この清少納言の文によって、私はいよいよ抜き差しならぬ窮地に追い込まれた自分を見いださなければならなかったのである……

第九章　清少納言の挑戦

このあいだ、私は第三の犠牲者の出ることを予知して、それを私の周囲の者に告げましたが、これは柔らかにあなたに警告してあげたつもりだったのですよ。こんどの事件は中宮の御身のまわりの方々にかかわるものであり、殊にその方々はあなたの物語の主人公たちなのだから、あなたはもっと慧眼《けいがん》を開いて、犠牲を未然に防がなければならないお人だったのですよ。しかるに、あなたはのんきに構えて危険の迫るのもいっこう御存じない御様子だったので、私は私の感じ取った危惧を、よそながらあなたに警告してあげたつもりだったのです。けれども、あなたは私の気持も知らず、よけいなところへ口を出すいやな女だ、という風にお考えになって、あの警告も一笑に付し、匂の宮は中君変死の責めについては、きわめてのびやかな見方をしておられるから、よけいな心配をする必要はない――などと、それこそのびやかな見方をして、暗に私の警告をあざ笑っておしりぞけなさいました。が、すぐそのあとで、匂の宮は私の予言どおり第三の犠牲者として、私たちの眼前に横たわってしまったではありませんか。

この事態を、あなたは、いったいどんな顔をなさって眺めていらっしゃるのでしょうか。私は事件の真相をきわめるよりも、そのあなたのお気持の方をさきに究明したいくらいですよ。
あなたは、私の予言があたったわけではないではないか。匂の宮は、自己の過失――中君を冤《むじつ》の濡《ぬ》れぎぬで責めた罪に対する苛責で、死んだのではない……と、おっしゃるかも知れませんね。それはそうです。しかし、私は第三の犠牲として匂の宮が祭壇に上がりそうだ、ということを予言したのですよ。そして、それをなんとか防ぎたい、と思ったわけですよ。それをあなたは自信ありげにしりぞけて、さてあのとおりの結果を招来してしまいました。あなたは匂の宮に対してその不明をわびなければならぬと同時に、私に対してもその不遜《ふそん》を深く頭を垂れておわびになる必要があると存じますわよ。

しかし、過ぎ去ったことは言っても詮《せん》ないことですから、私は現在の、あるいは未来のことに目を向けることにいたしましょう。

私はあなたが、この匂の宮の事件において、あらゆる証拠が薫大将の犯罪を指向しているのにかかわらず、中宮の御前に、しばらく猶予を賜わりたい、必ず右大将の冤を証明して見せる、と大言を吐いて、検非違使の別当を押さえられたということを聞きました。……こんなことを申し上げると、あなたはどうしてそんな事を私が知っているのか、とお驚きになるでしょうが、私は知りたいと思ったことは、なんでも知り、やりたいと思ったことは、なんでもやり得るのですよ。私はきのう検非違使の別当がひそかに中宮の居間に行ったことを、私の腹心の女から知らされ、事態の急を悟りました。あとは義清を呼び入れて、彼が頑強に隠そうとするところをすっかり吐き出させてしまうだけ——そんなことは、私としては、お茶の子というものです。ああいう頑固な老人ほど、純情でおだてに乗りやすいものはありませんからね。

ところで、私は、検非違使の別当を押さえつけたあなたの勇気は、こよなく痛快に思いました。思うに、あなたは前に私の警告をすげなくしりぞけた時と同じように、大なる自信をもって右大将の冤を言明されたのでしょう。……が、私は前のことによって、あなたの自信はあなたの自信のままで、事態の進行とは別問題であることを知ったので、こんどのことについても、あなたの自信と同じくらいの、大なる不安に駆り立てられております。

なるほど薫大将はあなたの御ひいきの登場人物でしょうが、あなたはあなたの物語のモデルをおかわいがりになるのは、あなたの御勝手ですが、どうか公平にかわいがってあげて下さい。薫君だけに偏頗《へんぱ》な愛を注ぐことは危険です。あなたの御性格から見れば、一味通ずるところのある薫を御偏愛なさりたくなるのは一理あることと思いますが、匂の宮のあの明るい、闊達な、若者らしい純情を——そして、それから来る、すこしばかりの傍若無人なわがままを、あなたは憎悪する権利を持っていると誤解しては、いけません。

こんなにも明確な証拠・証人のあがった犯人に対して、あなたは何を根拠に犯人の冤を確信されるのでしょうか。私はあなたの見せかけの確信が、実はあなたの個人的好悪の感情の変形に過ぎないのではないかと心配します。

どうか目をあいて、現実を直視して下さい。現実は、あなたのあの古めかしい物語のように甘くはないのですよ。私はあなたが現実のきびしさにたえかねて宇治の物語の筆を絶ったことを、いかにもあなたらしいと思い、なるほどと感じました。あなたはきびしい現実にたえ、それにうち克《か》って行く才知・胆力・勇気は、お持ちにならないからです。現実にうち克って行く能力は、一朝一夕に得られる生やさしいものではないのです。あなたは賢明にもあなたの物語を中絶なさったように、このきびしい現実の事件にも、つまらぬ口出しはやめて手をひくのが、いっそう賢明な態度と申すものでしょうよ。

前のように遠まわしにお耳に入れたのでは、のんきなお方には通じませんから、こんどは文をもって直接に申し上げるのですが、あなたは三日間の猶予を御要求なさったそうですが、あやまちを改めるには早い方がいいのですよ。三日を待つ必要はありませぬ。この文を御覧になったら、さっそく中宮の御前に、そして、義清に、兜をおぬぎになって、せめてあなたの潔《いさぎよ》さを示してあげることですよ。

それとも、あなたはどこまでも薫の冤を主張するというのだったら、私は一つあなたに挑戦したい。二人で賭《かけ》をしようではありませんか。私は薫大将の有罪という方に賭けます。そして、私が敗れたら、私は宮中から——そして、あなたの前から、姿を消すということを、私の賭の条件とします。

――私はこの文《ふみ》を読みながら、ぶるぶるふるえてしまった。

清少納言は、私に挑戦して来たのだ。私の不利な状況を察して、その窮状に乗じて挑戦状を突きつけたのだ。

清少納言の言いぐさは、ずいぶんおかしい。匂の宮の死は、彼女の言ったところとはまるで違うのだが、彼女はただその死をいい当てたというところだけを取りあげて、自分の予言があたったというように強調しているのだ。私は、清少納言が今までに上達部《かんだちめ》を相手にいろんな賭を争って、みごとに男たちを凹《へこ》ましたうわさを聞き、『枕の草子』にそれが得意げに書かれているのを見たが、それはみんなこんな風な、ひとりよがりなところがあるらしいのであった。男たちの言い分を聞くと、必ずしも彼女が誇らしげに吹聴《ふいちょう》するほどりっぱな勝でもない場合がかなり多いらしいのだった。それが、今ここにはっきりと証明されたわけだ。

しかし、私は憂鬱だった。私は私自身、薫大将の冤を証明することに悲観的になっているところだった。心を深く知ってくれる人から、優しい慰めと暖かい激励をこそ、得たいところだったのだ。こんな時に、あの日ごろから虫の好かぬ清少納言の、こんな意地の悪い文をもらわなければならなかったのは、残念だった。

少納言は挑戦している。賭を挑んでいる。もし自分が負けたら、宮中から姿を消す、と言っている。そして、私の方に対しては、なんともいってはいないが、これは言わずとも、もし私が負けたら、相手と同じ条件を果たさなければならないだろう。ああ、少納言はこの最も有利な状況のもとに、自分勝手な条件をつけて私に挑戦して来たのだ。

しかし、私はそれを辞退するわけには行かない。そんな条件はいやだといえば、私は自らに信がおけないことを告白するに等しいし、私が宮中生活に——日ごろそれを軽蔑していながら、実は——恋々としていることの証明にもなる。それは私にはできない！　ああ、ここに陥穽《かんせい》があるのだ。

私は実際は必ずしも薫の冤を確信しているわけでもないのだが、事態はかくのごとくにして、いやおうなしに、私がどうしても薫の冤を証明しなくてはならないはめに、私を追い込もうとしているのだった……

私は焦躁《しょうそう》の気分を転換するために、里にさがって静かに瞑想にふけることにした。里の一夜を私はどうしようもない迷路に惑《まど》い抜いて明かした。いよいよ約束の三日間の最後の第三日目を、私は文机に頰杖をついて、途方に暮れていた。

どうにもしようがない——というのが、私の結論だった。義清の部下を使っていっそう詳しく捜査をしてみたい、と思ったが、そんな事もむだなような気がした。あちらでもうじゅうぶん手をつくしているに違いない。今さら新しい手掛かりが得られようとも思われない。その日の夕方、私が里の家を出たのも、別に成算あってのことではなかった。じっとしていることができなくて、しかたなしに外へ出てみた、という形だった。

私はともかくも三条の右大将のお邸にあがって、大将にお目にかかってみようと、思った。が、薫君は折悪しくお風を召して休んでおられたので、北の方にお目にかかった。この方が当代の女二の宮である。痩せ形の、雛《ひいな》のようにお美しい方である、と思った。が、こしらえた雛のように動きのない表情のお方で、なまめかしく（註、清純な美）はあるが、艶《えん》だち色めいたかたのもの足りなさが感じられるのであった。私は事件当夜の薫君の在否をおたずねしてみたが、ずっと在宅せられたという今までどおりのお言葉だった。私はもっと何か得られないかと思ったが、相手があまり恥ずかしげな御様子で、うち解けたお話もできかねるのが、もどかしかった。

が、そのとき、私はふとうまいことに思いついた。そうだ、薫大将にはこの方のほかに、もう一人お出でになられる所があった。それは、内裏《うち》でただ一人薫君の情をいただいている、あの小宰相《こざいしょう》の君という女房だった。この人なら、もっとうち解けていろいろ聞くことができるかも知れない……そう思いつくと、私は溺れる者の藁《わら》でもつかみたい心理から急にそわそわとおちつかなくなり、そうそうに退出して宮中に上《のぼ》った。

幸いにして、小宰相の君は自分の局《つぼね》にいた。私の訪問にびっくりして、細面のさびしげではあるが、生き生きと美しい顔を緊張させて、私を迎えた。何か不安にたえられぬ、憂わしげな表情は、薫君にあんな事が起こってるのだから、こうなくてはならぬのだと、私はこの美しい人に心からの同情を感じて、さっそく詳しく事情を説明して、現在の私のおちいっている窮状をうったえた。もうここまで来ては、どうにもならないから、あしたは義清に頭を下げてしまうほかはないが、自分としては、なんとか薫大将の冤が証明されれば、こんなうれしいことはないのだ。あなたとしても、この点は私と同じだろうと思うから、なんとか協力してもらえないだろうか――と、私は真心をこめて真意をつたえた。

小宰相の君も、私の気持をすなおに受け取ってくれて、心から私に対して感謝の意を表した。自分は薫君のために非常に心配していたが、だれ一人相談相手もなくて、ほんとに心細かった。あなたがこの事件にそれほど関係していてくれたとは、ちっとも知らなかった。それに、薫君のために同情的な見方をしてくれるのは、自分としては実にありがたいことで、なんとも御礼の申しようがないくらいだ。しかし、そこまで事態が悪化していようとは思わなかった――と言って、そこは女心の、もう涙がさきに立つのだった。

私も思わず涙がこぼれて、しばしの間、いっしょに快《こころよ》く泣いてしまったが、ハッと気がついて我にかえると、ああ、この人を訪問したのも、要するにこんなことで、けっきょくなんの得るところもなかったのか――と、がっかりした。するとその時、小宰相の君はようやく気がしずまったか、涙を収めてしばらくじっと考えに沈んでいたが、

「どうして薫君がそんなに疑われなければならないのか、わたしにはどうしてもわからないわ。式部さま、あなたはさっき凶器として五鈷が発見されたとおっしゃったけれど、薫君が人を殺すなんてバカなことはあり得ないのですから、したがってそんな凶器なぞ、だれかが

薫君をおとしいれるためにこしらえたものに違いないと思うわ」

彼女は断乎とした調子で言いだした。

私はやや心強く感じて、そう思う根拠を聞いてみると、やはりいけなかった。要するに、それは彼女の感情的確信に過ぎないので、これという理由をあげることはできないのであった。私の薫びいきと大差のないありさまなのだ。しかし、彼女が非常な確信を持ってるのが、私には何か快かった。

「では、薫大将が宇治へ行くところを見かけた、という証人が出てるけど、あなたはむろんそんな事も信じないわね？」

と、私がいうと、彼女はしばらくじっと考えていたが、

「さあ、それはなんとも言えないわ。だけど、あの晩はわたしの所にはいらっしゃらなかったのよ。お邸の方にいらしった、っていうんじゃないの？」

そういう彼女の言葉には少し濁りがあって、〝彼女は何か秘密を知っているのではないかしら〞——と、私に不審をいだかせた。

そこで私は急に思いついて、薫大将の三条の邸から義清の部下が盗み出した匂の宮の決闘状と、匂の宮の二条ノ院から出た薫大将の返書のことを言ってみると、彼女はサッと顔色を変えたが、

「ええ、そのことは薫君から聞いていたわ。そして、あの日に薫君は宇治へ行くことになっ

ていたの。……けれど、それはその前の日に薫君から聞いたことで、当日出かけたかどうかは、わたしは知らないわ」

私はがっかりして、いよいよあしたは義清に頭を下げてあやまってしまおう……中宮には申しわけないが、もうどうにもしようがない……そう思ったとき、私の瞼の裏に、意地悪く清少納言の憎たらしい笑い顔が浮かびあがった。それで、立ちかけた私はそのまま、またじっと考え込んでしまったが、気がついてみると、彼女の方も私のことを忘れたように深いもの思いにふけっているのだった。私は自ら慰めるように、

「どうもやむを得ないわ。あしたは中宮の御前で兜をぬぐことにしましょう」

と言って、立ちあがろうとすると、

「あ、ちょっとお待ちになって……式部様、どうかあきらめないで！……これは断じて薫君の犯した罪ではないんだから。そのことを私は確信するわ。……式部様、さしあたって別当義清が行動を起こさないように、もう少し御返事を延ばしていただくわけには行かないかしら」

彼女はさすがに女らしく、未練なことを言いだした。

「何かもっともらしい理由があればだけど、何も理由がなくてはねえ……約束の日限だから」

「その五鈷というのが怪しいわ。きっとだれかの策謀よ！」

「まあ！……あなた知っているのね。あなたはだれがたくらんだか知っているのね。すくな

くとも、見当はつくのね。さあ、言って下さい。大事なことですから、遠慮なぞしてはいけないわ」

こう言って励ましてやったが、

「いいえ、別に心あたりなんてあるわけじゃないの。ただ薫君がやったのではないから、だれかがたくらんだに違いないのよ。ねえ、そうじゃない？」

と、また心外なことになってしまう。

「ですけど、式部さん、その薫君を宇治へ行く道で見かけたという男は、なんとかいったわね。なんだか聞いたことがあるようだわねえ」

「そうよ、浮舟を救った小野の尼君の婿の中将よ。私は『手習の巻』で、その男のことを書いた覚えがあるのよ」

「ああ、そうか。わたしもそれを読んで覚えてたんだわ……そうだ、たいそう浮舟に御執心だった男だわね……そうなると……」

彼女は目を輝かしてじっと私の顔を見つめた。

「あッ、そうか。わかったわ、小宰相の君」

「ね、式部さん……あの人なら、浮舟にあんなにまじめに思いをかけていたんだから、突然現われて浮舟をさらって行ってしまった薫君に対して、どんなに恨みをいだいているか知れないわ」

二人は手を取り合って、うれし泣きに泣いてしまった。だが、考えてみると、それほど喜ぶべきことであるか、どうか。あの人物が薫大将を見かけたと証言したのが、彼女の言うとおり、薫大将をおとしいれるための策謀であったとしたところで、それで薫大将の潔白が立証されるわけではなかった。薫大将が宇治へ出かけたということの、一つの証拠が消えるに過ぎなかった。それさえ、もし中将が確かに見かけたとがんばったら、怨恨の件があったとしても、必ず彼の言葉が策謀であるという証明にはならないかも知れない……だんだん心細くなってしまったが……しかし、いったん浮き立った私の気持は、たいしたことはなかったのだとわかっても、やはりさっきよりは何か浮き浮きとしたものが、胸の中にわき立っていた。

「そうですねえ。これだけで薫大将の冤が証明されるとも思わないけど、すくなくともあしたの返事を延ばす理由にはなるわね。今夜義清に使をやって、この事を言い立てて、この男の再調査を言いつけてやるのよ。そうすれば、その調べができるまでは、こちらは返事ができないわけだから、すくなくとも一日やそこらは寿命が延びるというものよ。こっちから延ばしてくれと言わなくても、いやおうなしに延びることになるわ」

これは私のおもわくどおり運んだが、結果は私の予想どおり、私の返答の寿命を一日延ばしたというだけに終った。

中将はきわめて頑強に、薫大将を見かけたことを再確言した、ということだった。浮舟に関することは否定もしなかったが、そのために薫君をおとしいれようなどと思ってしたことではないと、男は憤然として言い切ったそうだ。男の大人しやかな、りっぱな態度は、義清に非常にいい心証をあたえた様子だった。義清は夕方このことを私の里まで報告に来て、

「まことにお気の毒ながら、約束の御返事をいただくのが一日延引いたしただけのことになりました。いずれ明日、中宮の御前で……」

と、皮肉な笑いを浮かべて帰って行った。

心配して明るいうちから私の家へやって来ていた小宰相の君は、次の間の障子《そうじ》（襖《ふすま》）の陰から義清の話を聞いてくやしがった。二人の薫びいきの女は、それから額をあつめてこの非運を挽回《ばんかい》する方策を練ったが、なんの妙案も浮かばなかった。が、小宰相の君はあくまでも薫大将の冤を信じて疑わなかった。そして、たとえ薫君が宇治へ行ったとしても、薫君は匂の宮を殺しはしない――と、人が聞いたら一笑に付してしまいそうなことまで、彼女は言いだすのだった。

この人ほど非論理的にもなり切れぬ私は、状況がいよいよ決定的になって来たように感じられた。もはや薫大将の冤を証明する道は私たちには見つかりそうもない。いや、その薫大将の冤ということそれ自身さえ、私にはなんだか不安になって来た――そう言って私が嘆くのを、彼女はこの期《ご》におよんでもあきらめず、やっきとなって、

「いいえ、断じて薫君がやったのじゃありません。だれかのたくらみです。ああ、だれがやったことか……」

と、くやしそうに、わからぬ謀略者を恨むのだった。

私ももてあましたが、彼女の熱情には打たれた。

「では、どんな人が謀略者であり得るか、一つ検討してみない？　まず第一に、あの宇治へ行く薫大将を見かけたという中将ね……そのほかにはだれかいない？　薫大将の敵は……」

そう言うと、彼女は困った顔をして、

「薫君はああいうひかえ目な人ですから、敵というものはないのよ。匂の宮とは、女の問題からあんな関係になっちゃったけど……」

「そこよ。薫大将でも、女のことでは敵を作り得るわけよ。それを考えてみましょう」

「その点でも、薫君はごく範囲が狭いわね。まず、北の方になってる主上《うえ》の女二の宮だわね。このお方には、なんの浮いた話も聞いたことがないわ。そのほかには、例の宇治の八の宮の姫君たちぐらいなものだわ」

「それから……あなたがいるじゃないの」

私の言葉に、彼女は恥ずかしそうに顔を赤くした。

「それで、あなたにはそういう心あたりはないの？　薫大将と対抗したというような人物の心あたりは？……まあ、おこらないでね、あなたのお堅いことはだれだってよく知ってるわ。

匂の宮も、ずいぶん御執心のようだったけど、あなたは、はねつけどおしだったわね、ホホホ……そうすると、さしあたり匂の宮なぞが一番条件にかなうわけだけど、これは殺されてしまった方なんだから、こんな謀略はできないし……」

「やはり、宇治の姫君たちの方だわ。中君は、匂の宮と薫君とお二人に愛されて苦しんでおられたようだけど、お堅いお方だったから、ほかにはだれも近づいた者はないわ。すると浮舟の君が残るだけね」

「そうね。浮舟の君はだいぶ経歴が複雑だから、よく考えてみましょう。浮舟は中宮の二条ノ院へ連れて来られるまでは、常陸ノ守の所にいて……そうそう、そのころ左近ノ少将が浮舟に婚姻を申し込んだことがあるわ。だけど、これは常陸ノ守の財力目あての結婚で、浮舟その人を見染めたというのでもなく、かえって浮舟が常陸ノ守の連れ子で、常陸ノ守の実子でないことを知ると、あわてて実子の方をもらいたいと言いだして、軽薄にも浮舟の方の話を中止して、まだ子供の末娘をもらったくらいの物質的な男ですから、欲は突っ張っていても、女に執心を持ってどうこうということはあり得ないわ」

私は吐き捨てるようにこういったが、さてそのほかにはもう問題にすべきものもないことを知って、すこし狼狽した。彼女も同じ気持で、この最後のわらに取りすがろうとした。

「でもねえ、式部さん。そういう男は、どんな考えを起こすか知れないわよ。浮舟の君が尊い八の宮の姫君だったことを知り、薫君の北の方になったことを知っては、そういう恥知らずな男は、自分勝手に『自分に一度話のあった女、自分の考えしだいで自分の妻になったはずの女――それが薫大将のものになってしまった』と、見当ちがいな恨みをいだかないともかぎらないわよ」

私はこの考えにはあまり賛成しがたかったが、こうなったら一日延ばしの未練さを笑われても、一日でも延ばせばそれだけこっちの勝だ、という風な妙な考えが出て、私はさっそく夜中ではあったが、別当の私邸へ文を持たせてやった。左近ノ少将を取り調べてもらいたい。この男は、こちらの調査によると、薫大将に恨みを持つ理由があり、はなはだ怪しく思われるのだ……と、すこしおおげさに吹っかけてやった。

が、使の持ち返った別当の返事には、義清の顔が見えるような、慇懃《いんぎん》をきわめた皮肉な調子で、

『驚き入った御探索でござります。さっそく厳重に取り調べます。明晩までには必ず御報告にあがれると思います』

と書いてあった。義清は、一日だけしか延ばさせないぞ――と言っているのだ。

こんな調子で一日延ばしにしてみたところで、どうなることであろう……と心細く思いながら、その夜は私の里の家に泊ることになった小宰相の君と、一間に床を並べて寝物語にふけった。内裏《うち》で薫大将のただ一人の思い人であるという、このほっそりときゃしゃな、猫のようにしなやかなからだつきの彼女の、横になると急にひどく色めかしく見えてきた、艶《えん》に

美しい顔をながめながら、この人が薫君に占領される夜のことを思い浮かべて、私は妙な妬《ねた》ましささえ感じて来るのだった……

第十章　薫大将の語る真相

翌日は、私は我ながら期待もかけられぬ左近ノ少将の嫌疑など検非違使の別当に申しわたして、一日の寿命をぬすみ得たことを恥ずかしく思いかえしながら、こんなことを清少納言が知ったら、どんなにか軽蔑することであろうと思い、いよいよあしたは、もはや潔く中宮の御前で兜をぬぐほかはないのだろう——などと、くよくよ考えながら日を暮らしたが、運命は意外に気短かで、あしたまで待ってはくれなかった。その夕方、私は中宮からお召しをいただいて、急遽《きゅうきょ》参内し、中宮と義清との前におもはゆい顔をさらさなければならなかったのである。

義清は意地悪く、「約束の日限が式部様の御探索の都合で、二日も延びましたが」と言って、まず小野の尼君の婿の中将のことを詳しく述べ、それから、左近ノ少将の件については、今日、さっそく取り調べたところ、確かに浮舟の君が二条ノ院へ来るまえ、常陸ノ守の女《むすめ》でいたころに、婚姻を申し込んだ事実はあるが、それだけのことで、こんどの事件について別段て立てた。

疑わしいところはない――と、中宮へともつかず、私へともつかず、きわめて皮肉に申し立てた。

その上、薫大将が当日宇治へ行くところを目撃したという証人の中将は、ますます自己の証言を確認するし、自分の部下に調べさせたところ、あの道筋の居住者で、あの日に薫大将の通られたことを知ってる者が十人近くも出てきた、というのだ。その人たちは、大将の顔を見た者もあるし、何よりもあの大将の香りでは、とても隠れてお通りになることはできませんよ――と、これは皆異口同音にいうのだった。

この大将の宇治行きが確実さを増してくると、匂の宮の決闘の挑戦状および薫大将の承諾の返書が発見されていることと照合して、大将が当日宇治行きを否定しておられるだけに、大将にとって状況はいよいよ非である、と言わなければならない。その上に、あの不思議な傷を説明し得る思いがけない凶器五鈷が、血にまみれたまま右大将の邸から出ているのである……

「もはや小職は、一日も自分の職責をゆるがせにしておく気にはなれませぬ。先日御約束の日限も過ぎたことであり、今日は式部様からもはっきりしたお言葉を頂戴し、中宮の御前のお許しをも得たいものと存じます」

律気な老検非違使は、一徹な調子で、もはや一歩も譲らぬという気勢をしめした。

私にも義清の言い分はもっともだと思われた。もはやこれまでだ……と思ったとき、中宮は悲しげな目で私を御覧になった。中宮のお目には、何もかものみ込まれた御表情があった。私は何も申し上げる必要を感じなかった。ただうなずきさえすれば、それで事は終るのであった。

私は胸がつぶれた。ああ、薫大将が……あの薫大将が、とうとうこんなことに……そう思うと、私はせつなくなって、私だけがこんなに心配しているのに、義清はしかたがないが、中宮までひどくつれなく見えるのが悲しかった。ああ、中宮は御血縁の関係から、いざとなればやっぱり薫大将より御子様の匂の宮の方を、より愛《いと》しく思われるのであろう……などと、そんなことまで考えて目がくらむような思いであったが、事態はそんなことに容赦なく、冷然とこの一瞬を越えて決定的に進行して行くことが痛いほど感じられ、私はどうにもならぬ悲しさに茫然として、自失におちいりそうになった……と、その瞬間、私の心の中で突然高く叫ぶ声があった。「そんなはずはない！　そんなはずはない！　あの美しい清らかな香りをからだからお出しになる薫大将が、そんな恐ろしい血なまぐさい殺人の罪を犯されるはずはない！」――私は、自分で知らぬ間に中宮のお袖をとらえて、一所懸命申し上げているのだった。

「この上は薫大将をお呼びになって、直接に一度おただしになって下さいませ。宇治行きをお隠しになっているのですから、そこに疑いをかけられることは、大将としても文句はつけられないでしょう。しかし、何かそこに理由があったとしたら、大将としてもはっきり釈明する機会をあたえられた方が、お喜びになるのではありますまいか。またもし、どこまでも大将が宇治行きを御否定なさるようだったら、それこそまことに疑わしいわけで、その時はもはや義清におまかせ下さっても、式部にも異存はございません」

中宮は私の提案をお許し下さった。義清も賛成申し上げた。が、薫大将がいよいよお着きになる時刻になると、「どうも小職はこの場にいづらいから」と言って、次の間に隠れて話を聞くことになった。まだ犯罪が確定したわけではないのだから、その方が穏やかであろう、と中宮もお許しになったのである。

私は、薫大将がりっぱに御答弁下さればいいが——と心から祈った。襖《ふすま》の陰で老検非違使が聞いていると思うと、私ひとり薫大将に代わってハラハラする役目を引き受けねばならぬ貧乏くじを引いたような気がした。

中宮から、薫大将の宇治行きを目撃した者が数人出ているが——とお話しになると、大将はギョッとされた様子で、しばらくうつむいて考えておられたが、やがて顔をあげられた時は、すっかり思い決まった、悪びれぬ明るい表情が、眉宇《びう》の間に輝いていた。私はホッと胸なでおろした。大将はきっとりっぱな御返事をなさるに違いない……私は大将の身辺から漂い流れる、かぐわしい香りにむせびながら、そう考えた。

「私はあんな隠し事をしたことを恥ずかしく思います。実はあの日、私は宇治へ行きました。それも、匂の宮とあそこで決闘をするためだったのです。……いいえ、実際は決闘はしなかったのですが、私は夕刻、約束の時刻よりすこし早目に宇治の邸に到着したのでしたが、匂の宮はすでに一刻《とき》も早く御到着になって、奥の間で休んでおられるということなので、私は不思議に思って行ってみると、宮の姿は見えなかったのです。私は人に知られないようにたった一人で馬を飛ばしたのですが、宮も同じお考えから、お馬で従者をただ一人お連れになっただけの、ほんとのお忍びでしたが、その者はもとより、私の邸の中の女たちもいっこう知らぬ間に、宮のお姿は消えておったわけなのです。

私はびっくりして、その辺をさがさせましたが、すこしも様子が知れません。私はひどく胸騒ぎがして、宮のおられた部屋の文筥《ふばこ》をあけてみますと、そこに私宛の文《ふみ》——御遺書だったわけでございますが——それが入れてありました」

ああ、初めて聞く当日の真相——私は異様な興奮をもって大将のお言葉に耳をかたむけた。

「それには——右大将よ、私は今まで君に対して飛んでもない誤解をいだいていたことを、そしてそのあげく決闘まで申し込んだことを、まことになんとも申しわけのない次第だったとおわびする。私は潔白な妻の中君を、自分の誤解から死なせてしまった。私はあれを追って宇治川に身を投じ、あれの霊に会って自分のあやまちをわびるつもりだ。せめて自決してわが身のあやまちを償《つぐな》おうとするこの私を、右大将よ、幼い時からの古い友情で哀れんでくれ給え——こう、その遺書には書いてありました」

私は、わけがわからなくなった。いったい、匂の宮は何を自分の誤解と言ったのであろう。

そして、なんで決闘を中止したばかりでなく、自決しなければならなかったのか。中君を自分の誤解から死なせた——というと、あの密かごとは事実でなかった、と匂の宮は認められたのであろうか……それらの疑問について、中宮もさっそくおたずね遊ばされた。すると、薫大将はふたたび深い沈黙におちいってしまわれたが、やがて沈痛な面持で、

「こうなっては、お隠ししては御疑念を晴らすことができませんから、何もかも申し上げてしまいましょう。匂の宮の私に対する誤解というのは、まことに言いにくいことですが、私が宮の親しくされる方々や、ついには北の方の中君に対してまで無礼を働いたという、私には全然身におぼえのない濡れぎぬをおかけになったことです。私も初めは宮のいやがらせの言いがかりと思っていたのですが、そのうちに宮が本気でそう思い違いしていられるらしく思われてきて、大いに当惑いたしました。密か事なぞというものは、言いかける方でも証拠はあげられないでしょうが、言いわけする側ではなおさら、その事実のなかったという証拠をあげることはできませんからね。私はただうろたえながら、ただ事実のなかったことを弁明するよりほかに手だてはなかったのです。もちろん、宮は私の弁明をまことと思ってくれなかったようです。

匂の宮は、私の妻の浮舟の変死のときにも、私が妻を殺したかのように、うわさを立てられたとかいうことでしたが、私とのあいだには前々から感情の行き違いがあったのです。実を申せば、浮舟の死は、私の方こそ宮をお恨みしたいくらいなので、宮から私が恨まれる筋

はないはずなのですが、このころから宮は私に対して奇妙な誤解をいだきはじめられたようです。それは、浮舟を宮に犯された私が、その宮に対する復讐から、宮の思い人を片っぱしから犯して行くという、飛んでもない誤解でした。

しかし、私にはそれをどう釈明することができましょう。私はただ、これもわが身のつたない宿世《すくせ》だと、悲しいあきらめをつけるほかはありませんでした。ところが、そのうちに宮の誤解はだんだんひどくなって行って、ついには中君まで私が犯したという風に考えられ、それを責められてとうとう中君が自殺するという、悲しい事態にまで立ち至りました。そして、世間では一時はその中君の死さえ、私が殺したのだという、うわさが立ちました。また、私が手を下して殺したのでなくても、私がいたずらをしたことが原因であいうことになったのだから、私が殺したも同然だという、もっともらしい非難を言いだす者も出てきました。

そういう時に、事をはっきりさせようという御趣旨からか、中宮は魂《たま》寄《よ》せをなすって、浮舟や中君の死霊を呼んで真相をただされることになったのです」

私にはふたたびあの日のことが——おどろおどろしい陀羅尼《だらに》の読誦《どくじゅ》と、老修験者の大きな赤ら顔と白い長い眉毛とが、頭によみがえって来た。

「すると、ありがたいことに、浮舟の死霊も、その死が自殺であることをはっきりと述べ立てて、私にかかる疑惑の雲を払いのけてくれました。その上、中君は私との密かごとをたずねられて、それが事実無根であったことをはっきりと申し立てました。

そこで私は、自分に対する疑いが晴れたことを喜び、これで匂の宮も思いなおしてくれるだろうと安心したのですが、実際にはそうは行かなかったのです。

死霊の陳述によって、自分の妻を誤解から死に致したことが明らかになって、人々の評判が急に匂の宮に不利になってきたのを見て、宮はいよいよ激昂《げきこう》し、私に密か事のあったことを改めて人々に告白せよ、と迫って来たのです。私は、中君の死霊があんなにはっきり陳述しているのに、まだあなたはそんなことを言ってるのか——とあざ笑って、拒絶してやりました。私もあまりのしつこさに、腹が立ってきたからです。あとから考えてみると、宮はこのとき単なる言いがかりをして来られたのではなくて、しんから密か事のあったことを信じておられたらしいのですね。ですから、私の拒絶に会って、憤慨して決闘を申し込んで来ました。

私は仰天《ぎょうてん》しましたが、そこまで押しつけてくる匂の宮の気持が、悲しさを通り越して憤《いきどお》ろしく思われてきました。よし、そこまで憎いなら……と、私もさすがに怒りにたえず、決闘を受諾する旨返書をやりました。

しかし、翌日になると私は心がしずまって、男らしくない話でいやだけれど、匂の宮に私の気持をお話しして決闘をやめていただこうと思いました。匂の宮もよく話したら、きっとわかってくれるだろうと思いました。私は実際密か事については後ろめたいところはないのですから、その点で自信が持てたのです。で、約束の時刻よりすこし早目に指定の場所、宇治へ赴いたのですが、そこで私は匂の宮の御遺書にぶつかったわけです。

さあ、これだけお話しすれば、もうおわかりでしょう。私は匂の宮が、さすがに自分の非を悟ってくれたことを知りました。『君に対していだいていた誤解』というのは、言うまでもなく、私が彼の思い人を片っぱしから犯し、ついには中君にまで毒牙をのばしたという、とんでもない誤解のことを言ったものです。私はその御遺書を読んで、ポッカリと目の前が明るくなった感じでしたが、しかし事態の急に気がつくと、私は急いで橋へ駆けつけました。けれど、なんの痕跡も見つかりません。で、召し使う男女を川に沿うてさぐらせにやりました。男どもの松明《たいまつ》の火がゆらゆらと川べりの道をつたって行くのを、私は夢の中のような茫然とした気持で見送っておりました。

ほどもなく男どもは帰ってきて、またしても例の川下の網代のところで宮の死体を発見したことを告げました。私はそのとき初めて自分のあぶない位置に気がついてハッとしました。……私と宮との葛藤は、だれ知らぬ者もない事実です。ここで宮がなくなって、私がともにここへ来ていたことが知れたら……しかも、死体は前の二人の変死者と全く同様の怪しい死にざまだというのですから、私がなんと弁解しようとも、だれが私が宮を殺したのでないと信じてくれるでしょう。殊に、決闘を承知したという私の返書が匂の宮の邸に行ってる以上、私との決闘のために宮が邸を出られたことはすぐわかり、その相手の私が殺人者でないなどと言ったところで、だれがほんとにするでしょう。

それに気がつくと、私はゾッとして、急いで京へ戻って今日宇治へ来なかったことにしなければならぬ、と決心しました。私は私の邸の者にじゅうぶん厳重に口止めした上、幸い今夜は泊まり込みだと思ったらしい匂の宮の従者が、振舞い酒に酔い伏してしまって、私の来たことを知らなかったので、彼をうまくだまして私が来なかったように信じさせろ、と気のきく侍女の侍従というのによくよく言いふくめて、私は夜の明け切らぬうちにと、急いで馬を飛ばして三条の邸に帰り、邸の者にも私が外出しなかったように思わせ、少数の知っている者には堅く口止めして、私は何食わぬ顔をしていることにしました。だいたい私の計画どおりうまく運んだようでしたが、一つ大きな失策のあったことが、あとからわかって来ました。それは匂の宮の御遺書を、あの気のきく侍女の侍従が、私と決闘云々の文句があるから、人に見られては私の身辺があぶなくなるだろうと、よけいな心配をして取り隠してしまったことです。これは大変なつまずきでした。私はすべてをありのままに発表するつもりだったのです。ただ私が宇治へ行ったということだけを隠してですね。御遺書がないということになっては、匂の宮の死因に疑いを招くばかりです。匂の宮の変死が改めて私の邸に報告されたのが翌日の昼ごろで、御遺書の件もそのとき知ってびっくりしたわけです。そこで私は急遽宇治へ赴き侍従にすぐ御遺書を発表させようとしたのですが、ああ、なんということでしょう。侍従は私のためを思って、この匂の宮の自殺を証明する唯一の証拠を焼却してしまったのです。私はあまりのことに茫然としてしまいましたが、もうどうすることもできません。

匂の宮の死は果然人々の耳目を聳動《しょうどう》せしめ、当然の結果として私の上に疑惑の目が注がれはじめました。そればかりでなく、私は検非違使庁が私に対する疑いから、私の身辺をひそかに捜索していることを知りました。それは、匂の宮から来た決闘状がいつの間にか、隠しておいた硯筥《すずりばこ》の底から盗み出されていたことによって気がつきました。

ああ、私はつまらぬ作為を弄して、わざわざ、恐ろしい殺人の嫌疑を招いてしまったのです。ちゃんと御遺書があったのですから、私は何もあんなにあわてて逃げ出さなくてもよかったのでした。それなのに、私はあの時はすっかり動顚してしまって、ともかく自分が宇治へ出て来たことを知られたらもうおしまいだと、それを隠すことに夢中になってしまったのです。ずいぶんうろたえた話ですが、それまでの匂の宮と私との一《ひと》とおりならぬ間がらと、最近のますます切迫した二人の関係をお考え下されば、私がそれほど自分の身の危険を感じたというのも、あながち無理もないことだと、思っていただけるかも知れませんね。

私は身辺がだいぶ怪しくなってきたのを見て、これは飛んだことになったと思い、いっそすべての事情を検非違使庁へ申し出ようかと思ったのですが、証拠の御遺書がない以上、今さら事実を申し立ててみたところで疑いを招くばかりですから、もうこの上はどこまでも宇治行きをひた隠しにするほかはない、と決心しました。ところが今日、中宮の御前に呼び出され、私の宇治行きを目撃している者が数人も出ていると聞き、ああやっぱり隠しごとはできないな、と悟りました。それで、すっかり申し上げてしまった次第ですが、私の話を信じていただけたでしょうか」

こう言って、薫大将はホーッとため息をつかれた。

中宮は茫然としておられた。私も言葉もなくもの思いにふけっていた。薫大将のお話は、ずいぶん意外なお話であったが、大将がうそをついておられるとは思いにくい真率《しんそつ》さがあふれていた。あとで聞いたところだが、中宮も、隠れていた義清も、大将のお言葉を全く疑うことを忘れて、ただ事の意外さに目をみはる思いだけだったということである。

それからしばらく重苦しい沈黙が私たち三人の上につづいたが、やがてそれは薫大将の沈痛きわまる声で破られたのであった。

「ああ、思えば私はなんと宿世《すくせ》のつたない身でありましょう。私が愛《いと》しいと思った者は、すべて私を見捨ててあの世へ先だってしまいました。大君《おおいぎみ》にしても、浮舟にしても、中君にしても……それから、匂の宮にしても……匂の宮とて、前にはあんなにも親しい仲だったのです……ああ、しかもその人たちの死が、私のしたわざであるようにさえ疑われるとは！

しかし、よくよく考えめぐらせば、浮舟、中君の死、そして匂の宮の死……この三人の死は、人の疑うように私が直接手を下して殺したわけではないけれど、彼らを死に追いやったものは、けっきょくこの私だったのではないでしょうか。ああ！　考えれば考えるほど、彼らを死なせた原因は私であるような気がして、しかたがないのです。私は彼らのあとを追って、宇治橋から身を投じ、もう一度彼らと手をとり合って、楽しく語り合って見たいなあ……と、ときどき真剣に思い込んでる自分を発見するのです……」

こう言って大将は、感きわまってほろほろと涙を落とされるのだった。私も大将の感動にひき込まれて、知らぬ間に私の目からもポロポロと涙があふれ落ちたのでびっくりした。そしてその時、私はハッとして気がついた。大将の感情の動きにつれて、大将のおからだから発する芳香に消長があることを……そして今、感情の高揚につれて高まった香りが激しく私をうち、私の感情を揺り動かしたのであることを……

そう思いながら、私はその清らかな芳香に恍惚となって、「ああ、やはり薫大将は汚れた罪の人ではない！　人がなんと言おうと、証拠があろうとなかろうと、この人の言われることに偽りのあろうはずはないのだ！」――と、私の感情は理知を越えた感激の叫びをあげるのであった……

第十一章　宇治橋の『三の間』

あとから考えると、いくらいい香りだからといって、香に眩惑されたなんて、ずいぶんお恥ずかしい次第だが、しかしそのおかげで義清も、私たち――というのは畏《おそ》れ多いが中宮もお入れしてのことであるが――私たちが、すっかり薫大将のお言葉を信用してしまっているのを見て、どうにもならぬとあきらめたらしく、あの日の初めの鼻息にも似ず、おとなしく帰って行ったのはありがたかった。

しかし、私は薫大将のお言葉には、冷静になって考えてみると、ほんとうはうなずきがたい節もあったし、ああいう証拠のないお話――御遺書があったけれど焼却してしまった、というような――は、いつひっくり返される恐れがないともかぎらないので、私はなんとか薫大将の陳述を裏付ける確証を得たいものと思い、ある事を思いついて中宮に申し上げ、義清に提案していただいた。義清も喜んで応じてくれた。

それは、処刑者の死体を使って、その額に例の奇妙な凶器五鈷をふるって傷口を試してみよう、というのであった。実験の結果は、頭蓋骨《ずがいこつ》を割るほどの強さで打ちつけると、傷口は五つの深い星形の裂傷が生じて、浮舟・中君・匂の宮の額にあった傷のようにはならないことが証明された。そうして、この結果から考えると、三人の傷は何かもっと大きなもののかどでできた傷のように思われる――そう報告して老検非違使は、初めて薫大将の御陳述を信用しはじめたらしい口ぶりを示した。

そして、義清は私の思いつきをほめたて、当代の知恵随一の清少納言にも劣らない――と口をすべらして私の一睨《ひとにらみ》に会い、あわてて口ばやに、

「さて、その、これにならいまして、こんどは、罪人の死体を宇治まで運んで行って、宇治橋から投じてその傷口を試してみたい、と存じておりますのでして……」

と、中宮に申し上げた。

中宮から右大将にお話があって、大将も御賛成で、喜んで実験に協力されることになった。義清や薫大将から、実験を見に行くことを勧められ、中宮も「行ってよく見てきて下さい」とおっしゃるので、私は遠くへ出るのはおっくうなのだが、一方興味もないことはないので、思い切って出かけることにした。

現場に行ってみると、やはり出て行っただけのかいはあった。かりに大将のお言葉を全面的に承認するとしても、死体の額に三人とも全く同じような傷を受けるというのはどうも不思議な話だ、と私はひそかに疑っていたのだったが、宇治橋の上に立ってみて、私はもしも、さらに第四の犠牲者が私たちの中から出るとしたら——ああ、私はなんだってあんな薄気味の悪い、不吉な想像をしたのだろう！——その犠牲者も、必ず前の三人と全く同じような死に方をするに違いない、と思った。

というのは、さきに立って案内される薫大将、それから義清、そのあとに私がついて橋を渡ってみて、私はあの三人は、橋の同じ場所から飛び込んだに違いない、ということを悟ったからである。すなわち、橋を渡って行って、薫大将が義清と私に指示して下さった、浮舟の君の浅緑《あさぐつ》のぬぎすててあった場所という『三《さん》の間《ま》』というのは、ちょうどそこだけ小さく水の上に突き出た張り出しであって、なるほど、この橋で投身自殺するとなれば、私だって、——投身者の身になって考えるなんて、いやらしいことだが——私だってここを選んだに違ていないと思われた。したがって、もしこの急な流れの下に、あの額を割るような岩が隠れているとすれば、三人が三人とも同じ箇所に同じ傷を受けるのも、すこしも不思議はない……という気がした。そして、義清の指図にしたがって下人《げにん》がほうり込んだ死体が、まっさかさまに落ちて行って、やがて川下へ流れて行くのを見送りながら、私はきっとこの実験は成功するだろうと、確信した。

実験の結果は、はたして私の期待したとおりだった。罪人の額は、前の三人の犠牲者とほとんど同じ箇所を割りつけられて、ざくろのように開いた、骨にまで達する深い傷が、全く前の三人の場合と同じ状態を示しているのであった。

この実験によって、三人の変死者は、自ら身を投げたか、あるいは人にほうり込まれたか、それはいずれとも決定しがたいとしても、すくなくとも、致命傷と思われるあの額の傷は、薫大将の邸から出たといわれる血染めの五鈷なぞによって生じたものではなくて――大将が初めから言っておられたように、そして浮舟・中君の死霊が陳述したように――流れの下に隠れた岩にぶつかって生じたものであることは、はっきりと証明されたわけである。

薫大将はもとより、別当義清も大いに満足のていであった。私もうれしくて、しかたがなかった。が、私はうれしまぎれに、つい深入りせずにはいられなかった。それは、私は自分のうれしさをより完全にしたいために、私は私の心をふさいでいるあのこと――こういううれしい場合にも、なお私を手ばなしで喜び切れなくしているあの疑問――つまり、薫大将が先日中宮の前で述べられた、中君との間に密か事の事実がなかったという、その御言葉の真否を、この遠出のいい機会に、二人きりになっておたずねしてみたいと思ったのである。私には大将がうそをおつきになったとも思われないのだが、あの匂の宮の御言葉も偽りだったとは思いにくいのである。匂の宮の御遺書によれば、あの私にお話になった時には密か事を信じていらっしゃったが、あとでそれが誤解だったと思い直された、ということになるのであろうが、あのときの宮のお言葉によれば、そんな誤解したり思い直したりできる性質のものではないはずである。何かそこに秘密があるのではあるまいか……私はそれをただしてみたかったのである。

するると、薫大将はおっしゃった。

「ああ、中君との密か事ですか。いや、あれはほんとうに事実無根なのです。私はうそは言いません。式部さん、あなたはなぜ私の言葉が信じられないのですか。私は事実あったことなら、あったと申しますよ。私は中君を愛していました。私が匂の宮のような男だったら、とうに通じてもいたのでしょうが、私は愛する女を不幸におとしいれてまで、自分の意を通そうという気にはなれないのです。式部さん、私の言うことを信じてくれますね?」

私は自分でも知らぬ間にうなずいていた。ああ、私の感情が私の理性の承認をまたずに、大将のお言葉を信用してしまったのか。それともまた、先日のように、大将の恍惚とするような香りに私の理性が麻痺されてしまったのか……否々、私は知っている。私の理性が、大将のお言葉を信じたのだ。大将と中君との密か事の冤《むじつ》を信じたのだ……

これは私の予期したところとは違った結果だったけれど、私はこの結果にも満足のできないことはなかった。いや、この方がよっぽど満足していい結果ではないか……と、私は自分に言って聞かせた。

ともかく、この実験は薫大将のために状況を好転せしめた。そうなると、都合のいいことはかさなるもので、一時はあの不思議な傷をみごとに説明し得たと思われた凶器の五鈷が、実は薫大将に見当ちがいの恨みをいだいた、例の左近ノ少将の作為だったことが判明した。

左近ノ少将は、自分の卑しい料見から、浮舟に申し込んだ婚姻を自ら破棄したくせに、その浮舟が尊い八の宮の姫君だったことを知ると、にわかに掌中の玉を失ったように思い、その夫となった薫大将を憎み、恨み、その浮舟の変死という事件が起こって、薫大将に殺人の疑いがかけられていると知るや、この時とばかりそのうわさの宣伝にこれ努めた。が、それがどうやら自殺で納まりそうな形勢になったので、業《ごう》を煮やしていた。そこへ中君の変死、匂の宮の変死と連続して起こり、その匂の宮の死についてまたまた薫大将に殺人の疑いが濃くなったと聞いて喜んだ。が、なんらの証拠もないところから検非違使庁でも大将に手をつけかねていることを知り、さらに三人の変死者の額にあった異様な傷のことを耳にして、五鈷という飛んでもない凶器に思いついて、これで薫大将に罪をきせてやろうと、鶏の血を五鈷に塗りつけて、検非違使庁の巡邏《じゅんら》が夜警に通る時刻をはかって、薫大将の邸の裏門から血のついた五鈷をムク犬にくわえさせて放してやったのであった……

「どうも、あの男をひとめ見た時から、こやつ怪しいぞとピンと来たのですが、あの実験の結果いよいよ確信を得たので、ふたたび呼び出してピシピシ問いつめ、とうとう逐一白状させることができたのでございます」

と義清は、まえに私が小宰相の君と相談してこの男のことを指摘してやった時には、なんの疑わしいこともないといって、すぐに放免してしまったことを忘れ、自分の手柄でこの男の謀略の罪をあばき得たように、得々として中宮に御報告申し上げているので、私はおかしくなり、

「この上は匂の宮の御遺書さえあったら、薫大将は無罪放免ですね」

と冷やかしてやると、

「あ、いや、その……匂の宮の御遺書さえあれば、初めから問題はありませんでしたので……御遺書がないばかりに、飛んだ道草を食いました次第で……なんともはや、右大将殿に対しましては申しわけないことをいたしました」

老人が、しんから恐縮してうろたえてる様子がおかしくて、私は意地悪く、

「でも義清様、御遺書のような証拠がないことには、いつまたお考えがひっくり返されぬともかぎらぬので、心配でございますわ」

「いや、いや、もはや左様なことは、決して……」

老人はいよいようろたえ恐縮して、口の中で何かわけのわからぬことをぶつぶつつぶやきながら、長居は無用とそうそうに逃げ出して行った。

ところが、その日が暮れてから、冷めたい雨さえしょぼしょぼ降りだした中を、ふたたび義清は中宮の御前に出て、

「さきほど紫式部様からお話のありました、匂の宮の御遺書に代わるべき重要な資料が手にはいりましたので、夜中をもかえりみずお目通りを願いました次第でございます」

と、老人は子供のようにうれしさを顔いっぱいにあらわして、興奮して語りだした。

「さきほど中宮の御前から罷《まか》り出まする途次、急に思いつきまして匂の宮の二条ノ院に赴き、侍女の右近という者に会っていろいろ懇談におよび、何かあるに違いないと思って、おだてたりすかしたりして、ようやく宮がだれにも手をふれることを許さず、絶対に秘密にしておられた文筥《ふばこ》のあることを聞き出し、それからまた大汗をかいて拝んだりおどしたり、やっとその文筥をあけさせることに成功し、その中に宮の御日記を発見いたしました。そして、あの事件当日の最後の記事を見いだしました時には……」

老検非違使は興奮に言葉もつまり、ぶるぶるふるえる手でふところから問題の一帖を取りいだし、その中ほどのところを開いて、御簾の下から差し入れた。

私はそれを取りあげて中宮のお膝の前におくと、中宮は私に「いっしょに御覧」とおっし

やったので、そばからのぞき込んだ。そして私は思わず「あっ」と叫んでしまった……

九月三日　右大将、申しやりし事を拒絶せるにより、決闘状を送る。

九月四日　右大将より決闘受諾の返書きたる。明五日、宇治にて右大将と雌雄を決するに至れり。

九月五日　嗚呼、右大将を疑いしは余が誤解なりき。なんの顔《かんばせ》あって、彼に見《まみ》えん。余は今より宇治に赴き、余が誤解より死に遣《や》りし中君のあとを追わんとす。

これは義清が興奮するのも無理のない、重大な資料であった。

それは私たちに何も新しい事実を教えるものではない。ことごとく薫大将のお語りになったところである。しかし、それゆえに、この匂の宮の日記（——中宮は、これが匂の宮の筆に違いないことを確言せられた）は、薫大将の陳述がことごとく真実であったことを立証するわけである。そして義清のいうとおり、これは匂の宮の自殺を証する上において、焼却せられた御遺書と全く同じ価値をもつ確実な証拠物件である。もはや、匂の宮の自殺は動かすことができなくなったわけである。

私はうれしさでからだがふるえた。が、はっと気がついて、紙をめくって前のところを調べてみた。私の予期したとおり、この秘密の日記には、見るのも恥ずかしいくらい赤裸々な匂の宮の御生活が、簡潔きわまる文字の上にあざやかにおどっているのである。そして、あの浮舟の変死から中君の変死に至る一カ月間——否、その後半の半月ほどの間に、驚くべきことには七名の女房の名があげられて、それらにはその下に、ただ『右大将復讐の密か事』と書いてあった。人のうわさではすでに聞いていたところだが、こんなに匂の宮御自身の日記にはっきりと書き記されているのを見ては、やはりぞっとするような恐ろしさを感じずにはいられない。そして、その『右大将復讐の密か事』の第八番目の、そして最後の犠牲者が、実に匂の宮の北の方の中君だったわけである！

　私は目の前が暗くなる感じだった。……ああしかし、匂の宮はその御最後の日に『右大将を疑いしは余が誤解なりき』と思い直しておられるではないか！　ただ、それが中君に関することだけなのか、その前の七人の女房たちに対する薫大将の悪業をも含めてのことなのか、日記の文章からははっきりしなかった。私の薫大将に対する気持から行けば、むろん全部の場合をひっくるめてのことであってもらいたいのだが……けれども、すくなくとも中君に対して密か事のなかったことは、匂の宮御自身の日記によって、りっぱに裏書されたのだ！　薫大将が中宮の御前で――それから、つい先日宇治のお邸で、私におっしゃったお言葉は、やっぱり私のさかしくも信じたとおり、お偽りではなかったのだ！

　こうして、匂の宮がなくなられてから二十日ばかり、初秋にはじまったこの奇怪な連続殺人（と最初は思われた）事件も、二タ月あまり後のめっきり肌寒くなった晩秋の日に、どうやら他殺説は破れ、自殺説で事件は解決に達したように見えたが、この宮廷を震駭《しんがい》させた怪事件の解決に私が一役買ったというので、私の評判は大変なものだった。私はできるだけ秘密裡に行動したつもりだったのに、物見高い女房たちの早耳は、憶測をもまじえて、実際以上に花々しく私のうわさを広げていた。それによれば、私が実験によって薫大将の冤《むじつ》を証明し、頑強に薫大将の有罪を主張していた検非違使の別当を恐れ入らして手を引かせた……というのである。私は、もし私がすこしでも話を大げさにしてやろうと思えば、うわさはそれ以上に大きく広がって行くに違いないことを知って、そぞろに恐ろしくなった。こんな時に、例の清少納言だったら、うわさ以上に宣伝の弁舌をふるって人々を煙に巻き、自分自身もその自分の巻きおこした評判に浮かされて、それを事実であったかのように思い込み、『枕の草子』などに得々として書き込むことになるのであろう……私はそんなことを考えて、ひとりでおかしくなるのであった。

そういえば、私はこの宮廷内の私の凄いばかりの好評を、別当義清の気持なぞ思いやって、大いに迷惑に感じていたのであったが、あえてそれを、むきになって否定しようともしなかったのは、このうわさをある一部にだけは伝われかしと、私の心の中で望んでいなかったと言い切れないところがある。それは言うまでもなく、あの清少納言だったのだ。この騒がしい評判は、彼女の聞き耳たてた早耳に達せぬはずはなかろう。私は彼女の先日の警告めいた挑戦状に、まだ返事もやらずにいたが、このうわさが彼女へのよい返事となるであろう。あのさかしらぶった才女が、あいた口がふさがらず、くやしがっているであろう姿が目に見えるようで、バカバカしい話だが、私は正直のところ、心の中では、おもしろくてしかたがなかったのである。

私は先日の清少納言の文《ふみ》を出して見た。右肩のひどく上る、角ばった、ピンピンはねるような、鼻っぱしの強い彼女の性格をまざまざと表わしているようなその筆つき！　おお、彼女は賭を挑戦している。薫大将の有罪に賭けるという彼女は、もし彼女が敗れたら、宮中から姿を消す、と言ってるではないか。彼女がこよなき生きがいと誇る宮中生活から！……私は彼女の文を読んで、そのはね踊るような文字と、味のないとげとげしい文章に刺激され、〝よし、こっちからも文をやって、『あの賭はどうなりましたか』と言ってやろうか……〟と思った。

清少納言は鳴りをしずめていた。こういう時には、ひっそりしているのが彼女の癖なのだ。が、そう思いながらもやはり少し薄気味の悪い静けさではあった。

第十二章　覆える真相

内裏《うち》では私の評判がひどく高くなり、女房や上達部《かんだちめ》が好奇心にそそられて入れかわり立ちかわり私の局《つぼね》を訪れるので、私は照れ臭くもありうるさくもあり、中宮にお願いして里に下がった。

静かな里の家のなつかしい自分の部屋で、秋の終りのさびしい庭をながめながら、私は久しぶりにしみじみした気分を取りかえして、ほんとうの自分に帰ったような気がした。思えば、聞いたこともない奇怪な事件……そして、私自身が妙な機縁からその事件の謎の中へまき込まれて行ったことなぞ、こうして机に頰杖をついて考えていると、なんだかうそのような、別の世界のことのような気がする。そして、清少納言から挑戦されたりして、私もいつの間にか本気で事件の謎の解決に全力をあげていた……そうした自分を考えると、全く夢のようである。しかも、事件は私の慧眼によって解決を見たように、人々は評判し、中宮はもとより、私を白眼で睨んでいた検非違使の別当義清まで、口をきわめてほめたたえている……

ここまで考えて、私は一人で顔を赤くした。ほんとうのところは、事件の謎は私の慧眼によって見抜かれたのではなくて、私の薫大将に対する個人的な感情——女らしい、理屈を超越した好悪の感情——しいていえば、『あんな美しい、清らかな香りをお出しになる薫大将が、汚らわしい殺人なぞなさるはずがない』という、何人《なんびと》をも納得せしめ得ない、私だけの理屈、というよりも直感——そういうものによって、私は薫君の冤を信じたに過ぎないのであったから。

義清が舌を巻いて驚いている、左近ノ少将の凶器の捏造《ねつぞう》の看破にしても、私は何もそこまで看破したわけではなくて、実は薫大将の犯罪の糾弾を一日でも延ばしたいという未練な考えから、小宰相の君と二人で無理に作りあげた『怪しい男』に過ぎなかったのだ。あの卑しむべき男がそんな凶器の作為を弄したなぞとは、あとで小宰相の君と顔見合わせてあきれたくらいである。私の指摘が、この謀略犯人の発見を導いたのではあったろうが、それは偶然の結果に過ぎないので、あんなことをほめられると、私はわきの下から冷や汗が出る思いである。

ああ、私はもっと合理的な理屈を積みかさねて行って、事件の謎を究めなければいけなかったのだ。幸いに、この事件では私の直感が偶然にも真相にあたっていたけれど、こういう理屈を越えた直感による解決なぞというものは、どんなひどいまちがいに知らぬ間におちいっていないとも限らない。現在の状況はその解決を肯定しているように見えても、いつその真相が、さらにその底に隠れている真相によって覆えされるかわからない……

私はだんだん憂鬱なもの思いに沈んでいった。が、まさかほんとうに、こんなに何人にもうなずきがたいところのない真相の底に、さらにそれを覆えすような真相がひそんでいようと、思ったわけではなかった。しかるに、現実はきびしかった。事態は急転して、私が里に下がってから中一日おいて三日目の夕方、私は中宮から急なお召しの御使を頂戴した。急遽参内した私は、また御簾の前にひかえている老検非違使の緊張した顔をひとめ見て、何か重大な事件の展開のあったことを直感した。

中宮はお待ちかねの御様子で、私の顔を御覧になると、すぐそば近くお招きになり、義清が持って来たのだとおっしゃって、かさばった薄様《うすよう》の文《ふみ》を私におわたしになった。私は、その右肩のひどく上がった、角ばった踊るような、大きな真字《まな》がちな筆跡をちらと見ただけで、それがだれの書いたものかはすぐわかった。

〝ああ、それにしても、清少納言はいったい、なんといってよこしたのであろう〟――私は胸がどよめいた。私の目には、あの賭を挑んできた少納言の文の文字がはねおどった。〝清少納言も一所懸命なのだ〟――私は文を持つ手が、不思議な感動でぶるぶるふるえた。

こんな文を私から差し上げることは筋違いかも知れませんが、このごろじゅう、内裏《うち》を震駭させた恐るべき連続殺人の犯罪が、その憎むべき犯人の狡智によって、単なる変死事件として葬り去られようとしているのを黙視するに忍びず、非違を検匡《けんきょう》する重大なる職責をになわれるあなた様に、私の推論し得た驚くべき真相を申し上げ、賢明なる御判断をお願いしたいと考えて、あえて筆をとりました次第です。

私は前からこの事件に注意しており、あなた様からもお聞きしたこともございましたが、その後の経過を綜合いたしまして、まことに驚歎するに足る恐るべき真相を看破し得た、と信じております。率直に結論をさきに申し上げてしまえば、この三つの連続した変死事件は、独立した個々の事件ではなくて、ある一人の人間の腹黒い意図によって緻密に計画され実行

された、三人の犠牲者をふくむ一個の連続殺人事件だということであります。
　あなたはこの奇怪な死にざまを同じくする三つの連続殺人事件において、初めから終りまで自殺か他殺かということを非常に問題にされましたが、犯人の恐るべき腹黒さにくらべて、あなたがたの考え方はあまりに単純に過ぎました。あの不思議な傷口に合うと思われる凶器が発見されれば他殺と思い、それがバカ者の作為とわかれば、ただちに自殺説にもどる、というたよりなさでは、狡《こう》獪《かい》なる犯人の頭脳にはちょっと太刀打ちできそうもありませんね。
　この事件の犯人は、人を殺した凶

器を犬にくわえ出されるような、間抜けな犯罪者ではないのです。否、人を殺すのに凶器をふるうような、単純な頭脳の持ち主ではないのです。この恐るべき狡獪なる犯人は、凶器をふるわずして人を殺す……否々、そういってもまだ足りない……彼は人を殺さずして人を殺す、のです。ここにこの連続殺人事件のほんとうの恐ろしさがあるのです。ああ、驚歎すべき犯人の狡知！

私はかなり早くからこの犯罪に気がついたので、そのことを陰ながら紫式部さんに警告したのですが、式部さんは私の意見を取りあげる雅量《がりょう》をお持ちにならず、そのため未然に防ぎ得たはずの第三の犠牲者匂の宮を、むざむざと犯人の毒牙にまかせてしまいました。私は今でもあの時のことを思うと、残念でたまらないのです。まさか式部さんほどの人が犯人を知ってかばっているのだとも思いませんが、この事件における彼女の行動を見ると、そういう疑いもいだきたくなるくらい、犯人の思うままに踊らされていますね。紫式部さんの叡知を以てしても、犯人のより大きな叡知の前には、光を消してしまうのでしょうか。それとも、犯人の香ぐわしい魅力が彼女のひそんだ情熱を駆りたてて、御自慢の冷静なる叡知を曇らせたのでしょうか……ああ、悲しむべき女の叡知！

飛んだむだ話を申し上げて、相すみません。さっそく本題にはいりましょう。私が今も申し上げたように、最初にこの事件の真相に気づいたのは、第二の事件たる中君の死後、中宮のところで行なわれた魂寄せのときでした。あの魂寄せは犯人の腹黒い計画のもとに演出された見世物だったのです。私には見ていてはっきりわかりました。ある一人の人のために、あまりに都合よくすべてが運ばれて行きましたのでね。いくら愚かしい人間だって、あれを見てその事に気づかずにいられるはずはないのですがね。演技者たちが中宮や匂の宮に呼ばれた人たちだったからといって、それで目をくらまされては、いけません。犯人は彼らに手をまわすぐらい、なんのぞうさもないのですからね。またそこが犯人には、人の目をくらますつけ目だったわけです。犯人はその時になって急に呼び立てられて来た、ということになっているのですから、事情を知っている人ほど犯人を疑う気は起こりにくいのでしょう。

犯人は自分にかかった殺人の疑いを晴らすために、浮舟・中君二人の死霊に、自殺であったことをはっきりと陳述させ、その上さらに、自分が匂の宮の妻なる中君を犯したために、中君が自殺したと思われてる、その疑いを晴らすために自分と密かごとの事実のなかったことを、中君の死霊にいわせせました。

こうして犯人は、自分にかかった人々の疑いを巧みに払いのけたのですが、実はそれと同時に、これがすなわち第三の犠牲者を屠《ほふ》る手段となっていたのですから、驚くべきものです。この恐るべき奸計《かんけい》を私は看破したので、その事を紫式部さんに警告してあげたことは、さきほど申し上げましたが、つまり犯人はこれによって自分の手に血ぬらずして、狙う獲物の命を奪う計画を立てたのです。

匂の宮は愛する北の方の中君を、薫大将と密か事のあったかどで、これを責めたてて自殺させてしまったわけですが、その密か事が事実無根であったとすれば、宮は自分のかん違いから冤《むじつ》の妻を責めて殺したということになるのです。純情で気の弱い匂の宮が、この罪の苛責にたえられず、愛する妻のあとを追って行くであろうことは、想像に難くないのではありませんか。狡猾なる犯人はここを狙ったのです……

もっとも、私もあの魂寄せの席でここまで看破し得たわけではありません。あの場では、あまりにすべてが一人の人に好都合に運ばれ過ぎるのに疑問をいだいて、ははあ、これは作為があるな、と悟った程度です。そして、最初の浮舟の変死のときから、その人に疑いをいだいていた私は、あらためてその人を犯人として事件の最初からのこまかい事がらを一つ一つ検討しつつ、この魂寄せのところまで考えすすんで、初めて全体の事件の真相を悟るとともに、犯人が現在抱懐する未来の犯罪の意図を看破してぞっと身をふるわせた次第です。

そこで私は今あなたにも、事件の真相をはっきり納得していただくために、この考え方のあとをたどって、最初から大略申し上げてみたいと思います。まず最初の浮舟の君の変死事件ですが、これは自殺か他殺か不明ですが、死体が発見された後、京から宇治の邸へ駆けつけた犯人が、邸の内外の者が他殺と思いこんでいたのを、極力自殺と考えなおさせ、怪しい死にざまをも外部にもらすまいと努力したことなぞ考えるときは、これだけではむろん他殺と断定せしめる理由にはならぬ遺書のないことなぞも、この場合には大いに重要な判断の資料となって参ります。で、かりに私に推測を許されるならば、私は次のように考えたいのであります。

犯人は、自分のせつない恋の形代《かたしろ》として得た愛する妻の浮舟を、普通なら許し得ないあやまちまでも許して、どこまでも愛し続けようと誠をつくしたのに、その浮舟があらぬ人に心のたけを捧げつくして改めようとしないのを見て、憤激のあまりこれを宇治橋の上から川にほうり込み、殺人の罪を免れるために、これを自殺とみせかけることにいたしました。ちょうど橋の下に大岩があって、額に大傷ができ、他殺を疑わせることになったのは、犯犯人もまごついたことでしょう……が、あるいは、悪賢い犯人のことですから、その事を知ってわざとその場所から投げ込んだのであるかも知れません。とにかく、殺害を完成させるには、これはかえって好都合な条件でした。もし万一にも溺死が完了せずに蘇生されたりしたら、大変ですからね。

かなり状況は怪しかったにかかわらず、犯人の日ごろの見せかけの人がらなぞが大いにものを言って、ともかく浮舟の死は自殺ということで世間をだまし終わせることに成功した……

という風に私は考えるのですが、これはまあ、私の推測ということにしておいていただきましょう。

さて犯人は、それからいよいよ憎い相手の男への凄い復讐に取りかかりました。これは犯人をひいきする連中でも、当然の仕返しだという風な言い方をしてこの事実を承認しているほど、必然的な動機によったものではありますが、その方法は実に筆にするに忍びないような意表外なものでありました。すなわち、いかに相手の男が犯人の妻を犯したからとはいえ、犯人はその復讐として、相手の男の親しくする女を片っぱしから犯して行った、というのですから、驚きあきれるほかありません。

こうして充分に相手の精神を混乱におとしいれて復讐の喜びを味わいつくしたあげく、日ごろから思いつめてよこしまな恋をしかけ、はねつけられていた、相手の男の北の方なる中君まで、とうとう犯人は自分の復讐の犠牲に血祭りに上げてしまいました。すなわち、犯人は邪悪な情欲の満足と、陰険な復讐の喜びとを、同時に味わい得たわけです。これを知った匂の宮は、逆上して中君を責めたて、かわいそうな中君はついに浮舟を追って宇治川に投じ、自殺して果てました。これもあるいは、自殺と見せかけて、犯人が巧みに殺し去ったのかとも想像されないことはありませんが……

いずれにしても、この第二の中君の死は、私は犯人の謀殺であることを断乎として主張するものであります。よし、犯人が直接に手を下して殺したものではないとしましても、すなわち中君の死は投身の自殺であると仮定しましても、私は犯人の謀略による殺人の罪を見のがすわけには行きません。犯人は事前に数名の宮の思い人を犯して宮の精神を混乱状態におとしいれ、そのあげくに宮の北の方を犯して宮を逆上の極に達せしめ、北の方を責めてこれを自殺に追いやらせるように——こういう、まちがいのない筋道を予想して、狡猾なる犯人は、相手の匂の宮を自己の意のままに踊らせて、その妻中君を殺させたわけであります。

こういう、自分の手を血ぬらさずして殺人を行なう、犯人の狡獪なる殺人方法は、第三の匂の宮の事件において、さらに恐るべき巧妙なる方法を示しているのであります。

すなわち、犯人は中君の死後、その死が犯人との間の密か事を宮に責められた結果の自殺であることを利用して、匂の宮を屠る方法を考えつきました。いや、あるいは初めからこの事を計画して中君を殺させた、と考える方がいいのかも知れません。折も折、あの魂寄せが行なわれることになったので、犯人はあらかじめ手をまわして（と、これは私の想像ですが）中君の死霊に犯人と密か事のなかったことを言わせました。これは前にも申しましたとおり、その事で妻を責め殺したことになってる匂の宮にとっては、その密か事が事実無根だったとなっては、致命的な打撃でなくて、なんでありましょう。こうして犯人は、一指も触れずに憎い仇敵の命を奪うべき武器を、その胸に突き立てたのであります。

私が犯人の奸計に気づいたのは、この時であったのです。ところが、匂の宮はなぜかよほど確信があった御様子で、死霊の陳述にもいっこう気を腐らせず、せっかくの狡知をきわめた犯人の陰険な謀略も、単純明快なこの宮のまえには歯が立たないかに見えました。叡知を誇る紫式部さんさえ、これで大いに安堵《あんど》して、かえって私の杞憂を嘲笑されたくらいであります。けれども、執拗なる犯人の恨みをこめた復讐のやいばは、ついに狙った犠牲の血を見ずに鞘におさまるはずはなかったのでした。

匂の宮の御日記にも見られるように、宮は犯人に密かごとの事実を承認させようとして拒絶され、激昂して決闘状をたたきつけました。卑怯な犯人は、決闘を受諾したと見せかけて、その勝敗の危険に命を賭けることなく、事前に宮を自滅せしめる最後の決め手を宮のまえに提出しました。

伝えられる匂の宮の御遺書、ならびに後に発見された御日記によれば、宮は恐らく決闘当日ある驚くべき事実——それはそれまでの宮の確信を覆えすに足るものでなければなりません——を知って、急に犯人に対していだいていた自己の誤解を悟り、それを犯人にわびて自決して果てたものと思われますが、その新しい事実とはいったい、なんでありましょう。

犯人は、匂の宮の誤解を悟られたという御言葉を、犯人の今までの主張どおり密か事が事実無根であったから、宮もついにはその事を認められたのだ——という風に言っているようですが、そんなバカなことがあり得ると、あなたがたはお考えになるのでしょうか。

匂の宮とて、ああいう事を言い立てられるからは、初めから故意に犯人をおとしいれようと考えられたのでないかぎり——そして、宮はそんな悪辣《あくらつ》なことをなさる方ではありませぬ——確かにこうと信ずる理由があったのに違いなく、そうとすれば、ただ急に犯人の冤に気がつかれたというようなことがあり得るものではありませぬ。必ず、宮が今までこうと確信せられていたその理由を、覆えす力のある、そして納得するに足る新しい事実が、宮のまえに提出されたものと見なければ、理屈が通りませぬ。

さて、それでは、その新しい事実とはなんだったでしょうか——

それを説明するためには、犯人が復讐的に匂の宮の情人たちを一人一人犯して行った、あのいやらしい奇妙な事件を、ふたたび思い出していただかなければなりません。そもそも、匂の宮はなんでその情人たちの密か事をお知りになったのでしょうか……ここから考え直してみましょう。そして、ここにこの犯罪の特異性があるのです。

それは決して情人たちの告白によったものではありませんでした。宮は御自身でその密か事を嗅ぎつけられたのです。犯人と宮とはあのとおりの香の道の天才でした。犯人はおのずからなる芳香をからだから出すという、真の意味の——つまり、生まれついての天才で、匂の宮は人工的に香を合わせる、いわば後天的な技巧の天才です。そしてその上に、二人とも異常な嗅覚の持ち主でした。この特異質――犯罪を遂行するには、この上もなく都合の悪いこの特異質を、狡知なる犯人は逆用したのです。犯人は宮の情人たちへの訪問を、自己の移り香によって、その事を知らせたいと思う当の相手にだけ、知らせることができたのです。数日前の訪問をでも嗅ぎ出してしまう、すぐれた嗅覚の持ち主は、どこへ行っても、当の女にはもう感じられない犯人の香りを、いやというほど嗅がされなければならなかったのです。そして、その香りの訪問が、最後には宮の最愛の北の方のところにまで薫ることになったわけでした。これで、匂の宮は中君の密か事を信じられたわけですが、そこに犯人の乗ずべき恐ろしいすきがあったわけです。

犯人は事件の当日にいたって匂の宮に対し――ここから私の想像になりますが――問題の密か事の当夜、彼は中君を抱き、添伏ししたことを告白し、しかしながら決して中君のからだを犯しはしなかったと、まことしやかに付け加えたのです。添伏ししたが、実事はなかった――こういうことは、犯人は前にも一度ならずあったことで、彼にかぎってそういうまことらしからぬ行為も、あり得ないとは言えなかったのです。ですから、宮もこの告白には動かされないわけには、いかなかったのでしょう。

そうなって来ると、中君が生前、どこまでも犯人との密か事をみとめられなかったことも

思い出され、また死霊となってまで頑強にそれを否定されたことも、今や動かすべからざる中君冤のあかしとして、心痛く思いかえされたことでしょう。その上、今までは犯人が密か事を全面的に否定していたので、宮の方でもいちずに犯人がうそを言ってると憤慨しておられたが、今犯人から添伏ししたことは事実だったと告白されて、けれども実事はなかった、という風に言われてみると、そこまで疑う根拠は宮の方にもないのでしょうから、一本気でむかっ腹も立てるかわり、純情でだまされやすい匂の宮は老獪な犯人に誠意をこめてねちねちとくどかれると、一トたまりもなく犯人の術中におちいってしまわれたことでしょう。

以上、多少想像をまじえましたが、あれほど密か事を確信しておられた匂の宮が、急にそれが誤解であったと思い直されるためには、右のごとき経緯を考える以外に、どんな事情が考えられましょうか。

ああ、驚くべき、憎むべき奸計！

こうして匂の宮は、犯人を救うべき御日記および御遺書を記されて、みずから宇治川に投じて死を急がれた次第です。

浮舟はしばらく疑問としましても、中君および匂の宮は、右のごとく狡獪なる犯人の奸計によって自ら命を絶って――殺されて行きました。変な言い方ですが、私はあえてそう申します。

あなたがたはもっともらしい実験など行なって、匂の宮の自殺・他殺を立証しようと努力されましたが、それを見ていた犯人はさぞかしひそかに嘲笑を浮かべておったことでしょう。匂の宮の死は、りっぱな自殺なのですから、自殺の結果が出るのは当然のことです。私たちは、その自殺が犯人の謀略によるものであったことを、見抜かなければならなかったのです。

自殺による他殺！　ああ、恐ろしい犯人の詐術《さじゅつ》！

しゅうねき陰険な性格のひがみから、前代未聞の奇怪なる復讐を敢行し、明るい、罪のない匂の宮を、思いのままにあやつって北の方を死に赴かしめ、さらにその事を種に宮自身を自殺せしめた、憎むべき、恐るべき犯罪！

これをしも見すごして、世に正義はどこに求められましょう。あえて、涸筆《こひつ》をふるい、思うところを率直に開陳して、世の非法違法を検匡する責任の職にあるあなた様の御賢察を仰ぐ次第でございます。

そして堂々と清少納言の署名がしてあった。私は読み終って茫然としてしまった……中宮は、私の読み終るのを待っておられたように、

「どう思いますか」

とおっしゃった。

私が途方に暮れていると、

「こんな恐ろしいことがねえ……」

と、驚きあきれた御表情をお見せになったが、しかしそれは、清少納言の言ってることを疑っておられるのではなくて、その内容の犯罪の恐ろしさにあきれておられるのであることが、はっきりと私にはわかった。

ああ、驚くべき清少納言の推理!

事情は急転直下、薫大将に非を告げている。もはや、言い開きの余地もなさそうだ。私にだって、なんと言ってもこの行きとどいた少納言の憶測を論破することができよう。否、かえって私は、彼女の所説を裏書きする事実を知っているのだ。清少納言は慧眼にも、あの魂寄せに疑惑をいだいているようだが、私の瞼の裏には、今でもあの夜の薄暗い渡殿《わたどの》に見かけた薫大将と老修験者との密談の姿が焼きついているのだ……しかし、薫大将がそんなことを……と思い、院源僧都ほどの人がまさか……と、私は私の卑しい疑惑をうち消して来たのだったが。そして、薫大将は死霊たちの陳述にひどく興味をそそられて、その辺の消息をたずねるために僧都と会談しておられた、としたってすこしも不思議はないではないか——と、私はとかく自分に都合のいいように考える癖があったのだが、思えばあれは、疑わないよりは疑う方が穏当にちがいない情景ではなかったろうか……

さらにこのとき、私の頭に浮かんで来たのは、いつか薫大将が私を里にたずねて来て、いろいろ悩みをうったえられた時に、ふとお話しになった、薫大将の実父柏木に関して父の光源氏に対していだいておられた、暗い疑惑であった。光源氏の血を継ぐ御孫でいらっしゃる匂の宮と、光源氏の目をぬすんで孕《みごも》った罪の子たる薫大将との葛藤には、思えば、当事者たちの知っている以上に根深いものがあったのかも知れないのだった……

義清はもとより、中宮も清少納言の推理にすっかり感心しておられるようだった。

中宮は私の沈黙を承認の意にとられ、別当に最後の御許可をおあたえになろうとした。私はあわてて、

「お待ち下さいませ、宮の御前。未練なようですが、私には清少納言様の御推理に、一つどうしてもうなずけないところがあるのです。それは大将と中君との密か事を、実事がなかったと匂の宮がお認めになった、という点ですが、私は匂の宮が実事まであったことを知っておられた、ということを宮自身の御口から聞いておりますのです。それは決して、誤解だったなぞと思いなおされる余地のないものなのです」

私にはやはり、あのいつかの匂の宮のお言葉を——あの立ち入り過ぎたと思われるくらい不躾《ぶしつけ》な質問にお答え下さった宮のお言葉を、どうしても忘れることはできなかったのだ。

しかし、中宮は私の言葉に『困ったものだ』というお顔を露骨にお示しになって、黙っておられた。義清は皮肉な顔色で、私をあわれむように見すえながら、

「紫式部様、お言葉ではございますが、薫大将殿と中君との密か事が誤解だった、と匂の宮が思い直されたことは、当の匂の宮御自身が御遺書や御日記にお記しになっておられるのでございますするぞ。あなた様が清少納言殿の所説を御否定なさりたいお気持は、小職にも推察

せられるところでござりますが、まさか日本紀の局の御叡知をもってしても、宮御自身のお書き遊ばされた御遺書や御日記まで御否定なさるわけには参りますまいテ、わはわはわは」

老検非違使は無遠慮な大声を立ててあざ笑った。

私は目のまえが暗くなって、くらくらと卒倒しそうな自分を辛うじてささえているのが骨がおれた。

義清はそれから中宮にむかって、

「では、いかがでござりましょうか」

と、きわめて慇懃に、しかし内心には、もはや一歩もひかぬ断乎たる覚悟をきめた表情で伺いを立てた。

中宮は目をつむって、何も聞こえぬような超然としたお顔をなさっておられる。しかし、義清もさるもので、中宮の沈黙をいいように解釈してバカていねいにお辞儀をして、そそくさと座を立った。中宮の黙認を得たものとして、最後の行動を取ろうと決心したのであろう。

〝彼を放してやってはいけない！〟――そう思いながら、もはや私は、老人の骨ばった冷酷な後ろ姿を見せてさっさとさがって行く検非違使の別当を呼びもどす口実は、どうあせっても思いつかないのだった……

第十三章　矛盾の追求

下の局にさがって、切燈台《きりとうだい》に灯をともし、私は文机にむかって私の乱れた想念をまとめたいと思ったが、それはますます千々《ちぢ》に砕けて行って、結果において何も考えずに茫然としているのと変りがないようであった……

中宮はさきほど、さぞかし私の狼狽を、私の未練さを、見にくくお思いになったことであろう。中宮はきっと、私が清少納言に負けるのがいやで粘りづよく降参しないのだ、と思われたであろう。……そういえば、実際私は彼女との賭に負けるはめに立ち至っているわけだ。こちらからは別に賭に応じたという返事はやらなかったけれど、ああいう挑戦を受けて、それを断わってやらなかった以上、もし私が敗れたら、私は彼女の代わりに、彼女の前から、そして宮廷から、私の姿を消さなければならないのだ！　それは、よし相手が寛大に要求して来なかったとしても、恬然《てんぜん》として身をさらしておられるものではない。私は潔く宮廷を退こう。お優しくして下さった中宮の御前から、宿敵に敗れてみじめにひきさがるのは残念でもあり、中宮にも申しわけないことであるが、やむを得ない……

しかし、今私を悩ましているものは、もはやそんな競争相手にからまるめめしい感情ではなかった。あんな卑しげな謀殺の罪で糾弾されようとする薫大将に対する同情ですらなかった。それは、もはや同情したって間に合わないことだった。今私の頭を占領して、私を身じろぎもできないほど押さえつけているものは——それは、もっと純粋な一つの謎だった。私の前には、どうしても解きがたい——そして、どうしても解かなければならぬ、一つの謎が投げ出されていた。ほかの人にはそれほど問題にならずに捨てられてしまう——しかし私にとっては、どうしても納得のできぬ一つの謎が横たわっていたのだ。

あの匂の宮が私に確言せられた事実……あれを私はやっぱり疑うことはできないのだ。密かごとの実事があったと私に確言せられた、あのときの宮の御態度に、私は偽りの影を嗅ぎ出すことはできないのだ……それは、検非違使の別当の嘲笑を買ったように、匂の宮御自身があとで御遺書や御日記でその誤解であったことを確認せられているのではあるが……しかもなお、私にはあの時の宮のお言葉——あの聞きづらいのを忍んでお聞きした『匂いの秘密』による実事の御確信を、私はそれがあとで誤解だったと思い直せるようなものとは、どうしても思えないのだ……

ところが、それならば実事があったことを信じるのかというと、私はいつか中宮の御前で、陰で別当義清が盗み聞いていたとき、それからこの間宇治のお邸でたった二人きりで、薫大将からうかがった密か事否定のお言葉も、疑うことはできないのだ。『愛する女を自分の欲望のままに不幸におとしいれる気にはなれぬ』——そうおっしゃった薫君のお言葉を、どうして疑うことができよう……

私の直感はこの二つの矛盾した事実——一方を真なりと信ずれば、一方をしりぞけなければならぬ、絶対に矛盾した二つの事実——それを主張されるお二人のお言葉の、いずれをも真なりと信ずるのだ！

私は、ともすれば自分でもバカバカしいと思いたくなりそうな、この不合理きわまる謎をめぐって、いつまでも思考を堂々めぐりさせていた……

もはや、薫大将の身にせまった危険な現状も、自分の宮廷生活の行きづまった悲しい運命も、たいして私の気にならなかった。私はただ一つ、この純粋な謎だけを解きたい——と思った。

中宮の侍女あてきが顔を出して、今中宮から薫大将へお使が立ったと告げた。一本気なところのある中宮は、問題がここまで来た以上、黙って見てはいらっしゃれないのであろう。否、すくなくとも表向きは姉弟《はらから》でいらっしゃる薫大将に対し、事情を明かして、問題が表だって処断されるまえに、暗にその善処を促されたのかも知れぬ。事ここにおよんでは、それが最後の御情けというものであるかも知れない……私はそれと察しても、動く気になれなかった。全身が虚脱したような感じで身動きをするのも大儀だった。あてきは、私が振り向きもしないので、居眠りでもしてると思ったのか、そのまま出て行ってしまった。

私はすっかり精神が疲労して、ともすれば思考を放擲《ほうてき》してさっぱりしてしまいたい誘惑を感じるのだったが、それでも私はしゅうねく思考を続けた。からだはだるくて身動きさえできなかったが、それと反対に心は火のように燃えて、私はじっと机に頰杖をついて、外から見たらそれこそ居眠りでもしてるような恰好のまま、思考は奔流のように荒れ狂っているのだった……

全く相容れない二つの矛盾した事実――一方を信ずれば、必ず一方は捨てなければならない、その二つの矛盾した事実――それを両方信じようとする私の気持……ああ、これはなんという愚かしいことであろう。しかし、それはもはや理屈を越えた、私の感覚の問題だった。私の感情の問題だった。いや、私の理性の問題だった。人は私をバカ者と笑うがいい。狂人と哀れむがいい。だが、私にはあの『匂いの秘密』を語られた匂の宮のお言葉と、中君に対するほんとうの愛情を述べられた薫大将のお言葉と、そのいずれをも疑う気にはなれないのだ。私はそのいずれをも心から信じようとしているのだ！……私は私自身に愛想がつきた……

しかし、私はふと、これは矛盾しておればこそ、私は望みが持ち得るのではないか、と気がついた。私ははっと目をみはった。この矛盾こそ、私たちのまだ知らぬ、この事件の大きな秘密を示すものではなかろうか。ああ、この矛盾を突き破ったむこう側に、私たちの思いもおよばなかった真相が隠されているのかも知れぬ。この矛盾の謎を解きさえすれば……この矛盾の壁を突き破りさえすれば……ああ、そこに薫大将を救い得る道があるのかも知れない！……

が、そこまで考えて、私はふたたび手のさぐりようもない暗い霧の中に茫然と迷いたたずんでいる自分を発見しなければならなかった。……ちょうどこの時分に、あとから考えると、当の薫大将は、ここまで追いつめられては、もはやたたかう気力も失われ、浮舟・中君・匂の宮のあとを追って、最後の宇治行きの車を駆り、死出の道をたどりはじめられたわけだった。が、私はもとより神ならぬ身の、そんなことに気がつこうはずはなく、いつまでも熱に浮かされたように、しゅうねく思考を続けていたが、夜がふけてしっとりと空気が湿っぽく冷めたくなったのを感じ、切燈台の灯をかかげて明るくした。

そして私は、一人きりの局《つぼね》の中を見まわして、ひどく索漠《さくばく》とした、やり切れないさびしさを感じた。私はふと思いついて、小宰相の君の局へ行ってみることにした。私は別になんという当てがあるわけでもなかったが、考えあぐねた疲労から、薫君の件でしじゅう心配し合ってすっかり親しくなっていたこの人の、静かな、どこかさびしげな、人なつこい人がらが、ひどくなつかしく感じられて、急に会いたくなったのだ。それに、薫君の窮境を報告する必要もあったのである。

幸い、小宰相の君は「退屈だから、もう寝ようとしていたところよ」と言って、ひどくうれしそうに私を迎え入れ、いそいそと、甘栗など高坏《たかつき》に盛ってすすめてくれた。

私が里に下がっていて二三日顔を合わせなかったので、私もこの人の美しい顔を見て大変うれしく感じた。私は甘い栗の実の堅さをなつかしく嚙みしめながら、小宰相の君の、何か小猫を思わせる、しなやかな、きゃしゃなからだつきの、なんともいえぬ好もしい色めかしさを、あの薫大将もこのゆえに内裏《うち》でただ一人、選びに選んでこの人を愛撫されたのであろうかと、なつかしいような、うれしいような、くすぐったいような気持に胸がこそばゆくなって来て、

「薫大将はこのごろはずっとこちらへ見えないの？」

と聞いてみたら、

「昨夜《ゆうべ》いらっしゃったわ」

と、意外なことを答えた。

「匂の宮の事件以来ずっとお見えにならなかったんだけど、昨夜は久しぶりでいらっしゃったわ。やっと事件も片づいて、安心なすったのね」

ああ！　こういう彼女にさきほどの清少納言の文の件を話さなければならないのか！……

「……そして、泊まって行かれたのね？」

「ええ、けさ早くお帰りになったの」

彼女は恥ずかしそうに答えた。

私は彼女の色めいたふぜいがなつかしく、小さな美しい形の口もとを、かわいらしく眺め、そのほっそりした、しなやかなからだをぎゅっと抱きしめてやりたい衝動を感じた。昨夜はこのからだを薫大将に抱きしめられ、かわいがられたことであろうと思うと、ほのかにぽっ

と血のさしている、色めいた彼女の頰を妬《ねた》ましいような気持で眺めやったが、ふと私の頭にわきあがった想念に私はおかしくなって微笑してしまった。

彼女は『何？』というように、けげんそうに私の顔を見かえした。

私は苦笑した。私は、私が匂の宮だったら、昨夜薫大将がここにおられたことを、彼女の口から聞かなくても知ることができたのだ——と、思ったのだ。私は鼻をクンクンさしてみた。けさがたお帰りになったのなら……と思って、鼻をうごめかしてみたが、凡庸な私の鼻は、薫君のあのなつかしい香りを嗅ぎ出すことはできなかった。ああ、私が匂の宮だったら、昨夜ここで薫大将が何をされたかまで、嗅ぎ出すことができるのだ！……

私は、この私の妙な想念から、急に現実の差し迫った問題に頭が飛びかえって行った。今の今まで、考えに考え抜いていた、解きがたい謎へ……。突き破りがたい矛盾へ……。私はまだ私の観念の連想が、どんな新しい結びつきを生じたのか、自分では意識することはできなかったが、何か頭の中で漠然としたものが無意識裡に形を取りかけているような、妙な予感を感じた。私はジッと自分の心を見つめながら、静かに彼女にたずねた。

「薫大将はほんとにいい香りを出されるわねえ。なんという不思議でしょう……あんないい香りの方に、一晩じゅう抱きしめられていたら、どんな気持がするのでしょう？」

彼女は恥ずかしそうに、ポッと赤くなって、

「そんなことお聞きにならないでよ……いいえ、いいわ。式部さんなら、なんでもお話して

あげるわ。式部さんも薫君がお好きなんだもの……あら、ごめんなさい。おこらないでね

……ええ、そりゃ、もう、ほんとうにうっとりしてしまうわ」

これには私もいささか驚いたが、私は私の心の中に形を取りかけたあるものの探索に、むくむく盛りあがる興味を感じはじめていたので、かまわず質問を続けた。

「それで、なんなの……あの……興奮なさるといっそう香りが強くなる、というようなことはあるの？」

「そうね……あの方の香りは、生きているおからだから出るのだから、風のように呼吸《いき》があるのよ。強くなったり、弱くなったりね……だから、普通の香《こう》と違うの。普通の香だと、どんないい香りを出しても、初めのあいだは感じるけど、じき鼻がなれちゃって、わからなくなっちゃうでしょ。ところが、あの人のは違うの。お気持の抑揚によって、強くなったり弱くなったりするから、いつまでたっても春風のように新鮮なのよ。だから、何度も何度も恍惚とさせられてしまうの……ほんとに、あればかりは、なんとも言いようがないわ……」

彼女は、思い出すだけでも、目をうっとりとさせている。

「それで、強くなったり弱くなったり、というけど、その香りの種類は変化しないんでしょうね？……香《こう》の組合わせを変えて、香りの種類を変化させるような……」

「それは……種類は変らないわね。どこまでも一ト色の香りだわ。でも、あんないい香りでは、あれ以外の変った香りなんて、ほしいとは思わないわ」

「なるほどねえ……だけど、私の聞きたいのはね……その……」

私はさすがに言いたいことが切り出せなかった。しかし、私は謎の解明のためには、どうしても確かめてみたかった。

「そのねえ、小宰相の君……あの時は違うのじゃない？　たとえば、昨夜薫大将がここへいらしたけど、あなたと御いっしょにお寝《やす》みになったか、ならなかったか、ということは……私なんかの鼻じゃだめでしょうが……たとえば、匂の宮のような鼻を持ってたら、はっきりわかるのでしょうね？」

彼女の顔色がサッと変った。それは私の予期したところでもあったが、予期以上の激しさだったので、私はあわてて、

「ごめんなさいね、小宰相の君。こんなことをお聞きして、ずいぶん失礼な女だとお思いでしょうが、私は卑しい好奇心からお聞きしたわけじゃなかったのよ……どうしても、その点をはっきりさせておきたかったものだから……ね、答えてくれない？」

私は一所懸命だった。彼女も私の熱意に動かされた。彼女はうなずいて見せた。そして消え入りそうな声で、

「ええ……喜んでお答えするわ、式部さん……それは、はっきりわかると思うわ」

私は心の中で歓声をあげた。

「やっぱり、違うのね？」

「ええ……薫君や匂の宮のような鼻を持ってたら、四五日前の夜のことだって、嗅ぎ出せると思うわ……それは、普通の場合より、いっそう香りが高くなるんだから」

「そう……それで、いっそう高い、というだけなの？……それでは、たとえば昨夜薫大将があなたと御いっしょにお寝《やす》みになったとしてもね、それがただ単に添伏しをしただけだった、という場合とね、そうでなかった場合とで、区別はつかないの？」

こうはっきり言われて、彼女も私の言ってることが初めてわかったと見え、パッと顔を赤くした。

「あ、そう、それなのね……それは……それは……区別がつくわ」

「匂いが違うのね？」

「ええ、違うわ……もちろん、いつもの香りが非常に強烈になった上に、違った匂いが添わるの……その違った匂いというのはね、それはもう、なんともたとえようのない、いい匂いで、わたしはそれを嗅ぐと、ただもうポーッとなって、わたしの方も気が遠くなってしまうのよ」

ああ！　これではっきりした。匂の宮のあの時のお言葉は確実に裏書されたのだ。あのとき、匂の宮御自身でおっしゃったように、かん違いや思い違いのあろうはずのものではないのだ！

では、なぜ、匂の宮はあとでその考えを変えられたのか。なぜ、あの自殺せられる最後の日に至って、今までの考えが誤解だったと思い直されたのだろうか？……

私は、匂の宮の『匂いの秘密』が確実に裏書された今、謎は解明されるどころか、かえっていっそう濃い霧の中に閉ざされてしまったことを感じた。

私が深いもの思いに沈んでしまったのを見て、こんどは小宰相の君が熱心に私に質問をはじめる番になった。

「式部さん。薫君の御身の上に、何かあったのね？……どうか聞かせて。何かあったらしいわ……わかるわ、わたしには。さっきからあなたのお顔の色がよくなかったわ。ここのところ、薫君の状況が式部さんのおかげですっかりよくなって、安心していたんだけど……式部さん、どうかお隠しにならずに、うち明けて。先日のように、わたしのような者の言葉でも、何かお役に立つこともあるというものだわ」

私はそこでやむを得ず、さっきの清少納言の文《ふみ》の内容を詳しく話してやって、

「このあいだ、あんなに状況は好転したのに、それでたちまち薫大将のために決定的に悪化してしまったのよ。もう、だめだわ。私も清少納言さんとの賭の手前、宮中から身をひかなければならなくなったわ。あなたとも、もうお別れしなければならない……けれど、私は自分のことなぞはどうでもいいの。ただ私には、この期《ご》におよんでも、薫大将が殺人なぞ——ましてて、清少納言さんの言うような陰険な謀殺なぞ、どう考えたってなさるとは思えないの。清少納言さんの結論は、けっきょく事件は薫大将の謀略で、匂の宮に妻の中君を薫大将に

犯されたと思わせて、それを責めて中君を自殺に追いやらせ、そのあとで中君が犯されていなかったということを匂の宮に悟らせて、煩悶の極、宮が自殺するように仕組んだ――というのよ。で、義清も中宮も、その考えにすっかり感心してしまったの。だけど、どんなに筋が通っていたって、そんな陰険な殺人なぞ薫大将にふさわしくないわ。まして、私にはどうしてもうなずけない節があるんだもの……それが、今あなたに聞いてみたことなのよ。

つまり、匂の宮は中君を犯されたと信じていたけど、これは私が匂の宮御自身の口から機微なところまで、うかがってるの。匂の宮はさっきあなたにおうかがいした、あの匂いまで嗅ぎつけて実事のあったことをお知りになったので、あとから犯されてなかったことを悟るというような余地はないのよ。それは今、あなたからお話をうかがっていっそう確実になったわ。

だから、清少納言さんの議論は、すくなくともこの点で大きなまちがいの上に組み立てられてることを、私だけは知っているの。だから、私は真相をつかみたいと、さっきから一所懸命考えてみたんだけど……

そのくせ、私は一方で、中君を犯さぬと言っておられる薫大将のお言葉も、信じようってんだから、私自身矛盾してるのよ。自家撞着《どうちゃく》ね。もっとも、この方は、匂の宮の御遺書や御日記の記事とは、一致しているんだから、前の匂の宮のお言葉さえ忘れてしまえば、きわめて筋はよく通るわけよ。……そして、清少納言さんの合理的な結論が出てくることになるのよ。

けれども私は、この矛盾、自家撞着の事実をどこまでも捨てないつもりよ。ここに私は望みを嘱《しょく》してるの。これがなければ、もう清少納言さんの結論にしたがうばかりだわ。私はこの矛盾を追求することによって、私たちのだれもが知らない、飛んでもない、隠れた真相をつかまえることができるんじゃないか――と、こんな風に思ってるの……」

彼女は、私の言葉を聞いてるのか、聞いてないのか、疑いたくなるくらい、茫然とした表情で聞いていたが、私の言葉が終っても、そのままで深いもの思いにふけっていた。

私は、何か心の中でうずくようなものを感じた。さっきから形を取りかけていた、心の中のもやもやした雲が、ようやく凝固して、恐ろしい、そのほんとうの姿を現わして私を脅かそうとしているような気がして、私の心は極度に緊張してふるえた。

私は〝もうすこしだ……もうすこしで真相がつかめるのだ……〟そんな気がして、執拗にその観念の雲を追いつめた。

私の前には、美しい小宰相の君が、ほっそりとしなやかなからだをくねらせて、何か思いわずらっているふぜいだ……内裏《うち》で、薫大将のただ一人の情人――薫大将の香ぐわしい匂いの秘密を、心ゆくまで味わいつくしている、この小猫のようなかわいい人！……

「あっ」――私の心の中には、このとき神の啓示のように、ある考えがひらめいた。〝そうだったのか！〟……さっき中宮の御前をさがってから、数刻考えに考え抜いた私の努力は、とうとう雲間を出る月のように、パッとさやけき光を放ったのだ。心の中にもやもやしていたものが、やっとはっきりした顔を見せたのだ。

私はしかし、この驚くべき真相発見の喜びに酔っている暇はなかった。次の瞬間には、それを確かめる暇もおしく、私はハッと立ちあがって、驚く小宰相の君をせき立てて外出のしたくをさせ、内裏で一番速い網代車《あじろぐるま》を仕立てさせて、ともかくも三条の薫大将の邸へ行ってみた。が、私の予想したとおり、すでに薫君は車で宇治に向かって出発されたあとだった。まだ何も気づかぬらしい邸内の様子だった。侍女が私に、薫大将が私宛にと置いて行かれた文《ふみ》を手わたした。私はそれをあけて見ないでも、それが大将の御遺書であることを察した。私たちは急いで大将のあとを追った。牛飼童《わらわ》は松明《たいまつ》の光に鞭を振りずめに振って、牛を駆け続けに駆けさせた。寝しずまった京の街を抜け、法性寺《ほうしょうじ》のまえから暗い森の道を、やがて石ころの多い山路にかかった。

薫大将は宇治へ向かわれた……それは、さきほどわたされた御遺書によると、自らなんと言い開きようもない、不可解な事件の謎に、絶望された大将が、浮舟・中君・匂の宮のからだをのんだ宇治の流れに三人のあとを追うためであった。私の心配したとおりだった。私は牛飼童をせき立てた。ずいぶん速く駆けていることは知っていながら。私はどうしても、薫大将に追い付かなければならなかった。大将が宇治橋の上から、あの激流に身を投ぜられる前に……

まっ暗な夜の山路を、さきへ行ったはずの車のあとを、私たちは心をいらだたせながら追って行った。石ころの多い悪い道を、矢のように走る車の中で、やがて私は焦躁を越えた、一種の心の平衡状態《へいこう》に達した。もはや全速力で追い駆ける、この努力を続けるほかには、やきもきしたとてどうにもならぬことを悟ったからでもあったろうか。それとも、あまりの焦躁のあとの疲労からであったろうか。

私は静かに小宰相の君の手をとった。彼女は恥と恐れで顔青ざめて、消え入りそうなふぜいだった。私は彼女の心を動揺させまいと、できるだけ静かに、

「小宰相の君よ、さあ、告白して下さい。私は知っている。あなたが、薫大将の冤《むじつ》であることを知っているただ一人の人であることを。驚かないでもいいのよ。私は薫君の味方であり、あなたの味方なのよ……

まだ隠そうとするの？　だめよ。私はもう真相を知ったのよ。ねえ、薫大将のおっしゃったこともほんとう、匂の宮のおっしゃったこともほんとうだったの。そして私が、このお二人のおっしゃった、たがいに矛盾するお言葉を、どちらも信じようとしたのが、やっぱりよかったんだわ……とうとうそこから、思いもよらない真相がつかめたのだもの。

ねえ、小宰相の君。どうして私はこのことに気がつかなかったのでしょう。内裏で、あんなに自由に薫大将の『匂い』を運び得る人は、あなた一人だ、ということにねえ……」

彼女は「あっ」と言って私の顔を見つめたが、やがて、がばと私の膝の上にうつぶして、

身をふるわして泣き出した……

第十四章　薫る夜霧

私は、彼女の細いしなやかなからだを優しくなでさすって、心をしずめてやった。しばらくして我を取りもどした小宰相の君は、私に促されて静かに語りはじめた。

——匂の宮は、第一の浮舟投身事件の後、自分の熱中した女が、このごろは手も出せなくなってやきもきしてる最中に、突然世を去って行ったのを嘆くあまり、意地悪く逢瀬《おうせ》をさえぎった薫大将を恨み憎み、その他殺説の伝えられているのに乗じて、薫大将がこれを殺したかのようなうわさを広げさせたりした。そんなことを口にしてるうちに、宮はほんとうに浮舟は薫大将が殺してしまったのかも知れぬ、と思いだした。ところが、薫大将の弁明でともかく自殺説が勝を制したような形勢で納まりそうになって来たので、宮は忿懣《ふんまん》の情やる方なく、ついに報復的な気持で、日ごろからしつこく言い寄っても、この人だけは薫大将に操《みさお》を立ててなびかなかった小宰相の君を、無理じいに暴力で服従させてしまった。

小宰相の君は、だれも彼もがこのすきずき、いいばかりの匂の宮に、争って身を捧げて行くのをふがいなく思って、自分だけはと薫のみに許していたくらい、変った意地のある女だったので、その匂の宮にこんな風に無理じいに征服されたことを、たえがたく口惜しく思い、なんとかして匂の宮に復讐してやろうと決心した。日ごろから、匂の宮が女のことで目にあまるほど傍若無人にふるまわれるのに、薫大将がつつましく、女に手も出そうとなさらず、口さがない女どもに、かたわのように、陰口されるのを、女心に忌ま忌ましく思い、浮舟も中君も、薫大将が深く心をよせておられたのに、みな匂の宮に身も心も捧げて行ったのを、薫君のために口惜しく思っていた彼女は、その自分までが宮の思いのままにされたかと思うと、気も狂うほど口惜しく腹立たしく……最初は事の直後に自害して果てようと思ったのを、さかしくも思い止まって、宮のお命を頂戴しようと考えたが、さらに、もっともっと、死よりも苦しい目におとしいれてあげなければ……と、ついにあの奇想天外な復讐方法を考えついたのだった。

すなわち、匂の宮の情人たちに、片っぱしから薫大将の『匂い』をなすり付けることによって、匂の宮を悩ますことに成功した。これは、その女の肌着でも、袴でも、上の衣《きぬ》でも、否、部屋の中の器物——文机でも、御厨子《みずし》でも、柱でも、障子《そうじ》（襖）でも、几帳《きちょう》でも……なんでも、さしつかえなかった。それらに、そっとなすり付けて来さえすれば、いいのだった。ただの移り香でさえ、数日を経た後でも嗅ぎつける匂の宮だ。これは効果が確実だった。その『匂い』からは、ふだんのその人の香りさえ馥郁《ふくいく》と薫り出すのであったから、匂の宮は留守のあいだに、薫大将が自分の女に近づき、添い伏し、実事を遂げて行ったことを、まちがいのない事実と確信されたのも、無理のないところだったのだ。そして、ほかの人にはだれにも――その御当人の女にさえ、少しも気づかれないのだから、こんな都合のいいことはなかった――まことに、匂の宮はその人にすぐれた不思議な機能を、最も効果的に敵に逆用されたというべきであろう。匂の宮がこうして次第に焦躁、混乱、逆上におちいって行くのを見て、小宰相の君は、最後のとどめと、すこし冒険ではあったが、思い立つと矢もたてもたまらぬ気性で、二条ノ院まで薫大将の『匂い』を運んで行ったのであった。

しかし、小宰相の君は、中君の自殺されたことを聞いて、愕然として自分の復讐の行き過ぎたことを悟らなければならなかった。これは飛んでもないことになった、と彼女は恐ろしさに身をふるわしたが、こんな大事件になってしまっては、今さら自分のいたずらだったと告白する勇気もなく、思い悩んでいるうちに、事態は急速に悪化して、匂の宮と薫大将が決闘されるという、せっぱ詰まったところまで行ってしまった。このことを最後の別れに来られた薫大将から聞いた小宰相の君は、翌朝すなわち決闘当日の朝、匂の宮に会って事実をすっかり告白し、何も知らぬ薫大将に対して誤まった怒りを解いてもらいたい、と頼んだ。それが匂の宮にとっては、死を意味するほどの恐ろしい宣告になろうなどとは、気がつかずに……

こうして匂の宮の自殺というところまで行ってしまい、いよいよ驚き茫然自失している彼女のまえに、事態はさらに悪化して、匂の宮の死に他殺の疑いが起こり、しかもその殺人の嫌疑が薫大将の上にかかり、大将をさか恨みするバカ者の策謀なぞも加わって、大将の身辺があやうくなったのを見て、大将の冤《むじつ》を確信する——というより、それを知っているただ一人の人間である彼女は、私を励まし私に力を添えて大将の身にかかった疑いを払うのに全力をつくしたわけだった。そして、薫大将のために事情が好転し、久しぶりで昨夜は大将にお目にさえかかって、もう大丈夫と胸なでおろしたところだったのに……

小宰相の君の話を聞いて、初めて薫大将は中君ばかりではなく、ほかの匂の宮の情人たちにも一人も手を出しておられなかったことを知り、私は愕然とした。……ああ、薫大将！　薫大将とはそういう人だったのだ！　小宰相の君と私とは手をとり合って、しばらく言葉もなく感慨にふけった。

車は相変らず、矢のように走る。もう萩の井も過ぎたらしい。真夜中ごろの人っ子一人通らぬ宇治道《うじみち》を、急ぎに急ぐ網代車《あじろぐるま》。ああ、この道を前の車はいつ通ったことであろう……

私は二人の熱した息づかいで息苦しくなって、小宰相の君と二人で車の窓をあけた。どんよりした空は、雲の上に月があるらしくボーッと明るんでいた。道を蔽う、凄いばかり深い栂《とが》の木立に夜霧がこめて、見通しはきかなかった。と、私ははっとして彼女と顔見合わせた。彼女もうなずいた。二人は鼻をうごめかして、なおそれを確かめようとした……車の中に舞い込む晩秋の冷たい夜霧に乗って、かすかな——しかし、確かにそれとわかる——薫大将の移り香が、私たちの鼻をかすめて薫って来たのである。

それはかすかではあったが、まちがう余地のない、あのすがすがしい清らかな薫大将の香りであった。私はこの夜霧にからまる香ぐわしい香りを、心ゆくまで深く吸い込んで恍惚となりながら、この清らかな香りは薫大将の美しい人がらを、静かに、しかし力強く、物語っているものであることに気がついた。――〝こんな美しい清らかな香りを出される薫大将は、やっぱり、汚らわしい罪を犯されるはずはなかったのだ！〟……私はどんなに状況が大将の罪を指向しても、どうしても大将を疑い得なかった、私の直感が正しかったことを知ってうれしかった。

車は矢のように走った。夜霧にからまる、香ぐわしい、清らかな、甘い香りは、時のたつのに連れてぐんぐん高まって行くように思われた……

『薫る夜霧』に筆を擱《お》いてから、はや十年の月日が流れた。

みずから『さだ過ぎた』とは書いたが、あのころはまだまだ私も若かった。なにしろ清少納言と張り合って、がらにもない犯罪の探究なぞに頭をひねったりしたのだから……あのころ幼かった私の二人の女児が、今はもう娘ざかりになって、気のはやい男たちから、なんのかのと歌を贈られたりするようになった。……今日、虫干しに、はからず出てきたこの旧稿を見るにつけ、十年前のあのころのことがなつかしく思い出され、思わずひととおり読み通してしまったが、私はさっぱり話の結末がついていないことに気がついたので、すこし書き加えておこうと思う。

——小宰相の君の懺悔《ざんげ》によって、薫大将の疑いは晴れた。彼女は死ぬと言ってきかなかったのを、私はやっとそれを思い止まらせたが、とうとう出家して、自ら命を絶った浮舟・中君・匂の宮の三人のあとを弔《とむら》うことになった。思えば、彼女は殺人の意志はなかったのに、中君を殺し、匂の宮を殺した結果になってしまった不幸な女だった。薫大将は、前から出家を志して果たさずにおられたので、この機会にと思い立たれたが、主上《うえ》から北の方になっておられる女二の宮を見捨てないでくれ、と泣く泣くお頼みになられたので、心ならずも俗界にとどまられることになり、こういう世の塵を離れられたようなお方には、皮肉にも内外の信望がいやが上にも集まって、主上の御寵愛はいよいよ厚く、今では『薫る太政大臣』として——お志に反して、ますます俗務に御多忙をきわめておられる御嘆きを、ときどき私におもらしになる……

こんなつまらぬ後日譚は、やっぱり書かない方がよかったのかも知れない。私は、晩秋の夜霧にからむ薫大将の香ぐわしい清らかな香りにむせびつつ、宇治道に車を走らせたところで筆を絶った、私の若き日をかぎりなくなつかしむ。話のきまりを付けようと筆をとる気になったのは、文字どおりの老婆の心かとあじけないが、事のついでに、さらに一筆蛇足《だそく》を付け加えておけば、あの私と終始、妙に張り合う運命におかれてしまった、一代の才媛清少納言は、あの事件解決後間もなく、それとなく宮中から身をひいてしまったが、あれは自ら挑戦した私との賭に敗れたためであったことは、私だけが知っている。その後十何年間なんの消息も聞かなかったが、ついさきごろ、羅生門の近くの鬼の棲みそうなひどいあばら家《や》から、よろぼい出た老いさらばえた女が「駿馬《しゅんめ》の骨を買わぬか」と言って道行く人を呼んでいたのが、あの才女のなれの果てだった、といううわさを耳にしたが――それほどに身を落としても京を離れられぬ彼女だったのなら、何もあんなに意地を張って、彼女の好きな――彼女の生きがいの全部であった――宮廷生活をやめなくても、私は別に一言もいやみを言いはしなかったはずだ……と思ったことだったが、しかし、あの勝気な清少納言としては、自ら挑んだ賭に敗れては、宮中から――そして私の前から、身をひいて行くよりほかはなかったのかも知れない。

あの不世出の天才（私は十年のあいだに、彼女の遺した『枕の草子』を――彼女の文学を、そのように高く見直すようになっていた）を、あんな事でつまずかしたかと思えば、まことに口惜しい気がするのであるが、しかし、その清少納言の意地悪い挑戦に刺激されたおかげで（なんという運命の皮肉か！）私はあの奇怪な復讐と三人の血なまぐさい犠牲をふくむ恐ろしい連続殺人事件の――ああ、私は今でも、殺人と言っていいかどうかわからないのであるが――その真相を窮《きわ》めることができ、冤《むじつ》の第四の犠牲者の命をあやうく散らさずにすんだことを思えば、いささか心に慰むところもないことはない。

（「宝石」昭和二十五年四月号）

艶説清少納言

緑の匂

木々のこの葉が、まだ繁くはなくて、若々しく青みがかって来た初夏の、すこし曇った夕つかた。壺の前栽《せんざい》を眺めながら、清少納言は文机《ふづくえ》に頬杖をついて、ぼんやり物思いに耽《ふけ》っている。そばに若い男――左衛門尉《さえもんのじょう》橘《たちばなの》則光《のりみつ》の控えている事なぞ、てんで忘れてしまったもののようである。

机の上には例の、中宮《ちゅうぐう》から『枕にせむ』と言って頂戴して来た紙のうちの一帖がひろげられ、硯《すずり》には墨をふくんだ細筆がふっくらした、柔らかい彼女の手に握られる事を待つもののように立て掛けられているが、彼女は草子に書き綴る文句を考えている訳でもない。

毎年、新緑のころになると、風にのって漂ってくる、香ぐわしい甘いこの匂！……それは実は壺の片隅に植えられている栗の木の花粉の匂なのであるが、彼女はそんな事は知らず、それを『緑の匂』とひそかに呼んでいるのだが……今もその噎《む》せるような甘い匂に、彼女はうっとりとしながら、何か心の底に疼《うず》くような悩ましいものを感じて、少し頭が重くいらいらしているのである。

妹兄《いもせ》の仲とまで契《ちぎ》り交わした則光が、局《つぼね》まで訪ねて来てくれたのに、挨拶を二言三言交わしたばかりで、うるさげに机にむき直ってしまったのも、彼女が自ら意識の上で自分に言いきかしているように、無骨者の則光が厭になってしまったからではない。それはさだ過ぎた(盛りを過ぎた)女の、若い情人に対する意識せぬ『拗《す》ね』に過ぎないのであった。則光がそこらにうろうろしてるような通り一遍の軽薄な風流才子であったなら、こういう女の表面の無愛想なぞ無視してかかって、裳《も》も着けず、うち解けた袿姿《うちぎすがた》でいる女に、ずかずか近より、そのむっちりした丸い肩に優しく手をかけ、「何をそんなに怒っているのですか。さあ、こちらを向いて詳しく話をして下さい」と抱き寄せれば、年上の女の方はただもう嬉しくなってしがみ附いてしまう――態《てい》の『拗ね』に過ぎないのだ。

が、則光にはそんな器用な真似は出来ない。第一、彼にはそんな複雑な女の気持を推量しようなどという心掛は、初めからないのだ。彼は清少納言がわざと無愛想な顔をして見せても、大して痛痒を感じてはいないのだ。といっても、別にそうした彼女を無視しているという訳でもなく、超然と見下ろしているという訳でもない。いや、それ所か、彼は彼女を今でも心から崇拝し、敬愛し、『恋』してさえいる。ただ、彼女ほどの才媛、殊《こと》にこのごろ評判の『枕草子』を書き続けている彼女であって見れば、男と無駄話をする時間なぞは惜しいと思うのが当然であろうし、彼の親分格である、宰相中将《さいしようのちゆうじよう》（藤原斉信《ただのぶ》）や頭弁《とうのべん》（藤原行成《こうぜい》）などの、当代を代表するような輝かしい貴公子たちと、友だちのようにあげつらって譲らない優れた女性である彼女なのだから、彼ごとき軽輩の若者に、少しは無愛想な顔を見せたって已《や》むをえまい、と思っているのである。

だから、彼は女が背をむけて前栽（庭）の方へ向いてしまっても、別段あわてる様子もなく、〝ははあ、あの有名な『枕草子』を執筆している所だナ。どうか自分に構わずに執筆を続けて下さい〟と、口に出して言えばいい所を、口へは出さずに心の中でそう念じて、愛する女の丸まっちい後姿を、頼もしげに微笑さえ浮かべて眺めているばかりである。

これでは、女の神経質な無意識の『拗ね』も一向に暖簾《のれん》に腕押しという形で、いつまでたっても効《きき》めは現われっこない。清少納言はいらいらと頭をふって、前栽にむかったまま、

「ああ、堪まらないわ。この『緑の匂』！」

暫らくしてから、いくら待っても彼女がその後を続けぬので、さては彼女の言葉はあれで終りであったのか、と気がついた則光は、

「え？　緑の？……緑の何と言われたのですか？」

「ホホホ……」

彼女も、手ごたえのない暖簾に腕押しをしてる馬鹿らしさに気がついて、笑い出すと、諦めてこちらを振りむいた。肩幅の広い巨《おお》きな身体の、桜色した頬の若者が、いつもの柔和な

笑顔で、無邪気に彼女の顔を眺めている。

清少納言は、この健康のはち切れそうな逞《たくま》しい若者の姿を眺めて、ふとあの『緑の匂』はこの若者の身体から発散しているのではあるまいか——という奇妙な錯覚に捕われた。

逢坂の関の手前

清少納言がこの則光にはじめて会ったのは、今から半年ばかり前である。則光が斉信の邸に泊った晩、盗賊が押し込んだのを、彼が搦《から》め取ったというので、派手好きな斉信はそれを好話《こうわ》柄《へい》として誰にでも得意げに話しまわった。清少納言もそれを聞いて、そんなものすごい勇士が、宮廷人の中にいるのかと驚きあきれて、「その者を見たいものだ」と言い出した。斉信はお安い御用とさっそく彼女の局に連れて来た。

彼女は口の重い若い勇士から、武勇譚を聞き出すのに骨を折ったが、もともと、常軌に合わぬ物にたいする特殊な嗜好——いわば、感覚にいささかいか物食いの傾向のある彼女は、宮廷にはあり難い（珍らしい）無学武骨な変った若者に、奇妙な心ひかれるものを感じたのであった。

それは然《しか》し、単なる好奇心に過ぎなくて、うっちゃっておけば勿論《もちろん》そのままで終った事に違いないのだが、物好きな斉信が、彼女と則光との会見をいかにも事ありげに人々に語りまわったので、天の邪鬼な彼女は、それではとばかり、その後もしばしば則光を局に呼びつけて語り合った。

すると、斉信の方でもますます興に乗って、「清少納言は橘則光と妹兄《いもせ》の契りを結んだそうだ」と厭がらせを言ってまわった。それを聞くと、彼女はそれではと言って、則光と妹兄の契を結んだ。斉信の悪戯《いたずら》心と清少納言の意地ッ張りとで、則光は飛んだ拾い物をしたというものである。

若《も》し、さらに斉信が懲《こ》りずに、清少納言と則光とが逢坂《おうさか》の関を越えたとでも言いふらしたなら、彼女はそれではと言って、実際に則光と逢坂の関を越えてしまったかも知れない。が、流石《さすが》の斉信も彼女の意地ッ張りに恐れをなしたか、そこまで言いふらす事は中止した。

然し、坂道を転がり始めた車が、押し手が手を引ッ込めたからと言って、急に停まるものではない。斉信の悪戯心と清少納言の意地ッ張りとで、ここまで転がって来たのだとは知らない則光は、一途《いちず》な血気に逸《はや》って、この一代の才媛にむかって遮二《しゃに》無二《むに》逢坂の関を越えたいと言い迫った。

清少納言は当惑の表情を浮かべたが、実は彼女とて転がり出した車の一方の車輪であるには違いなかった。正直な若者の一途な純情にほだされぬ筈はないのだ。然し、ともかく一応彼女は男の性急な申出でを断わるだけの常識を持ち合わせた。拒絶は一層相手の情炎を燃え上がらせる、という打算をも含めて……

然し、相手は常識では束縛されぬ、非常識な変人であった。相手は彼女の計算外に出てしまった。「今は逢坂の関は越えたくありませぬ。妹といわれ、兄人《せうと》といって清く睦《むつ》んで行きたい。どうかその事を納得していただきたい。関を越えてもいいと思ったら、こちらからその旨《むね》を言い出すから、それまではその事は忘れていて貰いたい」という彼女の言葉を、正直一途な若者はそのままに承認して、失望に蒼ざめながらも、「よろしい。承知しました。何事も仰せに従いましょう。その事はあなたから言い出してくれるまで忘れていましょう!」ときっぱりした言葉を、大きな溜《た》め息《い》きとともに吐き出した。そして、その言葉の通り、その事はきっぱりと忘れてしまったように、さっぱりした態度になった。

これは実は彼女の期待した所ではなかったので、彼女は少々狼狽《ろうばい》したが、今さらあれは挨拶であった、という訳にも行かない。といっても、それなら彼女は決心がついたからと言って、彼女の方から関を越える事を言い出せばいい訳で、そうすれば、単純な男はただもう喜んで飛びついて来るに違いないとは思うのだが、まさかいくら何でも女の方からそれを言い出せるものでもなかった。で、彼女はあれこれと言葉や素振《そぶり》で、それとなく彼女の真意のほどを男に分らせようとするのだったが、それを感じ取れるような則光ではなかった。そこで彼女は悶々《もんもん》として、そういう則光を怨《うら》めしく思って見たり憎らしく思って見たり、今日のように初夏の『緑の匂』に噎せかえっては、いらいらして罪のない男に『拗ね』て見たりしたくなるのであった。

楽しい期待

彼女は若者の血色の美しい無邪気な顔にぶつかると、急に、罪もない者を憎んだり無愛想にしたりした事が気の毒になって来た。とともに、何とした事か、この逞ましい巨きな身体の若者に、力一杯ギュッと抱きしめられたいという、狂おしいばかりのいとしさが抑えがたく胸の中に燃えあがった。で、彼女はそれを紛らすように男に話しかけた。

「則光さん……祭も近づきましたねえ」

所が、こんな当り前の話題も、男には意外な飛躍に感じられるのであろうか、彼はドギマギして、

「え？　祭？」

「ホホホ、賀茂《かも》の祭ですわ」

「あ、ああ。それはそうですが……で、祭がどうかしましたか？」

清少納言は唖然として則光の顔を見直した。則光は泰然としている。

「まあ……あなたは祭りには、どなたかと一緒に行く約束をなさいましたのでしょうネ？」

「イ、いや。そんな……まだ祭の事は考えても居りませんでした」

「それなら……」

ここで、彼女は急に思いついて、胸をときめかせ、

「それなら、則光さん。わたし、当日の行列に、網代車《あじろぐるま》を出す事になっていますが、あなた、わたしと一緒に乗って行きません？　なあに、構うものですか。あなたとわたしとは、妹兄の仲として主上《うえ》まで御承知になっていらっしゃるのですもの……ねえ、ほんとにいい事を思いついたわ。是非そうしましょう」

こんな事を考えつくのも、『緑の匂』の影響なのだが、彼女は言い出すと、一途に押し切ろうとする性分だ。

「ねえ、あなただって、お厭《いや》ではないでしょ？」

「ソ、それは、勿論、厭だなぞということは、ありませぬが……」

愛する女に同乗をせがまれて、断わる男はない。然し、何やら話がうま過ぎて、彼は尻込みされるのだ。それに彼女がいつになくひどく熱して物を言ってるのが、いささか気味が悪い。が、嬉しい気持の方もむくむくと頭をもたげて来て、則光は急に、ひょっとして車の中で、彼女は例の関越えの許しを出してくれる気なのではあるまいか……と考えついた。と、彼はその想像でもう胸がドキドキして来て顔がボーッと上気し、巨きな男が俄かにそわそわして落着かなくなってしまったのである。

賀茂の祭といえば、葵祭《あおいまつり》とも称する大祭で、近衛中将《このえのちゅうじょう》が、奉幣《ほうへい》の勅使として供奉《ぐぶ》し、前駆後陣壮麗を極わめ、下襲《したがさね》の色、うえの袴の紋、馬鞍まで皆調《ととの》えて出で、見物の方も、一条の大路に物見車が所せまく立ちならび、下簾《したすだれ》に出衣《いだしぎぬ》に艶麗を競い、桟敷《さじき》をかまえて風流をつくし、天下の壮観を現出する晴れの大行事である。

その目出たい祭の日に、日頃の望がかなう事になろうかも知れぬのだ！……そう思うと、則光はもう嬉しさに酔ったような心持になり、それからの話は無我夢中で、漸《ようや》く彼女の局を辞して出ようとした時、廊下を渡ってくる足音がして、局の戸をハタハタと叩き、「御免」といって、馴れ馴れしく御簾《みす》を被《かつ》いで入って来たのを見ると、それは頭弁藤原行成であったので、則光はハッとして身をかがめた。

行成卿は愛嬌を湛えたにこやかな顔で、静々と歩み入った。彼は今年三十に一つ二つ手前の男盛りで、宰相中将斉信より二つばかり年下の筈であるが、派手好みの斉信にくらべて、落着きある渋い態度の行成の方がかえってやや年上に見えるくらいである。が、いずれ劣らぬ才気あふれた輝くばかりの貴公子である。

この美しい貴公子の突然の入来には、清少納言ほどの女がすっかり度を失って、

「まあ、こんな裳も着けぬしどけない姿で、困りましたわ」

と、言葉だけでなく心から当惑して、二重《ふたえ》顎の豊かな肉附きの丸顔をポッと赤らめ、小娘のような可憐な顔附きになった。

「いやいや、そのしどけない方が結構。オ、これは兄人の則光どのもおいでか。さては、しどけないお姿でうち解けて御物語の所でしたかナ。これは飛んだお邪魔をして申訳ありませぬ。すぐに退散いたさねば、悪いですナ」

そう言いながら、行成は悠々と出された円座《わらふた》の上に坐りこんだ。

則光は行成と清少納言との親密な間柄はかねて聞いていたが、自分よりほかに彼女の局の御簾を被いで入ってくる事を許されている男を、現にこうして目のあたりに見ては、相手が自分の親分格の及びもつかぬ立派な男であるだけに、一層どうにもならぬ口惜《くや》しい嫉妬に、唇を噛みしめずには居られなかった。

奇抜な約束

後に大納言に進んで、藤原斉信、同公任《きんとう》、源俊賢《としかた》とともに一条帝の四納言と称されるこの藤原行成は、この頃、(長徳年間)は若さにまかせて才気煥発、機智縦横。一代の才媛清少納言とは互いにいい相手で事ごとに鎬《しのぎ》をけずる激しい応酬を戦わせて、やり込めたり、やり込められたりしていた。清少納言が函谷関《かんこくかん》の故事を詠《よ》み込んだ『夜《よ》をこめて』の名歌を得たのも、こうした行成との激しいやり取りの間であった。それだけに互に好敵手として親しみも深かったらしい。

大体人を人臭いとも思わぬ清少納言に取っては、中宮の父君たる亡くなった前《さき》の関白殿藤原道隆《みちたか》や、今の関白殿藤原道長《みちなが》なぞは別として、賢を競う当代の貴《き》顕《けん》搢紳《しんしん》の中で、多少とも敬意を払い、従って親しみを持てようという程の相手は、まず斉信と行成ぐらいのものであった。

「尊敬を持てる人でなければ、話をする気にもなれぬ」――というのが彼女の口癖だった。うっかりしてると彼女の方がやり込められてしまう恐れのある相手――そういう男でないと困るのだった。そういう相手だと、彼女は俄然張り切って活気を呈するのだった。

今も彼女は好敵手の行成を迎えて、今までとは打って変って活気づき、男のような太い眉をあげ、大きな眼をキラキラと輝かして、千古に名を残す才人を相手に楽しげに闊達《かったつ》な弁舌を弄しはじめた。

こうなると、則光なぞはあれどもなきが如き存在で、二人の才気走った会話から全く取り残されてしまった。普通の男ならそれを口惜しく思い、何とか話に割り込むか席をはずかしなくては居られなくなる所なのだが、そこは常識の埒外《らちがい》にある則光だけに、そんな事は一向苦にもならず、楽しげにニコニコして二人のやり取りに耳を傾けているのである。

彼には実際、彼一人を相手にして、睡《ねむ》たげに、或いは憂鬱そうに、或いはいらいらしげにしている清少納言を見ているよりは、相手が誰であろうと、とにかく、心から愉快げに顔を紅潮させて饒舌《しゃべ》りまくっている彼女を見ている方が嬉しかった。そういう彼女を見ていると、彼は心の底まで愉快になって来るのであった。

そして、彼女と行成との話しぶりに、人の会話というものは、こんなにも滑らかに楽しげに進行するものなのか——と、他愛なく感心しているのである。ただ、時々彼の朗らかな顔に苦渋の影が浮かぶのは、二人の会話の中に、古今の歌や詩の文句が入って来る時である。彼は歌や詩が苦手なのだ。だから、そういうものが入って来ると、彼には話の内容が分らなくなってしまうのだ。

と、行成は目ざとく彼の苦渋の表情を認め、彼をすっぽかしていた事に気がついて、会話の中に彼を誘い込もうとした。

「兄人の則光どの、そなたは大層歌を嫌っているという事を噂に聞いたが、ほんとに左様か?」

則光はあわてて、「ハ、はい」

「それはまことに珍らしい事だ。それには何ぞ謂われがあるのだろうナ。きっと面白い物語りがあるに違いない。語ってくれぬか」

「ハ、はい。されば……」と言ったが、もとより別な仔細《しさい》のある筈はない。「ソノ、いや……物語りなぞと……」

則光は当惑して鼻の頭に汗を光らしている。

「ホホホ……」

清少納言は笑って、助け舟を出した。

「いいえ、何も謂われなぞはありません。ただ歌が分らぬからでございますよ。分らぬから嫌いなので……いや、その嫌いさ加減といったら大変なものなので、それこそ面白い物語になりそうですわ」

「フム、それは？」

行成は巧みに話を引き出す。

「たとえば、兄人はわたしにこう言うのです。『清少納言どの、あなたが蛞蝓《なめくじ》をお嫌いになる以上に、私は歌が嫌いなのです。歌を見せられると、ハッとして背筋が寒くなり、身体がブルブル小刻みに慄《ふる》えて来る』と言うのです」

「ハッハッハ、それは又きつい嫌い様ですナ。だが、猫も杓子《しやくし》も歌を詠み、歌詠まねば人との交際もなり兼ねるこの世に、左様に『歌は分らぬ。歌は嫌いだ』と言って済まして居られるとは、まことに当代の奇蹟。盗賊を手捕りにされる勇士ならでは真似の出来ぬ、時流に媚びぬ偉業と申すべき事柄ですナ」

行成は饒舌っているうちに、自分でも本気か冗談か分らなくなってしまった。だから、聞いてる則光の方は勿論素直に褒められたと思って恐縮する。そこで、清少納言は堪まらず袂《たもと》で口をおおって噴き出した。それから、「行成様、まだその後があるのですよ。兄人は続けて、『そういう訳ですから、少納言どの、決して私に歌を見せないで下さい。あなたが私がお厭になったら、歌を見せて下さい』とこうなのです。そこで、わたしもこう答えてやりました。

『それはいい事を聞きました。わたし、あなたが厭になったら、歌をお見せすればいいのネ。別れの言葉を口にするのは誰でも厭なことですわ。それを口にしないで済むのは有りがたい事です。じゃ、そういう約束にしましょうネ』……」

「ホホウ、これは驚いた。本当ですか？」行成は大袈裟《おおげさ》に呆れて見せ、

「それでは、あなた方はまるで別れる事を初めから予想しているようなやり方ではありませんか。恋に不吉は予想せぬものです。少納言どのは『遠くて近きものは男女の仲』と書いておられるが、『近くて遠きものも男女の仲』なのです。男女の仲はたださえこわれ易いもの。それ故、不吉な予想は冗談にも言わぬものです」

そうまじめくさって述べ立ててから、急に思い出したように、

「それにしても、世にも珍らしい奇抜な約束をいたされましたナ。別れの印しに歌を見せるとは……ワッハッハ」

行成は可笑《おか》しくて堪まらぬというように、腹をかかえて哄笑した。

話が歌にからんで来たり、殊には自分が話題の中心に引き出されたりしているので、則光は今までのようなのんびりした気分でいられなくなり、そろそろ逃げ出したい気持で尻の皮がムズムズして来た。

すると、行成はチラと則光に横目をくれて、

「あ、則光どの。まあ、落着きなさい。もうそなたの嫌いな歌の話はやめるから……それにそなたよりも先に私が退散しなければ悪いからナ」

こう言ったのは、行成の方では実は則光に退座のきっかけを与えてやった積《つも》りだったのだが、則光にはそれが通じない。彼は行成が先へ帰るというのに、自分が退座しても悪かろうぐらいに考え、歌の話が出ないのなら、と思って浮かしかけた腰をまたドッシリとおちつけてしまった。人間というものは一寸先きが分らないもので已《や》むを得ないが、彼は実はこのまま退座してしまえば無事だったのであった。

「祭も五日の後に迫りましたナ」

行成が約束通り話題を転換したので、則光はホッと胸を撫で下ろしたが、本当は胸を撫で下ろせるような話ではなかったのである。暫らく祭についてあれこれと噂話などしてから、

行成は、

「あ、そうそう、実は今日お伺いしたのは……」

と言って、祭見物に彼の車に清少納言を同乗させて行こうと思ってる、という事を言い出した。則光はドキッとして思わず顔をあげて行成の顔を見、それから清少納言の顔へ目を移した。

清少納言はポッと頰をそめて、嬉しそうに頷《うなず》いている。彼女ほどの女でも行成から誘いを掛けられては嬉しいのである。則光とつい今しがた約束を交わしたばかりであるが、そんな事は彼女には問題ではなかった。そんな事のために、この申出でを断わる事なんぞ、思いもよらぬ事である。だから、彼女はそんな事はてんで頭に浮かべなかった。またそれが常識というものであった。則光とて、ここではすごすごと引きさがるのが常識であった。

所が、常識の枠にはいる則光ではなかったのが不幸であった。彼は一瞬ギョッとはしたが、当然清少納言が彼との約束ゆえ、行成との同行を断わってくれるものと思った。が、彼女は断わらない。それが彼には、まことにいぶかしいのであった。彼は清少納言のふっくらした横顔をムズムズする思《おもい》で睨《にら》んでいた。

が、依然として彼女は断わらず、行成はなお二三打合せの言葉を交わして、「では」と立ちあがりかけた。則光はとうとう我慢がならず、

「ああ、いや、頭弁様、それはなりませぬゾ」

と言い出してしまった。

行成は今まで貝のように黙々としていた男が急に発言したので、オヤという様子で振りむいた。

「え、何？　何か言ったかネ？」

「はい、清少納言どのには先約がございます故、祭に御同行はなりませぬ」

「ホウオ！」行成は初めて合点が行った様子で「そうか。先約があるとか。それは、それは……少納言どの、失礼しました。してその先約の相手はどなたですかナ？」

「まあ！……」

清少納言はびっくりして、言葉も出なくなった。則光の非常識にびっくりしたのである。

「それは、この私めでございます」

彼女が答えぬので、則光が答えた。これには流石の行成もびっくりした。

「あッ、そうか。そうだったのか！」

びっくりしないのは則光だけだ。その泰然たる巨漢の横顔を睨みすえながら、清少納言の太い眉がピリピリとふるえた。唖然とした瞬間が過ぎて、今度は腹が立って来たのである。

「則光どの、あなたはまあ、何を言うのですか。お黙りなさい！……行成様、どうかお気にかけないで下さい。今の話は何でもない事なのですから」

行成はすでに平常のおちついた態度に返っていた。

「そうですか、分りました。則光どのは何か感違いしているのですナ。……あ、則光どの、そなたも若しよければ、我々と同道しなさい」

行成はこの偏屈な若者に寛大な言葉をかけて、静かに局を出て行った。

褒められるも嫌

清少納言は則光にふたたび背をむけて文机にむかっている。彼女は腹が立って仕方がない。然し、則光のいう所は嘘ではないのだから、表面からガミガミ文句を吐きちらす事も出来ない。それ故に一層怒りが燻《くすぶ》ってムシャクシャして来る。〝兄人だなぞと言っていれば、いい気になって……妹兄の仲なぞ今日限りだわ!……〟

則光は悄然としてそういう女の後姿を眺めている。〝一体、彼女は何を怒っているのだろう。怒りたいのは自分の方ではないか〟と思うのだが、女の気持が自分から背《そむ》いてしまっているらしいのが何としても悲しく、出来るなら自分が悪かったと詑《あや》まりたいのだが、その詑まる口実が彼には見つからなくて困っている。

前栽の日影が消えて、急に冷え冷えとして来た。燈台に火をとぼさぬ部屋の中は、前栽よりもっと薄暗い。則光は心細くなって来た。〝何とか早くきまりをつけて帰ろう……〟

「少納言どの、あなたは頭弁様と一緒に行きたいのでしたら、どうぞ行って下さい。私は一人で行っても宜《よろ》しいですから」

「オヤ、まだそこに入《い》らしたの？」

清少納言はビクリとふり返って、真正面から男を睨みすえた。そして、感情を無理に押し殺した、押さえつけたような低い声で呟《つぶ》やきはじめた。

「行成様はネ、あんな事を言ったって、なかなかわたしと一緒に行けやしないのですよ。あの方は人目を気になさるし……それに一緒に連れて行かなければならぬ御婦人方も多いし……ネ、それだから、わたし、あの方の御申出でを断わらなかったのよ。どうせ後から差支えが出来たからと言って、あちらから断わって来るのに定《き》まってるんですから……」

こんな事を言ってるうちに、彼女は〝ほんとにそうだわ〟と思うと、そういう行成まで口惜しくなって来、そしてそんな事をくどくど弁解している自分自身にも腹立たしくなって来た。と、無性にムシャクシャして来て、

「だから、あなたは横からあんな事を言い出さなくたってよかったんだわ。何だって、あんな馬鹿な事を言い出したんです！」

と、とうとう爆発してしまった。爆発すると、一途な気性でガムシャラに相手を擲《たた》きつけたくなる彼女だった。

「あなたは少し思いあがってるわ。あんな方と対等か何かの気になって……呆れたもんだわ。

鬼の首でも取ったように先約、先約って……」

ここで利口な彼女は自分の理不尽な言いがかりに気がついて、グッと詰まってしまったが、やがて急に気がついて、

「そうだわ。あなたは先程、わたしが誘った時にハキハキした返事をなさらなかったじゃないの。だから、わたしは行成様に誘われて同意したのよ。あなたはそれを忘れてるんだわ」

彼女はこの口実を見つけて俄かに活気づき、男が〝あッ、そうだったのか〟と正直に怯《ひる》むのを見て、ますます威丈高にのしかかった。

「あなた一体何だと思ってらっしゃるの？　わたしの御主人ではないわ。わたしの御主人は中宮よ。あなたなぞは用心棒にいいと思っただけよ。武骨で、無教養で……」

こう言いかけて来ると、彼女は目の前に窮屈そうに大きな身体を恐れ縮めている男を睨みすえながら、何とかしてこの無神経な男をいじめ苦しめてやりたい、という兇暴な気持にゆすぶり立てられた。

「そうそう、あなたはこの間の『草のいほり』の話の時に、中将（斉信）様なぞにおだてられて、方々その事を吹聴して廻ってたけど、あんな事、やめて貰いたいわ。あなた一体、あの『蘭省ノ花ノ時錦帳ノ下《らんしようのはなのとききんちようのもと》』という漢詩の句を出されて、その末にわたしが『草の庵《いほり》を誰か尋ねむ』とつけた面白味がお分りになるの？　分りゃしないのでしょ？……いいえ、分らないのを責めやしないのよ。あなたはそれでいいのよ。あなたはその流儀でおやりになって結構。

あなたはわたし達とは違うんですからネ……ただ、分りもしないのに、わたしの歌や言葉を褒めないで頂きたいの。

いいですか、分りましたか。……これは遠慮じゃないのよ。あなたなぞに褒められると、ほんとに迷惑なの。愚者に褒めらるるは、第一の恥辱っていいますからネ！」

彼女は自分の言葉のむごさに刺戟されて、ますます嗜虐症的《サディスティック》に男をこき下ろそうと猛《たけ》り立って来た。男はチラと目をあげて彼女の顔を見た。大きな目に怨めしそうに涙が溢れこぼれんとしている。

「何よ、その目！」

猛り狂った女は、声まで異様にピンピンと不快な響きを伴って来た。

「大きな身体、大きな目！……成程、わたしはそういう所がちょっと気に入った事は確かだったわ。然し、もうあなたなんかちっとも好きでなんかありゃしない。何よ、そんなもの！　身体の大きくてよいものは、馬と牛よ。おのこの目は大きいのがいいけれど、あなた見たいに金椀《かなまり》のように大きいのは、かえって恐ろしいばかりで気味が悪いわ」

顔の造作までこき下ろされて、可哀そうに則光は這々《ほうほう》のていで退却した。

立聞き

祭の当日は空のけしきも麗々と、時鳥《ほととぎす》の忍び音《ね》が遠くそら耳かと思われる位たどたどしく聞こえて来るのも、心まで澄んで行くような輝かしい日和であった。

然し、清少納言にはこの麗わしい日和も、勅使の行列の絢爛たる色彩も、賑やかな物見の車や桟敷の人立ちも、もみ歩く群集も、彼女の鬱々たる気持をまぎらす何の力も持たなかった。というのは、あんなにして兄人の則光に愛想づかしをして邪魔者をなくして待ったのに、行成卿は、やはり彼女との約束を忘れてすっぽかしてしまったからである。

彼女は仕方なしに同僚の女房たちと女車で賀茂社《かものやしろ》へ向かったが、彼女にはどうしても男相手に一上一下《いちじょういちげ》のやり取りをするのでなければ、女同志のお饒舌りでは、てんで張り合いというものが感じられないのだった。

社の庭で歌舞の遊《あそび》がはじまった頃、清少納言はそっと人々の席から抜け出して、社務寮《しゃむりょう》の奥深く忍び足で入って行った。奥庭に面した一室で、行成は斉信と二人きりで混雑を避けて話し込んでいた。

彼女は思った通りだ、とさっそく取っちめてやろうと思ったが、斉信がいるので遠慮して、廊下の壁を円《まる》く抜いた明障子《あかりしょうじ》のそばに身を忍ばせて、ニヤリとして中の話を立聞きはじめた。

が、たちまち彼女は緊張に頰をこわばらせて、聞き耳を立てた。

中では斉信の声で、

「だが、あなたは清少納言と相乗りで来ると言ってたのに、一体どうしたのかネ。断わられたのかネ？」

すると、行成の声で、

「いやいや、どう致しまして。あの日、彼女の局へ行きましてネ、彼女と同道を約して、局を出て来た途端に、弁内侍《べんのないじ》に取っつかまりましてネ。どうしても祭に同車させろと、袖を摑《つか》んでの強要です」

「それで牛を馬に乗り換えた、という訳か」

「いや、どちらが馬か分りませんが……清少納言の方がえらい悍馬《かんば》らしいですなあ」

「それで清少納言の方は断わって――」

「いえ、断わりに行くというのも、礼儀に背きますので」

「断らずか、ハッハ、奇妙な礼儀もあるものだ……だが、弁内侍は若くて美しく、優しい女性だから、これは乗り換えたくなるのも無理はない」

「清少納言は意地っ張りで、ピンピン反響のある所は嬉しいのですが……まあ、退屈しのぎには持って来いの相手ですがネ、少ししめやかにうち解けて物語りしたい時には、どうもネ……才気が鼻につきましてナ……やはり女性は優しいのが一番です。

なるほど彼女の学才は当代の男性の中にもあり難い（珍らしい）ていのものではありますが、それが彼女をどれだけ幸せにしてるかは問題ですナ。ああ優しさ女らしさというものをなくして学才をひけらかしてる女なんて、およそ面白味のない存在ですよ。

そうそう、さきごろ評判になった、私とのやり取りの時に詠んだ『夜をこめて鳥の鳴く音《ね》ははかるとも』の歌にしてもですナ。一体何ですか、あれは。博識頓才、それだけのシロモノですよ。女らしい魅力なんてカケラ程もない。『世に逢ふ坂の関は許さじ』ですって？『そんな関所、開けっぴろげて待ってたって、誰が通ってやるものか』と言いたくなるのも無理はないでしょう」

「フフフ、あなたはあの時は大層彼女の学才に感心して、主上《うえ》の御耳にまで入れた、という事ではないか」

「そうしなければ、彼女の御機嫌が悪いからですよ。御当人は大層面目をほどこした積りでいるんですからナ。いやはや、女の智慧なんてあさましいものです」

立聞いている清少納言は、自分の表芸と信倚《しんい》している所をこっぴどく粉砕されて、足もとが千仞《せんじん》の谷底へ崩壊して行くように感じた。

「そうかネ、彼女も考えなければいけないナ。もうさだ過ぎて、色けも味けもなくなってるんだからなあ……いや、色けといえば、彼女ちかごろ、例の私の邸で盗賊を生け捕りにした則光という豪傑を、ひどく寵愛しているらしいのだよ」

「あ、その則光です。先日ちょうど彼女の局に居合わせました。なかなかの変り者と見受けました」

「フフ、変り者か……何かあったのかネ?」

「私が彼女に同道を誘いました時に、先約があるから駄目だ、と言って正面から私に食ってかかったのですよ。あの軽輩者がネ」

「それは面白いナ。そして、その先約者というのが彼なのだネ」

「その通り。実際、私もこりゃ面白い男だ、と思いました。職柄、身分なぞを忘れてしまうほど、ただもう一途に彼女を思い詰めているのですな……それが、一昨日、私を訪ねて参りました」

「ホホう、一体何で?」

「それが『先日は失礼しました。先約といったのは自分の感違いでありました。どうか少納言どのと同道して下さい』と頼むのです。それが余り真剣なので、こっちもいい加減な事も言えず、『外《ほか》の女房にせがまれたので、清少納言どのは連れて行かれぬ』と言うと、『そんな事を言わず、ぜひ連れてって下さい。彼女が失望すると、私も悲しくなる』と、心の底から思い詰めた様子で言うのです。いや、清少納言もえらい男から惚れられたものです」

「それサ、あんな無教養な武骨者を清少納言ほどの女が、なんであんなに妹兄の仲なぞといい気になってるのか、気が知れぬのだ」

「いや、これは訳識りの中将様の御言葉とも思えませんナ。ああいう才気を持て余したような女性には、あのような武骨な神経の太い男こそ似合いの相手なので、ああいう男に一途に思い込まれて、はじめて彼女は幸福というものを味わい知る事が出来る筈ですよ」

「ハハハ、そんなものかナ」

「そうですとも。我々のような繊細な神経の者には、とてもああいう女の相手は勤まりませんよ。小半時の話し相手にはいいですがネ……あれはいわば片輪者ですよ。思い浮かべて御覧なさい。あの太い眉、大きな目、大きな口、野太い声……髪を剃って坊主にしたら、男か女か、区別がつき兼ねますよ」

「フフフ、聞いてないと思って、ひどい事を言うネ。彼女が聞いたら怒るだろうなあ、ハッハッハ」

「ハハハ」

清少納言は色を失って、蹌踉《そうろう》として壁につかまりながら廊下を逃げ出した。

ひたよる女心

則光が入って行くと、俯伏《うつぶ》してうとうとしていた清少納言は、ものうげに顔をあげて、弱々しい頬笑みを浮かべた。

「よく来てくれました。この間……あんな事を言ったので、もう来てはくれないかと思いましたわ。でも、何だかひどく淋しくて、どうしてもお会いしたくなって、文《ふみ》を持たせて上げました」

燈台の火を斜めに受けた清少納言の顔は大病の後の人のようにげっそりして、悩ましげな翳《かげ》が眉のあたりに漂っている。見様によっては、凄艶な趣が加わって男心を惹きつけそうである。が、則光はただ単純に驚いて、

「ひどくおやつれのようですが、どうかされましたか？」

「いいえ……ちょっと疲れただけです」

「今日は早くお帰りになられたと聞いて、実は心配しておった所でした。頭弁様とは御一緒ではなかったそうですナ」

「ああ、それはもう仰言《おつしや》らないで！」

「は、そうですか」

沢山言いたい事があるだろうに、これだけで正直に黙ってしまう男を、清少納言はいじらしく感じて、

「あ、そうそう、あなたは行成様にわたしと同道してくれるように頼みに行ったそうですネ？」

「えッ、ド、どうしてそれがお耳に……」

則光はギョッとした。〃さては、余計な事をしたというので、文句を附けるために自分を呼びよせたのであったか!〃

「ハ、はい……タ、ただ、ちょっと……」

「ホホホ、いいのよ。あなたのお気持は、嬉しく思いますわ……わたしはやッぱりあなたと一緒に行けばよかった、と後悔していますわ」

彼女はこれで先日の事の詫《わ》びをした積りである。則光は彼女の言葉に大きな目を瞠《みは》って、顔を明るく輝かした。今日は何だか彼女の様子が違う、と気がついた。ひどく当りが柔らかいのである。顔つきまでひどく優しく美しく見える。

「則光どの、でも、あなたはどうして、こんなおばあさんのわたしと一緒に行きたがったの?」

「オ、おばあさんなぞと……こんなに若く美しいあなたが、どうしてそんな事を言うのです?」

「まあ、美しいだなんて、厭だわ……でも……あなた、ほんとにわたしを美しいと思うの?」

「思いますとも!」

男の言葉は短くて物足りないが、切ないほどの真情が溢れている。男の強い眼差《まなざし》に睨《ね》められて、眩《まぶ》しく見返してるうちに、彼女は自分の全身が男の熱情を湛えた瞳の中にスーッと吸い込まれて、自分が空ッぽになって行くように感じた。

〝ああいう才気を持て余したような女性には、あのような武骨な神経の太い男こそ似合いの相手なのです。ああいう男に一途に思い込まれて、始めて彼女は幸福というものを味わい知る事が出来る筈ですよ〟

つい今しがたまで口惜しさで胸を煮え沸《た》ぎらせていた今日の行成の言葉が、今ふと全然違った意味で、彼女の胸に浮かんで来た。

「ねえ、則光どの……」

彼女はポッと頸筋《くびすじ》まで赤くなりながら、小娘のような気持で、たどたどしく小声で言い続けた。

「あなたはいつか……逢坂の関を越えたいと言った事が、ありましたねえ……今でも、そうですか？……今でも？」

男はやっと意味が飲み込めると、

「ええ、今でも！」

と、力をこめて言い切った。そして膝を乗り出そうとしたので、清少納言はあわてて、

「あ、ちょっと待って」

と手を振って押えた。これは無意識の動作だったが、正直な男が「はッ」と言って、控えてしまったので、彼女は、〝失敗《しま》った〟と思った。

そのまま則光は、彼女の方から何か言い出さぬ限り動き出しそうにもない。然し、彼女の方からこれ以上何と言いようがあろうか……彼女はほとほと当惑した。そしてこんな事で当惑させる、相手の無神経が憎らしくさえ思われて来る。

こんな場合、相手が普通の男なら、歌をやりさえすればいい所であるが……

〝そうだわ！〟

彼女は急にうまい事を考えついたと、手を拍《う》つような思いで、ヒラリと文机に向き直ると、硯の下に敷いた紙を破り、すらすらと歌を書いて、則光の前に投げ出した。

則光はハッとして、紙を取り上げたが、それが歌である事を確認すると、持った手をワナワナと慄《ふる》わせて暫らくそのままジッとしていたが、やがて色蒼ざめて力なく立ち上がると、目の見えぬ人のように御簾にぶつかったりしながら、しおしおと局を立ち去って行った。

今宵越えなむ

何か息苦しくて、清少納言はぬくもった衾《ふすま》(夜具)を脱け出し、前栽に面した遣戸《やりど》を少し開けて、また衾にもぐり込んだ。

男を待つ夜の衾の中の気持は、何年ぶりの事であろう。彼女はあんなに男達と交渉の多い日常なのに、そう言っても人は信じないであろうが、夜の衾に本当に男と寝る事はたえてない事なのだった。それは男達には彼女と議論し戯れる事は面白いが、一緒に寝る事は遠慮したくなる——のであった事は、昼間の行成の言葉で、彼女自身にも分った所だ。その反動も手伝って、今宵の仕儀となった訳だが、彼女の気持はひどくまじめに燃え立っているのだった。

今開けて来た前栽から流れ込む夜気の中に、彼女はふとまた『緑の匂』を嗅ぎつけた。それは噎せるように甘く切なく、彼女はうっとり目をつぶった。それは彼女の待っている、身体の大きな、桜色した頰の、健康にはち切れる若者の姿を、彼女の瞼の裏にありありと描き出させた……

「則光どの、則光どの……」

ぬくもった衾の中で、彼女は大きな男の身体に、手足でしっかりと絡みついて、口を寄せて行った。

「則光どの、さっきは驚いた？」

「ええ、驚きました。歌なぞ見せられたんで、もう仰天して、すごすごと逃げ出しました。でも、歌の中味を読んだ時は歓喜で飛び上がりました」

「ホホ、そんなに嬉しかった？」

「嬉しかったですとも！　『今宵越えなむ逢坂の関』——ああ！」

「上の句は？　憶えてないの？」

「そう、上の句もありましたナ。でも、用のない所なんか憶えちゃいません。下の句を見て、飛んで来た所です。さあ、早く逢叓の関を……」

「まあ、待って。そんなに急がないで……どう、わたしの奇妙な恋の打ち明け方、気に入った？」

「え？　ええ……まあ、ネ……でも、あまり嚇《おど》かさないで貰いたかったなあ」

「あなたが余り情ない顔でノホホンとしてるからよ。ちょっと罰を加えて上げたの。でも、美味しい罰だから、いいでしょ？　鳩の嘴《はし》に豆礫《つぶて》という、あのやり方よ……さあ、わたしの可愛い、鳩どの、早く豆を召し上れ。……ああ、わたしも、もう……」

ギュッと自分の胸を抱きしめて、彼女はまだ男が来てなかった事に気がついた。……と、その時、今度は本当にこほこほと沓《くつ》の音が近づいて来た。

〝さては！……〟と、彼女は胸をときめかせた。

が、それは、やがてビーンビーンと鳴弦《めいげん》の音が聞こえて、「何家の某《なにがし》、時丑三つ《ときうしみつ》（午前三時）——」と気取った声で時を告げるのであった。

彼女は起きて、暗くなった、燈台の火をかかげ、首をかしげた。いささか心配になって来たのだ。が、無邪気な若者の顔を思い浮かべると、思い直して安心しにっこりして、男を迎えるために、彼女はまた衾に熱い身体をもぐり込ませた。そして、可愛い目をつぶって甘く香ぐわしい『緑の匂』を思い切り深く吸い込んで、うっとりとなりながら、切なく疼く自分自身の血潮に言い聞かせるように心の中で呟やいた。〝大丈夫だわ。則光どのの事だもの。きっと来るわ。下の句を読めば、きっと飛んで来るわ！……〟

所が、ちょうどその頃、則光は歌を見せられて失望落胆し、ふらふらと内裏《うち》を脱け出て、夜ふけの京の街を彷徨し、酒鋪で酒をガブ飲みして廻っていた。それから彼はいつの間にか鴨《かも》の河原の草の上で熟睡してしまった。

夜が青白く明けかかる頃、彼は目を醒まして冷めたい川の水で顔を洗うと、さっぱりして、昨夜のもやもやした気持はすっかり忘れ去ったようになってしまった。彼は、今まで女房の局などに入りびたっていた自分を、如何にも場違いな存在であったと反省した。そして、爽々《すがすが》しい気持で、冷え冷えとした朝の川面の空気を、身体をそらして胸一杯に吸い込んだ。

それから懐ろに手を入れると、昨夜の歌の紙がクシャクシャになって入っていた。彼はこれを拡げると、ズタズタに引き裂いて川に流してしまい、ポンポンと手をはたいた。とうとう歌は読まなかったのである。

間もなく則光は、自分から願い出て蔵人《くろうど》を罷《や》め、遠江介《とおとうみのすけ》に任じてもらい、初々《ういうい》しい優しげな若い妻を娶《めと》って、連れだって任地へ下って行った。その事を清少納言は暫らく後になってから人伝《ひとづて》に聞いた。

（「面白倶楽部」昭和二十八年三月号）

「六条の御息所《みやすんどころ》」誕生

一

紫式部は、寛弘《かんこう》四年師走《しわす》の二十九日に、はじめて宮中に参上し、一条天皇の中宮彰子《ちゅうぐうしょうし》にお仕えすることになったのであるが、彼女があの「源氏物語」に筆を染めるようになったそもそも初めは、実は中宮彰子のおすすめの言葉があったからであり、また「源氏物語」が今日あるような、あのような大部の続き物語になったについては、中宮彰子の影響が非常に大きなものであったのである。もし中宮彰子のあれほどの理解ある勧奨がなかったなら、あるいは――いや、恐らくは、紫式部は「源氏物語」を書かずに終ってしまったかも知れないのである。

中宮がじきに二人の対話で紫式部に話しかけられたのは、彼女が宮仕えに出てから暫くのちのことであった。初めての宮仕えで、さすがに「いみじくも夢路にまど」っているようであった紫式部に、その気持をほぐしてやろうというお心遣いからであろう。中宮彰子は紫式部をおそば近く召し寄せて、暖かいほほえみを浮かべて、しみじみとした調子で優しく話しかけられた。

「藤式部《とうしきぶ》、あなたは物語を書いているということを、父（藤原道長《みちなが》）から聞いています。わたしはまだ、あなたの書いた物語を一つも見ていないので、ぜひ見せて下さいね」

藤式部というのは、彼女が宮仕えしてから、こんな名で呼ばれるようになった。藤原氏の出であり、兄惟規《のぶのり》が式部丞《しきぶのじょう》であるところから付けられた女房名《な》である。紫式部と呼ばれるようになるのは、もっと後。彼女が「源氏物語」を書きはじめて、「若紫」の巻を書き上げたころ、藤原公任《ふじわらのきんとう》が「あなかしこ、このわたりに、わかむらさきやさぶらふ」などと言って局《つぼね》をのぞきに来て、はでな騒ぎをして、みんなにいっそう物語のことが知られるようになってから後、付けられた綽名《あだな》である。

「いいえ、わたくしが物語を書いているなぞ、飛んでもない。ほんの物語という名ばかりのものを少し書いたことがある、というだけのことで、人にお見せできるようなものではございません。ほんの、お恥ずかしいものでございまして、……」

「では、藤式部は、人に見せるようなものは書かない、という気なのですか」

式部は、ハッとして思わず目を見はって、中宮の顔を見直した。が、中宮は、まだ美少女といった方がいいような、初々《ういうい》しい、かわいらしいお顔で、目をクリクリさせて、おもしろそうに式部の顔を見つめているだけである。

式部としてみれば、ただ謙遜のつもりで言った言葉に過ぎないわけで、こういう端的な鋭い質問を浴びせかけられようとは、思いもよらないところであった。しかし、中宮の方は、式部の虚を突こうとして揚げ足を取るような人の悪さなど、もとより持っているわけではない。ただ、柔らかい微笑をふくんで、やさしく聞いて見ただけのことである。それだけに式部の方は、余計虚を突かれたかたちでハッとしたのである。

「いえ、そ、そういうつもりでは……」

「わたしは父から、あなたはたいそう学問の素養が深くて、漢学までおさめていると聞きました。いろいろと、わたしは、あなたに教えてもらいたいと思っています。その手はじめとして、あなたは、わたしに見せるつもりで、新しい物語を一つ書いてくれませんか」

「は」

式部は思わず深く頭を下げた。承諾した形になってしまった。

「ありがとう。うれしいわ。さっそく承知してくれて。わたしは楽しみに待ってますよ」

式部は、これはどうもえらい事になったと思った。何であんなにうかうかと承知してしまったのか、自分でもわからない。彼女は、幼少のころから物語が好きで、いろいろ古《こ》物語を読んでいたので、自分もという気を起こして、夫宣孝《のぶたか》の生きていたころから、暇を見ては二三書いてみたことはある。その中で、一番最近に書いたものであり、一番まとまっていると自分では思っているのが、いろいろな女のあり方を、人から聞いたり本で読んだりしたところから、また自分なりに考えをめぐらし、男と女の交渉という姿を通して、描いてみたものであった。これは、ごく親しい二三の人にだけそっと見せたことがあるので、そんな事が道長の耳に入っていたのかも知れない。

宮中へ入ってから、またそういう、物語を書いてみたい気持が湧いて来ていたことは事実であった。そこを、中宮にいきなり見すかされたようで、ドギマギしてしまったのかも知れなかった。

式部は、中宮のお言葉があってから、局に一人でじっとしている時、また里下《さが》りして、父為時《ためとき》と一人娘の賢子《けんし》のいる家へ帰っている時も、一人でいる時などは、いつか新しい物語の創作のことに思いふけっている自分を発見するようになった。

ついにある夜、それは里下りしている時であったが、自分の家の自分の部屋で、ただ一人、長年使いなれた黒塗りの文机《ふづくえ》に向かって、式部は「源氏物語」の最初の筆を下ろしたのであった。

ひかる源氏、名のみことごとしう言ひ消《け》たれ給ふとがおほかなるに、……

これが「源氏物語」のほんとうの書きはじめの文章である。「いづれの御時《おほんとき》にか、女御更衣《にょうごこうい》あまたさぶらひ給ひけるなかに、……」という、おなじみの「源氏物語」冒頭の文章は、暫くあとから改まって序巻として「桐壺」の巻を書き足した時にできたものである。ほんとうの——というのも、おかしいが、実際の書きはじめの文章は「光源氏、名のみ……」の方なのである。

式部は、伊勢物語はもとより、住吉《すみよし》物語、宇津保《うつほ》物語、交野《かたの》の少将物語、梅壺の少将物語、その他、たくさんの古物語を読んで来たが、それらの物語の主人公にいつも不満を感じていた。自分が物語を書くとすれば、それらの物語に、新しい一歩を加えなければ書くかいがない、と考えていた。そして、ようやく自分が今までの物語に感じていた不満の実質を、突き止め得たと思った。

そこで、自分の物語の主人公、若い貴公子光源氏には、今までの物語の主人公たちのような、好色だけで生きていたような、何かうつろな感じをまぬかれない、実在性の稀薄な人物でなく、われわれの身近にいて、声をかけることもできそうな、現実味のある人間を描きたいと思った。つまり、式部は写実性を目ざしたのであった。そこで、書き出しの文章は

《光源氏などと、名前だけはえらく御婦人がたに持て過ぎて悪い評判が高いところへ持って来て、……》

と、ここまでは、今までと同じような好色物語じみているが、式部も実はこの時は、そこ

までは——つまり、物語の伝統的な好色礼讃《らいさん》の思想から脱却は、し切れなかったのである。

だが、それでも、そのあとで、

さるは、いといたく世をはばかり、まめだち給ひけるほどに、なよびかにをかしきことはなくて、かたのの少将には笑はれ給ひけんかし。

こうなって来ると、だいぶ違って来る。

《わたしの物語の主人公は、今までの物語の主人公たちとは違って、現実の社会に生きておりますので、世間体《てい》も気にする、まじめそうな体裁も取りつくろう。ただ色事ばかりして生きていたような、古物語の主人公たちとは違いましてね。ですから、そう艶《つや》っぽい話ばかりありゃしませんの。あの有名な好色物語の主人公、交野の少将などから見たら、笑われてしまいそうですわ。》

これは、紫式部がきおった抱負を示したところで、「交野の少将には笑われそう」と謙遜したようなことを言ってるが、それは心にもない表面の辞令で、実は、古物語の主人公たちの非現実性を、彼女は笑っているわけなのである。

式部は、この光源氏という若い貴公子を主人公に仕立てて、女性との交渉を描いて行きたいと思ったのであるが、その相手として、彼女は今までの物語にはあまり例を見ないのであるが——否、それ故に、と彼女は考えたのかも知れない——この若い美しい貴公子の相手に、中品《ちゅうほん》（中流階級）の女を——しかも年もさだ過ぎた（盛りの年ごろを過ぎた）人妻を選ぶ、という冒険を試みた。

冒険——たしかに、物語の伝統から行けば、それは大胆な冒険と人には見えるに違いないものであった。しかも、彼女にとっては、これは実は、彼女の最も書き易いホームグラウンドなのであった。

二

紫式部の父藤原為時《ふじわらのためとき》は、大学にはいり文章生《もんじょうのしょう》となって、藤原文時《ふみとき》に師事した。歌人としても、詩人としても、学者としても、相当名を知られた人であった。大体が学者肌の人であった為時は、紫式部の若いころ、長い散位《さんに》の後、道長の推輓《すいばん》を蒙《こうむ》って越前守となって、遠く北国へ赴任して行ったことがある。この時、紫式部も若い娘の身で——と言っても、実は二十四歳になっていたのであるが、母が早く亡くなっていたので、父についていっしょに遠い北の雪国へ行った。が、彼女は父に先立って帰京している。越前守の任期が終った為時は、それから長い散位の生活を送ったあと、晩年にやっと越後守に任命されて、ふたたび北国へ赴任して行った。

つまり、たまに運よく国守の地位にありつく、といった程度の身分であったわけである。式部は、越前の国から、父より先に帰京すると、間もなく、二十六歳で藤原宣孝と結婚した。ずいぶん晩婚であるが、夫の方はまた二十歳も違う四十六歳で、父と同じくらいの男と結婚したわけである。この宣孝は父為時とは親戚でもあり親しい間柄であったが、備後《びんご》・周防《すおう》・山城《やましろ》・筑前《ちくぜん》・備中《びっちゅう》などの国守を歴任しているから、世俗的には為時より有能な男であったらしい。しかし、この宣孝との結婚生活は、わずか三年に足らないうちに、夫宣孝が死んでしまう。幸いに一子を恵まれて、それが賢子《けんし》といい、後に大弐参位《だいにのさんみ》とよばれる歌人となる人である。

このように式部は、父も夫も地位は国守というところで、いわゆる受領《ずりよう》階級である。中流貴族というところであろう。

「源氏物語」などを読むと、舞台が宮廷であり、そこに活躍するのは、帝《みかど》、后《きさき》、親王《みこ》、一代の源氏、下っては大臣、公卿《くぎよう》といった高位顕官、およびその子弟であるから、いわゆる上流貴紳の人々である。これらの人々の誰彼を、それぞれ派閥の頭首と仰ぎ庇護者と頼んで、日頃から忠勤をはげみ、その恩顧によって除目《じもく》（諸官職を任命する儀式）の折には国の守《かみ》の職にありつけるように、できるなら少しでも身入りのいい豊かな大国の守に推輓してもらおうというので、たとえば主《しゆう》と仰ぐ貴族の家の、年少の子弟にまで、年配の男が唯々《いい》として御機嫌を取り結ぼうと骨折っているのを見るであろう。それが、受領階級なのである。これは中流の階級である。このころの言葉で、中の品《なかしな》、あるいは中品というところである。

式部はすなわち、この中品の出である。そこで、物語の中で、上品《じようぼん》の上とも言いたい貴公子光源氏に、宮中から出て、中品の女と交渉させ、その恋の姿を描いてみようと考えた。

これは、宮中の人たちには――中宮を初めとして、その御きょうだいや、時としては帝も、それから下っては中宮に側近する女房たちまで含めて――こういう中品の女との交渉は、どんなに珍しいことであろう。そしてまた、彼女にとっては、最も書き易い、自分のいた階級なのである。しかもさだ過ぎた女というのであるから、これは彼女自身のようなものではないか。そこでは彼女は、想像でなく、自分の体験で、これを縦横に描くことができるわけである。人妻であった経験もあるから、その人妻たるさだ過ぎた女の、体のはしから心の中まで、彼女は全く自分自身をのぞくように、自在に写実の筆をふるうことができるのである。

彼女は、光源氏を中品の女のところへ導いて行くための伏線として、ずっと前に書いておいた女性批判のような習作の物語を取り上げ、これを今度の物語の初めのあたりへ挿入した。

長雨が晴れ間もないころ、宮中の物忌《ものい》み（凶日に引き籠って謹慎する事）などが引き続いて、宮中に泊まることが多くなっていた一夜、光源氏が退屈して困っているところへ、仲のいい、光源氏の新妻の兄である頭中将《とうのちゅうじょう》がやって来、それから左馬頭《ひだりうまのかみ》、藤式部丞《とうしきぶのじょう》なども光源氏のいる所へ集まって来て、雨の一夜を、いろいろな女性を批判したり、女との体験談、失敗談を述べたりして語り明かす、という体裁にして――つまり、その話の内容に前の習作物語を利用したわけである。そこでは、彼女は自然と、自分の住んでいる世界である中品の女を取り上げていたので、光源氏は雨の一夜を、中品の女の種々相をたっぷり語り聞かされ、それによって自分の未知の世界である中品の女への興味を、いたく刺激されるという仕組みにした。

これは後に「雨夜《あまよ》の品定《しなさだ》め」として「源氏物語」の中でも人々に最も親しまれている部分であるが、実はそれは前に書きためておいたものに拠ったところなのである。

その翌《あく》る日は、お天気もよくなったので、光源氏は宮中を退出して、長く夜がれいをしていた新妻のいる左大臣の家へ行ってやることにした。

ところが、ゆうべの話で刺激された若い光源氏は、その晩、方違《かたたが》え（悪い方角を避ける事）にことよせて、左大臣の家来筋の紀伊守の中川の家へ出かけ、ちょうどそのころ、そこへ来ていた紀伊守の父伊予守の年若き後妻と、交渉を起こしてしまう――という風に式部は物語を展開させて行った。

この女は、あとから「空蟬《うつせみ》」と名づけることになるのであるが、空蟬という女性は「源氏物語」の中でも、最もよく描き得た女性を三人あげろと言われたら、「空蟬」はその中へ入るに違いない。なよなよと見えながら、心の芯には一筋キリッとしたものが通っている。最初の一夜で、不意を襲われて源氏に身を許してしまったが、この後は決して二度とは身を許すまいと決心し、とうとうそれを気強く押し通してしまった。今までの物語の世界になかった、自分の意志で動く、たいへん個性的な、独自性のある、中品の女が美事にそこに描き出された。源氏の気持を憎く思うわけではない。源氏にあったのは夢のようにうれしいのである。が、人妻であり、身分も違うところから、人妻にならない時にお目にかかれたらと思いなげき、しかし気強く二度とは源氏と逢うことを拒んだ。甚だ近代的な悩みを悩んだ、親近性のある、生ま身の血の通った女性像が描き出された。

前にもあったように、空蟬は中品の女で、人妻、彼女の世界の人である。彼女は自分の中をのぞいて空蟬を書いたのかも知れない。何か彼女に似ているのではないか、という気がする。つまり、紫式部はこんな人ではなかったか、という気がするのである。一度は許したが、二度とは許さなかったのも、彼女自身の経験を書いたものかも知れない——と、そこまで悪《わる》推量したくなるくらいである。

この女に光源氏がしつこく二度目の逢う瀬を迫る条《くだ》りを書いている時、紫式部は中宮彰子から催促を受け、よんどころなく、物語の中途で、ほんとに話の段落もつかぬ中途で無理に中断して、空蟬と源氏との歌のやりとりから取りあえず「帚木《ははきぎ》」の巻と名づけて中宮に献上した。

このあと、筆が勢よく動いて、次の「空蟬」の巻を間もなく書き上げ、中宮に差し出したが、式部としては、前に差し出した「帚木」の巻と今度の巻とを、いっしょにして「空蟬」の巻としたかった、と思った。しかし、前の本はすでに中宮は側近の女房たちに読ませてお聞きになっており、ほかの方々にも中宮がお見せになっている模様である。もう一たん作者の手を離れたら、作者といえどもどうしようもない。本は生きて世をわたって行くのだ――と紫式部は感じた。

三

それから二三日休養して、また宮中へ参上し、中宮のお前に出た。

ちょうど、中宮は女房たち二三人を集めて、その中の一人に物語を読ませてお聞きになっているところだった。

紫式部が顔を出したので、中宮は喜んで声をかけられた。

「藤式部、今『空蟬』の巻を聞いています。あなたの書いた物語は、今までの物語とはまるで違っています。たいへん優れた物語ができました。うれしく思います」

式部は、面はゆくて深く頭を下げた。

「もう今夜で『空蟬』の巻は終りそうです。次ぎを書いていますか」

「は、まだ……」

「次ぎがあるのでしょう？　もっともっと書いて見せて下さいね」

「はい」

「ほんとは、ここで、作者に読んでもらいたいところなんですけど……でも、藤式部には早く先きを書き続けてもらった方がいいから、そんな事で時間をつぶさせるのは、やめましょうね。では、宣旨《せんじ》の君《きみ》、続けて読んで下さい」

ほっそりした体つきの、若々しい魅力にあふれた宣旨の君は、「はい」と言って本を読む姿勢にもどったが、ひょいと式部の方へ目を向けて、（あなたに聞いていられたんじゃ、恥ずかしくってわたし困っちゃったわ）という表情をして肩をすくめて見せた。（でも、仕方がないわ）と大げさに、あきらめた顔つきをして、まじめな表情にもどり、細いがよく通るいい声で、中断していた「空蟬」の巻を再び読みはじめた。

紫式部は、中宮のお言葉に言葉少なに応答していたが、心の中ではたいへん感激していた。もとより、このたびの物語は、もう少し書き継ぐつもりでいた。光源氏を中品の世界へつれて来たが、空蟬という女が、あまりに個性的な、自我の強い女であったので――式部はそこが気に入って、そこを書きたかったわけだが――今度は、これと対照的な、あまり個性的でない、もっとおっとりした、自主性などどうち忘れたような、やさしい、夢を見てるような、愛らしい女を書いてみたい、と思っていた。それを、いつ始めようかと思いつつ二三日たってしまった、というところだったが、今宵、中宮のお前へ出て、ありがたいお言葉を賜わって、「よし、今夜から始めよう」そういう感激をもって紫式部は、それから程なく本読みのさまたげにならぬよう、そっとお前を退出した。

里に下って、父の家の自分の部屋におちついた式部は、静かに墨をすりながら考えていた。しっとりした空気の中に、墨のいい香りが漂ってきた。

「空蟬」と対照的な、優しい、おっとりした女を、頭の中に浮き上がらせようとしているのである。そうしているうちに、「帚木」の巻の初めに入れた「雨夜の品定め」の中の頭中将の思い者で、中将との間にかわいらしい女の子までできていたのに、北の方（正妻）におどかされて、突然姿を消してしまい、中将がそれを思い出してなげいていた、あの女を使おう、と思いついて式部はニッコリした。

そして、この女の心細げでおっとりした性格を描き出すために、それと対照的な女を出して、それと対比的に書いて行くのがいいと考えた。

頭中将の目をくらまして姿を消した女は、今は京のむつかしげな、ごみごみした陋屋《ろうおく》に隠れ住んでいる。この女は、やはり中品、いや、今度は下品《げぼん》の女に仕立てる方が、おもしろかろう。女の性格は、たよりなく心細げで、それでも、しいて身の上を心配してどうしようということを考えるでもなく、おっとりして、人の言うなりになる、やさしい女である。

したがって、これと対比されるべき女は、もちろん上品の女で、教養が高く、誇らしげで、第一に勝気であり、じっと物を思いつめる性分である。そして、前の女がごみごみした町中の、隣りの家とくっつき合った、粗末な家に住んでいるのに対して、こちらは、木立前栽《せんざい》（植込み）などもの古《ふ》りた所に、のどかに心にくく住みなしていなければならない。

さて、このやさしい女は、花にたとえれば、粗末な家の垣根につつましげに白い花をつけて咲く夕顔の花。そうだ。これは「夕顔」という名の女にしよう。夕顔の花につけて歌をやりとりさせて、光源氏との交渉を始めさせるのがいい。この女との邂逅《かいこう》のきっかけは？　そうだ、源氏が、病気になって寝ている乳母の家へ見舞いに行く。その隣りの家に女が隠れている。それがいい。源氏がわざわざ乳母の家へ見舞いに行くのも、大ぎょうだ。そうだ。源氏が、もう一人の、対比的にえらんだ、上品の女の所へ通っているころで、宮中から退出して、その女の家へ行く、その途中に乳母の家があるので寄ってやる——ということにするのがいい。すると、乳母の家は五条ぐらいということにして、上品の女の家は六条ぐらいにするのがよかろう。

六条わたりの御忍び歩《あり》きのころ、内裏《うち》よりまかで給ふ中宿りに、大弐《だいに》の乳母《めのと》のいたくわづらひて尼になりにける、とぶらはんとて、五条なる家たづねておはしたり。……

筆はすらすらと動きはじめた。
女の、おっとりした優しいかわいらしさを（わたしに書けるかしら）などと、式部は初めは少し心配だったが、書き進んで行くにつれ、筆は自分の思うよりうまく走って、

白い袷《あわせ》に、薄紫のやわらかい上着《うわぎ》を重ねて、はなやかでない姿が、ひどくかわいらしくあえか（弱々しい）な心地がして、どこがいいと取り立てていうところもないのだが、「細やかにたをたを（なよなよ）として、ものうち言ひたるけはひ」が、それだけでもういじらしい感じがして、ただもうかわいらしく見える。……

話をする、その内容がどうだ、こうだ、と言うのではない。その言い方がどういう風にかわいい、と言うのでもない。ただ、ふと物を言う、それだけでもう、かわいくってたまらない――（これでは、表現の技巧も何もない、子どもっぽい筆つきだわ）と、自分でも吹き出したくなったが、（ところが、そこがいいんだわ。この何の技巧もない筆つきが、この女のかわいらしさそのものなんだわ）と、式部は妙な理屈をつけて、するとこの文章がひどく気に入って、自分ながら悦に入ってしまうのだった。

ごおごおと鳴神《なるかみ》よりもおどろおどろしく（ものすごく）踏みとどろかす唐臼《からうす》の音が、すぐ枕もとのように――もちろん、隣の家の生業《なりわい》のための物音なのだが――聞こえて来る、源氏に

はもの珍しいこの下《しも》の品《しな》（下層階級）の生活が描かれて、しかし、さすがにあまり騒々しすぎるというので、源氏は「どこか静かな所で、ゆっくりと夜を明かしたいなあ」と言って女を誘い出そうとする……

そのあたりまで一気に書いて行って、（さて、これからどういう所へ出かけよう。そして、これから二人をどういう風に引きまわして行ったら、よかろう）と、そこで式部は、はたと行き詰まってしまった。先きが出て来ないのだ。何も考えていなかったが、どうにかなりそうな気がしていた。ここまで意外にすらすらと運んでしまったので、急に筆がぴたっと止まってしまうと、もうにっちもさっちも行かぬ感じで、どうしようもなくなった。式部は筆を投げ出して、ごろっと横になると、そのまま着物の中にからだを縮めて眠ってしまった。

四

翌日、式部は一日机に向かっていたが、どうにもならないので、いらいらするばかりであった。

そこで、気を晴らすために、また宮中へ参上して、中宮のお顔を拝見することにした。中宮の美しいかわいらしいお顔を見れば、何か知恵がわく、とでも思っている自分に気がついて、自分ながらおかしくなって、ホホと笑ってしまった。それでも、こんな風におかしくなって笑ったりできるようになるのだから、やはり中宮のお顔はわたしには功徳がある、と式部は感心した。

中宮は目ざとく式部の方を眺めて、

「何です、わたしの顔を見たばかりで、そんな忍び笑いをして……藤式部でなかったら、誰かいい人のことでも思い出したか、と言って上げたいところですよ」

中宮にしては、なかなかの御あいさつであった。が、後からわかったことだが、中宮は式部の顔の憔悴しているのに気がついて、式部の気持を引き立てようとしていたのであった。

式部は近づいて行ってあいさつし、実はゆうべ里に帰ってから、仰せのとおり、さっそく次ぎの物語にとりかかり、たいへん調子よく進んでいたのですが、突然、ぱたっと書けなくなってしまい、あとはどうしようもなく、そのまま倒れて寝てしまいました、と事の次第をそのままに申し上げた。

「そうですか。どうも顔色がよくないと思いました。では、きょうは、式部のために、おもしろいお話を聞かせて上げましょう。物語作りのことなんか忘れて、しばらく、のんきにお聞きなさい。ほかの者もいっしょに聞きなさい」

ほかに三四人、女房がお前にいた。みんな喜んで中宮の方を向いて、半円を描いて坐った。

「これは、うち（一条天皇）からうかがったお話です」

こう言って、中宮彰子が話し出したのは、河原《かわら》の院に現われたもののけ（怪異）の話であった。

河原の院は、六条坊門の南、万里小路《までこうじ》の東にあった、河原の左大臣、源融《みなもとのとおる》の居宅であった。今はもう荒れ果てているが、当時は、堤中納言《つつみ》とも言われたこの人が、陸奥《むつ》の塩釜の景を移して造り、この庭で海水をたいて塩を造った、という贅沢な豪壮な邸であった。

融公の死後、一日、宇多《うだ》法皇が京極の御息所《みやすんどころ》と御同車で、この河原の院へお渡りになり、お二人がむつまじくしておられるところへ、融公の霊《りょう》が現れて、御息所に近づき迫った。法皇も、相手が生きた人間の融でなくて、もののけとわかっているから、恐ろしくてどうしようもない。霊はしつこく御息所にたわむれかかったので、御息所は気取《けど》られて絶え入ってしまった。

「どうですか。こわいでしょ？」

中宮は、話し終って、みんなの顔をうかがうように見まわした。

「そ、それで……御息所は亡くなってしまったのですか」

女房の中で一番年の若い宮木《みやぎ》の侍従が、こわそうな小声で、つぶやくように聞いた。

「それは、まあ、あとで浄蔵《じょうぞう》法師が加持して蘇生し給うた、ということでした」

中宮はそう答えてから、式部の方へじっと目を向けて、

「藤式部は、こういう怪異の物語は、どうですか。書けますか」

「さあ、わたくしには、そんなものは……」

「そう。藤式部は怪異の物語は書けないのでしょうねえ」

今度は式部はただ笑ってお答えに代えたが、里に帰る道々も（どうして中宮は、わたしには書けないだろう、とおっしゃったのだろう）と、その事がずうっと気にかかっていた。自分の部屋で、夜のしじまの中で、またその事を考えていると、なにかふつふつと胸の中にきおい立って来るものを感じた。

（なに、書けないことがあろうか）

という自負が頭を擡《もた》げたのだ。


彼女の心の中にも、幼少のころから怪異を愛好するところが、ないことはなかった。それでも、それは彼女の読む物語に書かれている怪異とは、性質の違うものであった。

中宮から「怪異の物語が書けるか」と聞かれた時、ついうっかり「そんなものは」などと言ってしまったが、あれが実は彼女の本音だったのだ。今、書かれている物語の怪異などは、彼女には書けない、という意味なのだ。しかし、それなら、新しい、彼女の怪異物語を書けばいいではないか――紫式部は、こう考えついたのだ。


式部は、「夕顔」の巻で、夕顔を六条わたりの女と対比しながら、源氏との交渉を書いて行こうとしていたのだったが、ここで急に物語を怪異の世界へと、大転換をすることにした。

　ちょうど源氏が夕顔を、五条のごみごみした通りの小家の立ち並んだせま苦しい夕顔の宿から、どこか静かな所へ誘い出そうとしていたところだったので、その行く先を、怪異の出現する場所にしようと考えた。

「この怪異物語は、今夜の中宮さまのお話をふまえて書いたものですよ」と中宮にだけは知らせるつもりで、舞台は河原の院を採り上げることにした。しかし、もとより、河原の院の名前などは出さない。「そのわたり近きなにがしの院」としておくつもりである。河原の院は六条だが、五条の夕顔の宿の「あたりの近くにある何とかの院」で、中宮には河原の院だな、とおわかりになるであろう。

　河原の院の怪異の物語は、主人の堤中納言源融の霊《りょう》ということを明らかにしているが、それは、源融に興味の中心をおいてできた話だから仕方がないが、怪異のこわさを中心として話を作るのだったら、そういう、もののけが誰それだというようなことを、はっきり明かさない方が効果的だ、と式部は思うのである。

　式部の怪異物語では、したがって「河原の院」とは明かさずに「某《なにがし》の院」とおぼめかし、そしてそこへ出てくるもののけも、源融公の霊などと、はっきりした顔つきで出て来たのでは、つまらない。殊《こと》に、女に迫りたわむれるもののけなんて、ただ枕絵的な、そして滑稽な笑いを誘う見せ場でしかあり得ない。彼女の描く怪異は、女、それも美しい女でなければならない。「いとをかしげなる（美しい）女」である。見知らぬ、美しい女である。それがふと見えて、ふと消えてしまうのである。夢のように。幻のように。ほんとにそこにいたのか、と疑いたくなるような、あえかな出現の仕方でなければならない……

こうして紫式部は、その夜、怪異の物語の執筆に打ち込んで、時のたつのも忘れていた。

紫式部の好みどおりに書かれた「夕顔」の巻の怪異物語は、ほんとうに怪異の出現するところは、たった二か所、すなわち「そのわたり近きなにがしの院」に源氏が夕顔を連れて行って泊った。その翌晩、「宵過ぐるほど、すこし寝入り給へるに、御枕上《おんまくらがみ》にいとをかしげなる女ゐて、……」という条りと、その少しあとで、源氏が灯を持って来いと命じて、やっと灯を持って来させた時、「ただこの枕上に、夢に見えつる容貌《かたち》したる女、面影に見えてふと消え失せぬ」という条りと、この二つだけである。前の方は、昔の大きな文字で書いた本で九行、あとの方は二行半ぐらい。わずかに、それだけなのである。

しいてあげれば、もう一か所、もっとあとの所で、すなわち、夕顔の四十九日の法事を比《ひ》叡《え》の法華堂《ほっけどう》で行なった、その翌日の夜——源氏はその前から、不慮の出来事で殺してしまった夕顔を恋しく思って、せめて夢にでも見たいと念願しつづけていたのであるが、その夜、初めて、夕顔の夢を見る条りがある。

君は夢にだに見ばやと思《おぼ》しわたるに、この法事し給ひて又の夜、ほのかに、かのありし院ながら、添ひたりし女の、さまも同じやうにて見えければ、荒れたりし所に棲《す》みけん物の我に見入れけんたよりに、かくなりぬること、と思《おぼ》し出づるにもゆゆしくなん。

《源氏は、せめて夢にでも夕顔を見たいと思いつづけていたのであったが、この法事をした翌日の夜、ぼうっと、あの時の、荒れたる院そのままに、夕顔のそばに坐っていたもののけの女も、あの時と同じ様子で、夢の中で見えた。源氏は目ざめて、「ああいう荒れた所によく棲んでいるもののけ（化性《けしよう》のもの）が、私に取り憑《つ》こうとして、そのまき添えで、夕顔が取り憑かれて殺されてしまったのだ」と、あの時のことを思い出すにつけても、気味が悪くてたまらない。》

これは「夕顔」の巻の終りに近いところで出て来る条りであるが、これは、右のように、純然たる夢の中の話であり、もののけの出現といって取り上げるほどのことは、ないかも知れない。こんな程度の出現まで取り上げるとしても、「夕顔」の巻のもののけ出現の個所は、以上あげて来た三か所しかないのである。

それで、最後の四十九日の翌晩のは、全く純然たる夢の中の話で、それだけのことであるが、前の二か所の方を検討してみよう。

前に、この二か所は、ほんとうに怪異の出現するところと言ったが、そのうちの前の方は、

宵過ぐるほど、すこし寝入り給へるに、御枕上《かみ》にいとをかしげなる女ゐて、「おのがいとめでたしと見奉るをば、たづねも思ほさで、かくことなることなき人を率《ゐ》ておはして、時めかし給ふこそ、いとめざましくつらけれ」とて、この御かたはらの人をかき起こさんとすと見給ふ。物におそはるる心地して、おどろき給へれば、火も消えにけり。

《宵を過ぎるころ、源氏は夕顔といっしょに、ちょっと寝入ったと思うと、枕もとに、たいへん美しい女が坐っていて、「わたしは、あの方（六条わたりの女）を、たいへんいいお方だ、とお思い申し上げている。それなのに、あなた様（源氏）はそちらへおいでにならないで、こんな格別のこともない詰まらない女を連れて、こんな所へいらっしゃって、かわいがっていらっしゃる。ほんとに、あきれた不人情なお方ですよ」と言って、その女は、そばに寝ている夕顔をゆり起こそうと手を伸ばす、と見えた。――そこで、ハッとして源氏は、何か妖しいものに襲われたような感じで目をさます。すると灯が消えてしまっていて、まっ暗闇である。》

「寝入り給へるに、……と見給ふ」というところは、「寝入ったところが、ふと目がさめて見ると枕もとに美しい女が坐っていた。そいつが……と御覧になった」という風に読んで行ってしまうところが、うまいところで、ところが、そのあとで、「おどろき(目がさめる)給へれば」とあるので、何だ、それじゃ夢だったのか、「見給ふ」というのも、それじゃ夢の中で見給うたのか、と初めてわかる。巧みな文章である。

しかし、これで、このもののけ出現は、源氏の夢の中の事件だった、ということになってしまった。

すると、あとの二行半だけが、「夕顔」の巻の中で、ほんとに怪異が出現した条りとなるわけだが、この方は、まっ暗な、不気味な部屋の中へ、やっと灯《ひ》が持って来られた、その瞬間、

召し寄せて、見給へば、ただこの枕上《がみ》に、夢に見えつる容貌《かたち》したる女、面影に見えてふと消え失《う》せぬ。

《源氏が、灯《ひ》を持って来させて、御覧になると、夕顔の倒れ臥している、すぐその枕もとに、つい今しがた夢の中で見えたのと同じ顔かたちの女が、ありありと姿形が現われて、すぐふっと消えてしまった。》

というのだから、これは現われたことは確かだが、灯が持ち込まれて、暗闇から明るさへ移る、その微妙な一瞬――暗黒の世界では、もとより、何も見えぬ。光明の世界では、怪異は姿を消してしまう。暗黒の世界から光明の世界へ移り変る、その過程の短い時間に、暗闇の中で蠢《うご》めいている魑魅《ちみ》魍魎《もうりょう》が、人間の目にもちらりと姿が見えるかも知れない――そういう微妙な一瞬の間に見えた幻のように思われぬこともない。

こうなると、一体「夕顔」の巻のもののけは、ほんとに出現したのであろうか、と疑わしくなってくる。ただ源氏の夢の中だけに、源氏の心の中だけに現われて、ほんとうには出現はしなかったのではあるまいか。出現したのか、出現しなかったのか――それさえはっきりとはわからない、甚だあえかな筆つきで描き出されているのである。

これが、紫式部の好きな怪異なのであった。彼女が書いてみたかったもののけなのであった。

五

「夕顔」の巻を中宮に差し上げると、「今夜から、すぐ読みたい。藤式部もいっしょに」と言われたが、式部は、少し休みたいので、と申し上げて、すぐに下《さが》って来てしまった。

それから二日ばかり里にいて、三日目に宮中に参上した。

「藤式部が来たから、さっそく『夕顔』をはじめましょう」

と、中宮は言って、

「きょうは宰相の君が読む番でしたね。ああ、でも、藤式部が来たのだから、作者に読んでもらいましょうか」

中宮がそう言うので、式部は、

「いいえ、わたくしは読んでもらって聞きとうございますので」

と辞退した。

姿かたちが優雅で、美しい才気ばしった容貌をした宰相の君は、落ちつきはらって、静かな沈んだ声で、ゆっくりと読みはじめた。

ちょうど、「そのわたり近きなにがしの院」へ出かけようというところからだったので、うまい時に来たものだと式部は喜んだ。

聞き手は、中宮は別として、女房は宣旨の君、宮木の侍従《じじゅう》、それに紫式部の三人だった。このくらいの人数が一番いい。

「いといたく荒れて、人目もなくはるばると見わたされて、木立いとうとましく(気味わるく)もの古《ふ》りたり。け近き草木などは見どころなく、みな秋の野らにて、池も水草《みくさ》に埋もれたれば、……」

と、沈んだ声が読み進んで来た時、宮木の侍従が、いかにも感にたえたように、

「ブルル、うまく書いてるわね。なんだか、こわくなって来ちゃったわ」

と、小さな声を出した。宮木の侍従は、こわがっていても、声がかわいいので、あまりこわそうには聞こえない。

やがて、「宵過ぐるほど、少し寝入り給へるに」の条りへ来た。夢の中で「いとをかしげなる女」が枕もとに坐っている。女が、源氏のそばに寝ている夕顔の方へ手をのばす。そこで、物に襲われたような気持がして、はっと源氏は目ざめる。と、灯は消えていて、まっ暗闇である。夕顔の侍女の右近《うこん》を起こすと、これも、おびえたような顔をして近よって来る。

「渡殿《わたどの》（渡り廊下）にいる宿直人《とのいびと》を起こして、灯を持って来させなさい」

と源氏は言うが、右近はおびえ切っていて動けないので、源氏は手を叩いて宿直人を呼ぼうとすると、手を叩いた音が、広い部屋の向こう側にぶつかって、ブルルルと山彦がかえって来る。反響である。ひどく薄気味悪い。仕方なく、源氏は自分で立って行って、西側の妻戸の所へ行って、戸を押し開ける。この戸の向こう側は渡殿で、そこには宿直人が何人か詰めているはずである。源氏は闇の中をここまで来て、ほっとする。ところが——

ところが、戸を押し開けると、渡殿の灯も消えている。そして、風が少し、ふわーっと吹いて来て、宿直の人は意外に少なくて、ほんの二三人しかない。その二三人が、みんなぐっ

すり眠っている……（ここが、わたしの得意の所なんだけど……）と、式部は心の中で、にやっとして、まわりの人を見まわした。みんな緊張に青ざめて、じっと聞き耳を立てているばかりである。

源氏は、手さぐりで、もとの所へもどって来る。

やっと灯が来たところで、再び枕もとに、さきほど夢の中で見た女が、幻のようにありありと目の前に浮き上がった。が、それは一瞬で消えてしまう。夕顔の息は絶えはてていた。

式部の得意の場所が、もう一か所、もう少し先きに行ったところにある。宰相の君の沈んだ声が響く。

「夜中も過ぎにけんかし、風のやや荒々しう吹きたるは」

沈んだ声は、すご味を帯びて来る。

「灯はほのかにまたたきて、母屋の際に立てたる屛風の上、ここかしこの隈々《くまぐま》しく（光が届かず気味悪く）おぼえ給ふに、物（怪しいもの）の足音ひしひしと踏みならしつつ、うしろより寄り来る心地す」

（ここが、こわいところなんだわ）――と、式部はほくそえむ。

ここで、用もなかろうというので自分の家へ帰っていた惟光《これみつ》（源氏の従者）が、やっとやって来る。それで源氏もほっとするわけだが、物語の読み手も聞き手も、一様にほーっとため息をついた。

中宮が、

「こわいわね。ほんとに、よく書いてある」

と、口をお開きになる。

読み手も、ここで一休みしたくなったところなので、

「はい。読んでいても、こわくて、声が出なくなりそうですわ」

などと話しはじめる。

そして、みんな何となく、先きへ読み進むよりも、ここのところを、みんなで話し合いたくなったらしい様子である。宣旨の君が、ほっそりした美しい顔をあげて言った。

「もののけの現れ方がいいわ。初めは、夢の中で源氏をおどかしておいて、次ぎには、灯を持って来た時に、ふっと目の前に顔を出して、すぐ消え失せてしまう。この現れ方、気に入りました」

宮木の侍従が、かわいらしい響きの声で言い出す。

「やっぱり、女はおっとりしてるのがいいわね。六条わたりの女のように、物を思いつめる性分だと、とんでもないことになるんですね。生霊《いきりょう》になって男のところへ出るなんて、こわいわねえ」

式部は、おや、と聞き耳を立てた。何か聞き違いをしたのか、と思った顔つきだ。ところが、宣旨の君が、すぐに応じて、

「そうよ。六条わたりの女は、もののけになりそうな人なのよ。教養が高くて、美しくて、そして年が源氏よりも上なので、源氏が言い寄っても、なかなか従おうとはしなかった、自尊心の高い人だったようだし」

宮木の侍従が、

「でも、源氏も悪いのよ。そんなに従おうとしなかった人を、むりやり従わせておいて、一度言うことを聞いたら、手のひらを返すように、なおざりになって、夜がれ勝ち、これじゃ生霊になって、取り憑きたくもなるでしょうね」

式部は、どうも話の様子が違うことに、はっきり気がついた。

（みんなは、この「荒れたる院」に出現したもののけ「いとをかしげなる女」を、六条わたりの女ときめ込んでいる。少しの疑いもなく、そうきめ込んでる感じだ。これは一体、何ということであろう。作者のわたしが、思いもつかないことなのに……）

「ちょっと、聞いてもいい？」

式部は、自分の右隣りに坐っている宣旨の君に、小声でたずねた。しかし、みんなも耳を傾けたから、みんなに聞いてるのと同じことになった。

「ここへ現れたもののけが、六条わたりの女だって、どこに書いてあったの？」

読み手の宰相の君が、引き取って、冊子《そうし》をめくり返しながら言う。

「そうねえ。そう言えば、そんな事は、どこにも出てないわね。でも、そうには違いないんでしょ？」

と、あべこべに紫式部にたずね返す。

「さあ、どうでしょう。もし、もののけが六条わたりの女だとすると、初めの『宵過ぐるほど』のところで、枕もとに坐っていた『いとをかしげなる女』が『おのが、いとめでたしと見奉るをば、尋ね思ほさで、かくことなることなき人を率《ゐ》ておはして、時めかし給ふこそ、いとめざましくつらけれ』という、ここの、もののけの言葉は、誰がどう言ってることになるの？」

式部は冊子を宰相の君からもらって、床におき、その部分を指さしながら、みんなに聞いた。中宮は、みんなが勝手な事を言ってわいわい騒いでるのが、とてもおもしろいらしく、ただにこにこして聞いていらっしゃる。

式部の考えでは、荒れた院に現われた「たいへん美しい女」は――これは、源融公の霊の代りに、式部がこしらえたもののけで、もちろん、六条わたりの女でも何でもない。おのが、というのは、その女の自称である。

「わたしは――」と、そのもののけの女が言う。「わたしは、あの方（六条わたりの女）を、たいへんいいお方だと、お思い申し上げている。それなのに、そちらへ行かないで、こんな何の取り柄もない女（夕顔）を、こんな所へ連れて来て……」と言う。そのもののけの女でなくたって、一般の人の考えだって、そういう比較をするであろう。あちら（六条わたりの女）

と、こちら（夕顔）と。そういう、きわめてあたり前の比較判断から、源氏をもののけの女に非難させたつもりだったのに……

宣旨の君が答える。

「いやだわ。式部さんに試験されてるみたい。でも、こんな所、ほかに解釈のしようがないわ。『おのが』というのは、もちろん、六条わたりの女よ。わたしが、こんなにあなたを――源氏を、よ――いいお方だとお思い申し上げてるのに、そのわたしをお尋ね下さらないで、こんな格別のこともない、つまらない女――夕顔よ――を連れて、こんな所へしけ込んで、かわいがっていらっしゃる。それは、ひどく情なく、つらいことです。……これでいいんでしょ？　六条わたりの女が、恨み言を述べてるところです」

宣旨の君は、わざと子どもっぽく、まじめな口調で結びをつける。

式部は目を見張った。何ということであろう。宣旨の君の言うとおり、それでもりっぱに意味が通る。言葉というものの不思議さ。……式部はまだ、最初の驚きが抜け切れない。もう少し聞いてみなければ――

「だけど、そのあとで、源氏の君は、灯《ひ》を持って来いと命じに行って、帰って来ると、夕顔が倒れ臥《ふ》してるそばで、右近までうつ伏してるので、それをはげますように、

『こういう荒れた所は、狐などのようなものが、人をおどかそうとして、こわがらせるのだ』と言って聞かせますね。これは、源氏が、もののけを狐か何かが出て来たのだと思ってい

る。六条わたりの女と思ってない、ということでしょ？」

するとと、宮木の侍従が、すぐあとを引き取って言った。

「いいえ、これはね、源氏は、六条わたりの女と知ってるんだけど、夕顔や右近には、六条わたりの女の事は知られたくないから、それでとぼけて知らんふりをして『狐だ』なんて言ってるのよ」

この言葉に、ほかの二人の女房たちも、全く同感という風に、うなずいて見せた。

紫式部は、ただもう、あっけに取られてしまった。

（しかし、そう言われてみると、なるほど、そういう事になるかも知れないわねえ）

そう考えられて来ることが、式部には、自分ながら意外であり、そしてそれだけ何か腹立たしくなって来た。

しかし、中宮だけは――中宮だけは、まさか、この連中と同じではあるまい。紫式部は、その考えにすがりついた。

「中宮さま、中宮さまは、このもののけの女を、六条わたりの女とお思いになるのでございましょうか」

すると、中宮は「ほほほ」と笑って、

「藤式部、もういいですよ。光源氏の君といっしょになってとぼけるのも、そのくらいにしておきなさい。このもののけの女が六条わたりの女ではなかったら、話にも何にもなりはしません。この『夕顔』の巻は、その一番初めの書き出しから『六条わたりの御忍び歩《あり》きのころ』とはじまって、六条わたりの女のことが何度も出て来るし、もののけ出現のすぐ前にも、源氏は『六条わたりにも、いかが思ひ乱れ給ふらん』と、六条わたりの女を思い浮かべているーーそこへ『いとをかしげなる女』のもののけが出て来るんですから、これはもう、一言《ひとこと》の断わりがなくたって、六条わたりの女のもののけにきまっています』

（ああ、中宮さままで！……）

紫式部は、目もくらむ思いで、首を振って額髪《ひたいがみ》で顔を蔽って、誰にも当惑の顔を見られないようにして、ひそかにじっと唇をかみしめた。

六

紫式部は、黒塗りの文机に向かって、さっきから、じっと静かに考えふけっていた。

今夜、中宮のお前で「夕顔」の巻を聞きながら、みんなの勘違いにびっくりし、あきれ、憤然とし、それから情なくなって、式部は里に下って来たのだが、こうして冷静に考えていると、だんだん自分の考えが変って行くのに気がついた。

ーー中宮の言ったとおりだ。自分は、六条わたりの女を、あまり軽く扱い過ぎていた。自分は、ただ夕顔のやさしさを強調するために、六条わたりの女を出してみただけだった。だから、「夕顔」の物語を、色模様から急にもののけ物語に転換した時、六条わたりの女のことは全く念頭を去ってしまっていた。そして、もののけ物語は、突然のように、荒れたる院のもののけとして「いとをかしげなる女（たいへん美しい女）」を出して来たのだった。河原の院の源融に代えて、「荒れたる院」の「いとをかしげなる女」を出現させたのだったが、……

——中宮の言うとおり、突然、何の理由もなく、荒れたる院に棲みついた怪異の物が飛び出すより、この巻の冒頭から、何度も顔を出している「六条わたりの女」が、源氏の夜がれを恨んで、もののけとなって出る方が、くやしいけど、確かにその方が、よりおもしろい！

「そうだわ。では、そういうことにしましょう」式部は、決断をつけるように、小さく声に出してつぶやいた。「さて、それから……」

——もののけの出現の仕方は、あのままでいい。あれは、よくできている。

——もののけが出現してから、これが「六条わたりの女」だという説明を、どこかで入れた方がいいだろうか。……いや、別にその必要はないかも知れない。あのままで、中宮はじめ、みんな、あのもののけは六条わたりの女だ、と思ってるんだから。それに、もう中宮に差し上げてしまった冊子へ、今から訂正したり書き込んだりするのは、いかにも体裁が悪く、実際問題としてそんな事はできるものではない。物語は、一旦作者の手を離れたら、もう作者のものではないのだから。

――そうだ。これからあとの巻々で、源氏がこの女はと特に愛情を注ぐ女に、次ぎ次ぎに取り憑いて殺して行く……そういう役柄を、六条わたりの女にやらせれば、最初の「夕顔」の巻でも、源氏の熱愛した夕顔だから、やっぱり六条わたりの女が殺したんだ、ということになって、説明がわりになろうというものだ。

(それがよさそうだ)

と、紫式部は考え、この、もう書いてしまって、中宮の御覧になっている「夕顔」の巻へ、今さら手を加えずに、あとの巻々で操作して行くというやり方に、満足して「それはいい」と、ニッコリした。

(それでも、……)

もののけの本体を変更するにつけて、何か少し気にかかるところがありそうな気がして、式部は、筆の尻で頰をつつきながら、あれこれと考えをめぐらし、いろいろと検討を行なってみた。

――今夜の本読みのように、「いとをかしげなる女(たいへん美しい女)」が源氏に向かってしゃべる言葉は、みんなが解釈していたように、六条わたりの女が源氏に対して、「わたしの所へいらっしゃらないで、こんな女を連れて、こんな所で……」という恨み言として通りそうだ。わたしの初めの考えだと、「荒れたる院のもののけ」が源氏に向かってしゃべるわけだったのだが……やっぱり、それより、六条わたりの女の恨み言とした方が、かえっておもしろそうだ。だから、この「をかしげなる女」の言葉の問題は、「変更」にさしさわりはない。これでいい。

——さて、その次ぎの、源氏が右近に「荒れたる所には、狐などやうのものが、わるさをして、人をこわがらせるのだ」という条り。これは、式部の考えでは、出現したのは、この荒れたる院に棲むもののけ（妖《あや》しのもの）だから、源氏が「狐などやうのもの」と言った、というつもりだったのだが、宮木の侍従が言っていたように、源氏は右近に隠すために、「六条わたりの女」が出た、と言わないで、とぼけて知らん顔をして「狐など」と言った——という、あの解釈は、たいへん、おもしろい。源氏は、六条わたりの女のことなど、もちろん、夕顔や右近に言っているはずはないから、それは隠したかろうし、また源氏の思い者の一人が、もののけとなって現われた、などと言ったら、右近は、もっとふるえ上がるだろう。「狐」ぐらいの方が、まだいいかも知れない。それやこれやで、源氏は、「六条わたりの女」と知っていても、知らんふりをした、といえるから、この条りも、このままで、いい。

そうだ。式部が何か気にかかるところがありそうだ、という気がしていたが、ずっとあとの、「夕顔」の巻のほとんど終りに近いところで、夕顔のために比叡の法華堂で、四十九日の法事をやる。その翌晩、源氏が、念願かなって、やっと夕顔の夢を見る。その夢の中で、もう一度、あの「荒れたる院」に現れた「いとをかしげなる女」が姿を見せる。

「荒れたる院」もそのまま、夕顔の枕もとに坐っていたあの女も、あの時と同じ様子で夕顔のそばに坐っている――その夢を見た源氏が、目覚めてから、「荒れた所によく棲《す》んでいる妖しい物が、私にわるさをしようと思って現れたのに、その巻きぞえで夕顔が死んでしまったのだ」と述懐する条りがある。

ここが、どうも、何だか気がかりだったのだ。「もののけ」を「荒れたる院のもののけ」でなくて、六条わたりの女がもののけとなって出た――という風に式部は変更したいわけだが、

ここも、このままで、手を加えないで、変更に差しつかえを生じないだろうか。

（いや、どうも少し、ぐあいが悪そうだ）

と、式部は眉をよせる。

――ここは、源氏は、一人で夢さめて、そう感じた、という風に書いておいたのだから、源氏は、本気でそう思っている、ということになる。

――前の、「荒れたる院」での「狐などやうの」の条りは、源氏が、右近に六条わたりの女のことを隠すために、心にもなく「狐などやうの」と言った、と解釈できた。

――だが、こちらは、そうは行かない。源氏一人で考えている、というのだから、誰をだまそう、彼をごまかそう、という相手はいないのだ。だから、源氏は、本気でそう思っている、ということになる。

——五十日もたったあとまで、源氏が、ほんとに「荒れたる所に棲んでいた物」が現われたのだ、と思っているとすると、あの時、右近に向かって言った「狐などやうの」も、源氏は本気で言ったのかも知れない、ということになるかも知れぬ。

——まあ、前のことは、ともかく、この四十九日の翌晩のところは、どう始末をつけたら、よかろう……

(こんなところ、どうでもいいではないか。読む人は、わたしのように、こんなに深くは考えやしない。今夜の中宮のお前での本読みのように、また、わたしの知らぬ、うまい考え方をしてくれるかも知れない)と、式部は考えようとして、クスリと笑った。あんまり自分に都合のいい考え方をしようとしてるのが、自分でもおかしくなってしまったのだ。しかし、なかなか、いい考えは浮かばない。

(まあ、いいや。仕方がない。そのうち、何かいい考えが浮かんだら、またあとの巻で、何とかしよう)

「おや、あとの巻でだって?」

式部は、先程から、あとの巻でとか、あとの巻々でとか、考えている自分を発見して、びっくりした。

彼女は「夕顔」の巻の終りで「帚木」の巻の冒頭の文と対応するような、きっちりとした結尾の文をつけた。つまり、「帚木」「空蟬」「夕顔」の三帖で、光源氏の物語——貴公子光源氏に、中品《ちゆうぼん》・下品《げぼん》の女と交渉させて、その恋のいきさつを描いた、そしてその終りには、おどろおどろしい（気味の悪い）もののけ物語まで、おまけにくっつけた――その物語はあの三帖で完結したつもりであった。別に、あとを書こうなどと思っていなかった。

それなのに、今、「あとの巻で」「あとの巻々で」と考えていたのは、一体、どういうことであろう――そう振りかえってみて、初めて、彼女は自分でも知らずにいたが、いつの間にか、もっともっと雄大な構想の物語が、自分の胸の中に沸々《ふつふつ》と湧き上がって来ていたのに、今はじめて気がついた。

最後まで残った、一番気がかりな「四十九日の翌晩」の問題を、式部が（そのうちにいい考えが浮かぶかも知れない。まあ、あとの巻で何とかしよう）――というような程度で、人一倍神経の細かい彼女が、この気がかりな問題を放棄したのは――ほんとに放棄したつもりではなく、あとでゆっくり考え直そうとしたのであったが、ついにそれは、それきりに終ってしまったので、結局は、放棄した、と同じことになってしまったというわけだが――それは、彼女が今、胸の中に沸々と煮えたぎり湧き上がって来た、新しい、雄大な構想の物語が、どんどん胸の中でふくれ上がって来て、もう筆を執らずにはいられなくなってしまったからであった。

彼女は遂に、筆をとり上げ、一気に書き上げて行った。

彼女の新しい物語では、紫式部は、まず、光源氏の生まれるところから始めなければならない。それには、その母親の、美しくも哀《かな》しい物語から、始めなければならない。そこで、「いづれの御時《おほんとき》にか、女御更衣《にようごこうい》あまたさぶらひける中に、……」と始まる「桐壺」の巻を書いて、改めて「源氏物語」の序巻とすることにした。

そのあとへ、前に書いた「帚木」以下の三帖をおき、更にそのあとを「若紫」の巻、「末《すえ》摘花《つむはな》」の巻と書き続けて行った。そして、「紅葉賀《もみじのが》」「花宴《はなのえん》」の巻々を書いたあと、「葵《あおい》」の巻で、いよいよ、六条わたりの女を再び登場させ、この巻では、最初の一枚目から、今度は「六条わたりの女」などとおぼめかさず、

まことや、かの六条の御息所《みやすんどころ》の御はらの、前坊《ぜんぼう》の姫君斎宮《さいぐう》にゐ給ひにしかば、……

つまり、前の東宮(前坊)の妃ということにし、その亡くなった東宮との間に生まれた姫君が一人残されている——その姫君は斎宮(伊勢神宮に奉仕する皇族の女子)に立っていた——そういう身分の人に仕立て、名前もはっきり「六条の御息所(東宮の妃)」と打ち出した。

「六条の御息所」の属性は、源氏より年上で、教養高く、勝気で物を思いつめる性分、……そして、源氏が言い寄っても、なかなか受けつけなかったが、一度靡《なび》いたら、あとは源氏が手のひらを返すように冷淡になってしまい、御息所は源氏の夜がれを恨み嘆いている——と、

これは「夕顔」の巻で「六条わたりの女」として書かれたのと、全く同じである。すなわち、「葵」の巻を読めば、前の「夕顔」の巻の「六条わたりの女」は、実は「六条の御息所」だったんだな、とわかる、という仕組みである。

「六条の御息所」は、前には「六条わたりの女」として、「夕顔」の巻で、源氏が熱愛した夕顔に取り憑いて殺したわけだが、この「葵」の巻では、源氏の北の方（正妻）たる葵の上に取り憑いて、さんざん責めさいなんだ上、死に至らしめる。

ここまでは「六条の御息所」の生霊の祟りということになるのであるが、この後は、六条の御息所は亡くなるので、あとは死霊の祟りということになり、その死霊が、「若菜下《わかなげ》」の巻では、紫の上に取り憑いて、これを瀕死の重病におとし入れ、「柏木《かしわぎ》」の巻では、源氏の北の方となった女三《おんなさん》の宮《みや》に取り憑いて、これを精神的に苦しめ、ついに出家させてしまう。

つまり、「六条の御息所」は、生きている時も死後も、源氏の正妻となる人、あるいは源氏の愛情を一身に浴びるような女性には、しうねく取り憑いて、これを破滅におとし入れようとする。

こういう風に、「源氏物語」のいくつかの巻々にわたって、その女主人公たちと角逐《かくちく》するような重要な役柄を、「六条の御息所」は担《にな》って活発な動きを示すのである。

紫式部は、「六条の御息所」を設定してから、この御息所の生霊・死霊に、追い立てられるようにして彼女の物語を次々と書き進めて行ったのである。

奇矯な言い方になるかも知れないが、「六条わたりの女」は「六条の御息所」と変身することによって、紫式部に、「帚木」三帖で終りを告げるはずであった「源氏物語」を、改めて序巻「桐壺」からはじまる、より大きな「源氏物語」に変換させる動機となり、更にそれを今日見るような、あんなに大きな物語に成長させて行く原動力となった、と言えないことはない。

実に、「六条の御息所」の誕生は、今日、日本が世界に誇り得る、世界最古の小説、そして最高の芸術的作品と言われる、今見るような形の「源氏物語」が誕生するのに、欠くことのできない大きな誘因であり、促進剤であった、と言うことができるのである。

☆

後世の源氏学者たちは、五十四帖でき上がった形で源氏物語を読んで行くので、「葵」の巻を読んで「六条の御息所」の名が出て来るのを見て、遡《さかのぼ》って「夕顔」の巻における、それと同じ属性を持った女性「六条わたりの女」は、もちろん「六条の御息所」のことだと考え、その巻の冒頭の「六条わたりの御忍び歩《あり》きのころ」という所から、もう「六条の御息所」のことだと註釈をつけている。

そして、もののけ出現の最初の「いとをかしげなる女」の所では、そのわきに「御息所の念なるべし」と傍註を加えている。院政時代から、鎌倉・室町・江戸と、長い時代にわたって、「源氏物語」の註釈書は数多く出たが、この事はみんな伝統のように踏襲した。そこに少しの疑念もさしはさむ人はなかったのである。

つまり、「いとをかしげなる女」は、初めから六条の御息所、あるいは六条わたりの女の生霊であったわけではなく、ただ「荒れたる院」に棲むもののけであった、という初めの紫式部の筋立てに、気のつく人はいなかった。しかし、これは、式部自身が、あとでは、「いとをかしげなる女」が「初めから六条わたりの女、すなわち六条の御息所の怨霊である」と思われることを望んでいたわけだから、無理もないところなのである。

ところが、江戸時代も末になって、初めてここに疑いの目を向けた、一人の慧眼な註釈家が現れた。

それは「源氏物語評釈」という、すぐれた註釈書を著した萩原広道《はぎわらひろみち》で、彼はその「評釈」の中で、「いとをかしげなる女」の（釈）として、

諸注にこれを六条、御息所の怨念なるべく注せられたるはおしあてのひがごと也（当て推量の、間違った事である）

と言って、従来の註釈に反対し、これを否定して、自分の新説を出すのである。

たゞいとあやしくをかしげなる女（怪奇で美しい女）の居たることゝのみ思ふべし此院にすめりけん変化《へんげ》のものゝあらはれ出たるさま也

広道は、こう言い出して、世人の目を見張らせたのである。

また、「評釈」の中の「夕顔巻余釈」で、広道は、「をかしげなる女」という所に「御息所の念（怨霊）なるべし」と註をした「細流抄」という古い註釈書の説等を否定して、

これらの説どもにこの変化《へんげ》の物を御息所の怨念と見られたるは葵巻の事によりておしあてに定められたる也

と言っている。式部が「葵」の巻以下で、六条の御息所を出し、前の「夕顔」の巻にさかのぼって、そこに出て来るもののけをも、同じように六条の御息所――「夕顔」の巻では六条わたりの女――の怨霊と思わせようと、大転換を試みた、その大転換以前の式部の構想を、広道は美事に看破したのである。

旧説は、「葵」の巻を読んで、そこから当て推量をして、「夕顔」の巻のもののけを、六条の御息所の怨念と見ているのだが、それはいけない。「夕顔」の巻だけを見れば、ただ荒れ

た院に棲んでいた変化のものが現れた、と見なければならない、と広道は主張する。

そして、その主張の一番大きな根拠として、

すべてここの大かたのさまは此巻（「夕顔」の巻）の末に源氏君の夢に夕顔を見給ひし処に「あれたりし所にすみけん物のわれに見入れけんたよりに（私に取り憑こうとした、その巻き添えとなって）かくなりぬる（夕顔が死んでしまった）ことゝおぼしいづるにもゆゝしくなん（気味が悪い）とあるが作りぬし（作者）の意と見えてこの変化《へんげ》の事の注釈の如き詞《ことば》也心をつけて味はふべし

と、紫式部が一番気にかけていた、あの「四十九日の翌晩」の夢を見たあとの源氏の述懐を取り上げて、源氏が「もののけは、荒れた所に棲んでいた物が現われたのだ」と言っているが、これが、すなわち作者紫式部の考えであるに違いない。作者がこの変化の説明を与えたようなところだ、と広道は喝破しているのである。

「源氏物語」ができてから、この萩原広道の「源氏物語評釈」が現れるまで、実に八百六十余年の間、紫式部のかけた魔法――「夕顔」の巻のもののけの本体について、大変更を敢行し、その変更を人目から巧みに隠蔽しようとした、紫式部のかけた魔法に、世の源氏学者、註釈家が、誰も彼もかかってしまっていた。が、八百六十余年にして、初めて萩原広道が出

て、この長い魔法から解き放たれ、鋭い眼光で、作者が最も気にしていた、そしてうっかりそのままにしてしまった、あの「四十九日の翌晩」の源氏の夢の述懐という――たった一つの、紫式部の魔法の隙間であった、紫式部の最も痛いところを衝《つ》いて――作者の創作意図を看破し、大変更以前のその構想を美事に剔抉《てっけつ》して見せたのであった。

しかし、そうは言っても、広道は、大変更以前の構想が、こうであったということを知り得たのみであって、そこに構想の変更があったということ、そしてまた、なぜ変更があったかということ、そのことは、もとより知るすべもなかったのである。

萩原広道の説は、時代を越えるほど斬新で尖鋭であったが、あまり斬新尖鋭であり過ぎたためか、世の源氏学者たちはあまり耳を傾けなかったようで、彼の死後は、また旧来の伝統的な学説・註釈が踏襲されて行くのである。

この萩原広道の説が注目されるようになったのは、やはり近代科学思想が普及して来た影響であろう。近代に入ってから、次第にこの説に耳を傾ける人が多くなって来て、古来の伝統的な、「荒れたる院」に出たもののけは、六条の御息所の怨霊であるとする説と、荒れたる院に棲む妖物であるとする説と、議論がやかましく闘わされるようになって来た。近ごろでは、妖物説がやや優位を占めているようであるが、しかし、文学的情緒を重んずる側の人は、やはり怨霊説をまだ捨て切れないでいるのであって、ここにはまだ、大きな問題が残っている、と言わなければなるまい。

怨霊説・妖物説のいずれを採る人も、六条わたりの女と六条の御息所の同一ということは、誰も疑いをさしはさまないようである。（萩原広道も、この両者の同一性は認めているのである）けれども、それでは、どうして「夕顔」一帖を通して、何度も何度も「六条わたりの女」が出ていながら、ついに一度も「六条の御息所」の名が出て来ないのであろう。あとの巻々は、みな「六条の御息所」の名で出て来るのに、「夕顔」の巻だけ「六条の御息所」の名が一か所も出て来ない。これは何故であろうか。

この問題は深い謎であって、もちろん、その解明を試みようとする説も二三出ているが、それを言う人自身、ほんとに納得するほどのものはなく、やはり解き難い謎であり、「荒れたる院に出たもののけ」の問題とともに、ほんとうのところは、わからない、というのが実状であろう。

しかし、これらの問題は、実は、わからないのが当然なのである。ほんとうのところは、この小説で見て来たような事実があったわけなのであるが、千年昔のこの事実は、いわば紫式部の物語創作上の秘密に属することであるから、式部自身、誰にも語るはずはないわけで、だから、当時といえども誰も知らないところであったろうから、さすがの萩原広道も、そこまで洞察することはできなかったし、まして現代のわれわれの中には、誰もこの事を知るものはいないのである。

（「小説推理」昭和四十八年五月号）

コイの味

1

光源氏は、鯉を食べなかった。が、はじめから食べなかったわけではない。前には食べた。いや、食べたどころではない。鯉は彼の好きな食べ物であった。ことに、鯉の膾《なます》（今の刺身のこと）は大好物であった。それが食べなくなったのは、これには、人には言えない妖《あや》しい秘密があったのである。

源氏が最後に鯉を食べたのは、忘れもしない、彼があの忌まわしい事件——愛する女を「五条の荒れたる院」に連れて行って、もののけに襲われ、相手の女は取り殺された、あの「夕顔の巻」に書かれている事件のあと、彼は傷心のあまり、我にもあらぬ気持ちで、長い間、病床に籠もっていた。そして、ようやく、いくらか正気を取り戻して、時々は寝床からも離れ、庭を歩いてみようという気にもなった。そのころのことである。

ある日、夕餉《ゆうげ》の膳に、彼の大好物の鯉の膾がついた。彼はそれまでは、魚肉など口にする気もなかったのだが、その時はからだの調子がよかったのか、大好物の鯉の膾であったためか、彼はことのほか喜んで、何のためらいもなく、それを腹いっぱい食べた。

彼は今まで、水粥(お粥のこと)ばかり摂っていて、初めて食事らしい食事をしたのも、不思議なくらいの喜びであったが、その上、大好物とは言え、鯉の膾などという、生ま臭《ぐ》さものを、こんなにもおいしく食べられるのが、我ながら不思議であった。その上、彼は、鯉の膾の、つるつるした、やわらかい、しかし、きりっとした、締まった張りのあるその舌ざわりから、ふと女の肌の触感を思い出している、そんな自分に気がついた。

これは彼には驚きであった。事件以来、食欲もなくなっていたが、事件が事件だけに当然のことかも知れないが、彼は女のことを全然忘れていた。それが、今、鯉の膾の舌ざわりから、それを思い出してしまったのである。そして、彼は、鯉の——いや、女の肌の触感を思い浮かべると同時に、それは、ただ一般の〝女〟ではなかったらしく、ある女の顔が髣髴《ほうふつ》と目の前に浮かんで来た。

〝はて、誰だったろうか、あれは……〟

その顔は、はっきりと目の前に浮かんで、ほほえんでいるのだが、誰かということは思い出せないのだ。

いろいろと考えめぐらしているうちに、「あっ」と思いあたった。それは「四条の女」であった。いつのことだったか、源氏が内裏《うち》から退出して、そのころ通っていた女のところへ、お忍びで車（もちろん、牛車《ぎっしゃ》である）を走らせて行ったところ、あいにく何かの都合でその日は逢うことができずに、すごすごと二条の院へ帰る途中であった。（源氏でも、たまには、こんな事もあるのだ！）四条のあたりで、闇の中にうっそうと繁った樹木が、塀を越えて道の上まで枝を伸ばしている、その樹木の間から琴の音が流れて来たので、源氏は車をとめさせ、暗い道に降り立って、塀に沿って歩いて行き、裏手らしい木戸を押してみると、これがわけなく開いたので、中へはいって行った……それが、あの女なのであった。

女は、身分の低い官人の娘であったらしく、邸も広くはなく、家の中も、小綺麗ではあったが、「心にくく住みなしている上品《じょうぼん》の女」が普通である、源氏の相手としては何か心細い感じの住まいぶりであった。

女は、身分の違いを恥じて、源氏の言い寄るのにからだを堅くして抵抗したが、そこは源氏の、女を扱いなれた、やさしい愛撫に、いつかほだされて、魚のように身をくねらせつつ、源氏に身をまかせたのであった。

女は、小柄な、ほっそりしたからだつきの、源氏好みの可愛い女であった。源氏は、今宵の思いがけぬ逢う瀬に、不思議な興奮をおぼえて、女のからだを強く抱きしめて、「食べてしまいたいようだ」と、例の女をたらす口舌《くぜつ》で口走ったりしたが、そのあとで、ほんとに食べてしまいたい――と本気で思った。それほど可愛い女のからだであった。

しかし、その女とは、このただ一夜の逢う瀬があっただけで、それきり忘れてしまった。

それは、源氏の「すきありき（好色行脚）時代」の初めのころで、こんな風に手当たり次第という面もあったが、何しろ年が若く、美男子で、当代の皇子《みこ》に生まれ臣籍に下った一代の源氏で、女ともあれば誰もかれも、一度でいいからこの人にと、身も心も捧げて熱をあげている時代なので、彼は実際に女には忙しくて、こうした行きずりの女のことにかかわっている暇はないのであった。

その後、一度、偶然に四条の辺りを夜、通ったことがあって、あの女のことをふと思い出したので、車をとめて従者にたずねさせたが、その邸は空き家になっていた。

それきり、源氏の頭には一度もこの女のことは思い浮かんだことがなかった。それが、今、鯉の舌ざわりから、その女の肌の味まで、まざまざと思い出したのだから、彼に取っては、不思議でもあり、驚きでもあった。

2

老女の大輔《たゆう》の命婦《みょうぶ》が、この鯉は今日「嵯峨野《さがの》の奥に住む者から——」と言って、下人《げにん》が届けて来たものだ、と言った。が、源氏には少しも心当たりがなかった。翌日、その下人は再び姿を現わした。その下人は、ただの下人とは思えぬ品格のある老人であった。この曰《い》わくありげな老人を、源氏は人目のない中庭の亭《あずまや》へ連れて行って、話を聞くことにした。

さようでございます。今から一年ほど前の、ちょうど今ごろでございました。秋も深くなりました一夜、四条にありましたわたくしの邸に、御殿《おんとの》がお見えになりました。

（〝あ、そうか。では、やっぱり、……あの四条の女の父親だったのか！〟）

わたくしども夫婦には、あとにもさきにも、ただ一人、娘が授かっただけでございますが、その娘が年頃になりまして、琴など習わせておりましたころ、ゆくりなく御殿の御光《み》りを拝しまして、娘もわたくしども夫婦も、狂喜いたしました。

しかし、その後は、絶えておいでもなく、娘はただ嘆きに嘆いて、日を暮らしておりましたが、それでも一面では、いつかは、もう一度御光りを拝する日もあるかと、その日を待って、心は希望に輝いておりました。

が、今年の三月、わたくしが仕事の上の失敗で官を退きましてからは、京の邸をたたんで嵯峨野の奥に引き籠もり、細々と暮らすうち、家内にも先立たれ、わたくしと娘と二人きりで、ますます心細く暮らしておりました。

（〝そうか、そうだったのか。なに、もう心細がることはないぞ。こうして、お前たちから、病気見舞の結構な鯉を贈られて、わたしも、うっかり忘れていたお前のことを、はっきりと思い出した。さっそく嵯峨野の奥へ訪ねて行ってやるから、安心しろ〟

と、源氏は心の中でつぶやいた。そして、そのやさしい思いやりの気持の裏で、

〝鯉の舌ざわりで思い出した、あの可愛い女の肌の触感を、直《じき》に味わえるのも、もうさし迫まった間近かだわい〟

と、ほくそえんでいる自分に、源氏は気がついた)

わたくしどもは、身分が低いので、元来、御殿の御光りを仰ぐことなど望みもできないものでございますが、まして、あんな田舎に引き籠ってしまいましてからは、娘も、再び御光りを仰ぐ望みは、全く絶たれたと思ったようでございました。

そうしているうちに、近ごろ、御殿の「五条の荒れたる院」のもののけの話を、風のたよりに耳にいたしまして、そのあと、重い病いにかかられ、まだよくなられない、と人のうわさに聞きましてからは、娘は、何か思い詰めたように、いちずに考え込んでいるようでございました。

ところが、昨日の朝――というより、まだ夜中といった方がいい時分と存じますが、わたくしは厠《かわや》におきて、ふと何か気にかかりまして、娘の閨《ねや》へ参りました。声をかけても返事がなく、その上、何かピチャピチャと水の音がするような気がしましたので、不思議に思って襖《ふすま》をあけて部屋に入ってみると、灯台に細く火がゆらめいておりましたが、娘の寝床には、娘はいなくて、枕もとの大きな盥《たらい》の中には、一匹の鯉が勢よく、水をはねかしております。

わたくしは何でこんな所に鯉を持ってきたのか、わけが分らず、それにしても、娘はこん

な鯉を部屋に持ち込んで、自分はどこへ行っているのか、と、まわりを見まわしました。わたくしは、今厠から出てここへ来たのですから、厠にいるはずはなく、廊下にもいませんでした。はて、どこかへ行ったのかと思いましたが、この夜中に外へ出るはずもありません。

不審に思って、思わず、盥の中ではねまわる鯉に目をやると、その鯉の目がじっとわたくしを見つめているではありませんか。そして、その目がしきりにわたくしを促がすような風なので、その目にしたがって、その目のさし示す方向に目をやると、部屋の隅の窓際の黒い文机《ふづくえ》の上に、白い紙が畳んでおいてありました。わたくしは、はっとして跳び上がり、それをつかんで灯台のそばへより、ぶるぶる慄える手でそれをひろげました。

それは、娘のわたくしへの書き置きだったのでございます。

おとう様、先立つ不孝の罪を、心からおわびいたします。けれども、わたしには、もはや、こうするよりほかには、どうしようもなくなりました。わたしは、光源氏様のこの度のご災難のことを耳にし、その後、御病気になっていらっしゃると聞きまして、生きていても二度とお目もじする望みもないわたしのからだを、鯉になって御殿のお口に入り、御病気の回復に少しでも役に立てれば、と思いつきました。

そこで、裏山のお寺のお住持様に、化身《けしん》の法を教わりに参りましたが、そんなことは魔法であって、正法《しょうほう》ではない。わしは教えてあげるわけには行かない、と断わられました。それから、わたしは、気をつけていて、修験者の通るたびに、その事をお願いしてみましたが、誰も受けつけてくれませんでした。そのうちに、ついに、わたしの願いを聞いてくれる僧にぶつかりました。それは乞食のような、みすぼらしい身なりの、恠《あや》しげな風貌をした、見るからに気味の悪い僧でしたが、真言陀羅尼《だらに》の秘法を教えて下さり、鯉に化身するための儀式を詳しく授けてくれました。

わたしは、さっそく鯉になろうと思いましたが、いざとなってみると、なかなかその決心がつかず、その不思議な僧侶がこの土地を去ってからも幾日か過ぎてしまいましたが、昨日、人のうわさに、まだ光源氏様の御病気の回復が思わしくない、という話を聞き、今夜こそは、この枕もとの盥の中に、水をいっぱいに湛《たた》えて、鯉に化身して跳び込むつもりでございます。

おとう様、重ねて、先立つ不孝をおわびいたしますとともに、せっかくのわたしの願いをかわいそうと思し召して、鯉となったわたしのからだを、遠い所を御苦労様でございますが、京の二条の院へ持っていって、光源氏様のお口に入れていただけますよう、万全のお取りはからいのほどを、この世の最後のお願いとして、おとう様にお願い申し上げます。

わたくしは、娘の鯉を盤台に移し、水を入れて蓋をし、首から下げて両手でかかえ、大切に運んで御殿のお邸へ参りました。一刻《いっとき》も人手にまかせる気にはなりませんので、下人に身なりをやつして、自分で後生大事に運んで参った次第でございます。

さて、わたくしは、これはぜひとも御殿のお膳にのぼらせて下さるよう、くどいほどにお頼み申し上げて来ましたので、大丈夫とは思いましたが、家へ帰ってから、娘の鯉が、はたして娘の希望どおり、御殿のお口へ入ったかどうか、考え出すと心配で心配でたまらなくなり、いつの間にか、また足がこちらへ向いて、今日またこうして、知らず知らずのうちにお邸の門をくぐってしまいました。

御病気のあとというのに、気味の悪いお話を申し上げて、恐縮に存じます。ここまでお話し申し上げようと思ってお伺いしたわけではございません。ただ、御殿のお口へ入りさえすれば、と自分の命を縮めて化身してまで、おそばに参りたがったふびんな娘のその望みがかないました嬉しさに、娘もどんなにか嬉しがっておりましょうと、そのことを申しあげたくて、お尋ねに甘えて、すっかり申し上げてしまった次第でございます。

源氏はこんなにびっくりしたことはなかった。しかし、娘の父親は「気味の悪い話」と言ったが、彼は少しもそういう気はしなかった。彼に会う望みを失い、せめて彼の口に入って彼の病気を直したいと願って、鯉になった娘の気持を、彼はただいとしいと思うばかりであった。

源氏は、娘の父親の手を取って、目に涙をためて言った。

「そんな事だったのなら、早くその話を聞かしてもらえば、食べてしまわずに、鯉のからだになったままでもいいから、生涯そばにおいていっしょに暮らして行きたかった」

と言った。

父親は、あふれる涙を拭おうともせず、

「ありがとうございます。そのお言葉は嬉しゅうございますが、娘は、鯉のからだで、御殿に触れられることもなく暮らすのでは、鯉になったかいはございますまい。娘は、鯉になって御殿の御病気を直したいと願ったわけでございますが、自分でも気がつかないその心の底には、生きていてはもう決して会ってもらえない恋しい人のお口へ入って、その御からだの一部分になって一生いっしょに暮らしたい、という願いがあったのに違いありません。食べていただけたのが、娘にも、またわたくしにも、この上ない喜びなのでございます」

これが、光源氏が鯉を食べなくなった、秘密のいきさつである。が、彼は、このことのために鯉が嫌いになったというわけではない。自分を思ってくれた女の、化身した鯉の肉を、あんなにおいしく食べた記憶を、ほかの鯉を食べることによって、まぎらわしくしたくないという、いわば好きな女に対する心中立て、といったような気持から、鯉を食べなくなったのであった。


（「小説推理」昭和四十八年十一月号）

エッセイ

恋人探偵小説

昭和二十四年は、「妖鬼の咒言」が宝石の新人コンクールに読者投票で一等に当選し、「噴火口上の殺人」がロックの懸賞募集で第一席に当選して、図《はか》らず探偵作家の末席を汚すことになったが、そもそも私は生来の探偵小説ファンであって、探偵小説は私の恋人である。探偵小説が恋人である事には、自分で書こうと書くまいと、大して変化のない事を発見した。私は全く献身的な純情的な恋愛家であるから、人に書かれても、いいものであれば嬉しいし、自分が書いても、悪いものであれば嬉しくはない。

いい作品が読めさえすれば、敢えて自分で書かなくてもいいのである。その方が楽でいいし、第一、読者が助かるというものであろう。

×

けれども、そんな暢気《のんき》な事を言って居ては、自分を見出して下さった人に対しても相済まない次第だし、立派な作品を書いて、大方の御期待に背かぬ様にしたい、と言う気持はある。皆が私の恋人を立派に仕立てようと一生懸命になって居て呉れるのに、自分が人手に任してノホホンと懐《ふとこ》ろ手をしても済まされない理窟だ。だから、恋人の目鼻のお化粧はおエライ方に任しておいて、私はせいぜい一生懸命、恋人の足の裏でもこすって、綺麗に磨き上げたいと思って居る。(そんな所が好きなのではないか、って? 変な事を言わないで下さいよ。)

×

が、こんな謙遜な様な言い方をして居ては、今年の抱負を書け、と言われた趣旨に悖《もと》りそうで、元来謙遜に出来てる私は大いにジレンマに陥る次第だが、人に頼まれては、お断りの出来ぬ気の弱さから、敢えて心臓を強くして、戦後の群小探偵小説家などは言わずもがな、戦前派の老大家達の作品をも引ッくるめて、在来の探偵小説を空《むな》しうするような、大傑作をものする積《つも》りである——ぐらいのことは言って上げたいと思うのである。

が、矢張りどうも空々しくて不可《いけ》ない。で、仕方がないから、今年の抱負と言う程の事でもないが、今私が書きたいと思って居る一つの探偵小説のことを言う事にしよう。それは、私の所に一条天皇時代の不思議な犯罪の記録があるのだが、それを取扱おうと言うもので、平安朝文学専攻の私には、謂《い》わば自分の畑に属するものであるが、内容が少し凄過ぎるので、発表出来るかどうか分らないし、第一、未熟な私の手に負えるかどうか、それからして問題である。

×

ただ、何しろ一千年前の探偵小説と言うのだから、古い事だけは請合《うけあい》で、その点では江戸川乱歩はおろか、ポー、ドイルをも空しうするものであることは確かで、私と同じように探偵小説を恋人として居る探偵小説愛好家の諸君を、アッと言わして上げることが出来るかも知れないと、大いに心トキめかして楽しみにして居る次第である。

（「宝石」昭和二十五年一月号）

清少納言と兄人《せうと》の則光

私は前に紫式部を主人公にした探偵小説を書いた。紫式部をシャーロック・ホームズに仕立てて難解な殺人事件（？）に活躍させたのだから、彼女もさぞかし地下で驚いたことであろう。尤《もっと》も、彼女は経文の裏に狂言綺語を書いたというかどで、地獄へも行ったことのある人だから、千年後の彼女の崇拝者の、無鉄砲な然《しか》し無邪気な悪戯を、苦笑を以て許して呉れるだろうと、勝手に考えている次第であるが……今度は清少納言を主人公にしたものを書いて見たいと思っている。

清少納言には、橘《たちばなののりみつ》　則光という男があった。これは通例「男があった」という意味の通りの「男《おとこ》」であって、男性という意味の「男《おのこ》」ではない。尤も、情人というにはちと異議があるので、肉体関係があった訳ではない。――というと、甚だ奇妙な言い方になってしまうが、……「肉体関係を伴わない情人関係」（というのも益々奇妙な話であるが）とでもいうべきか。だから、試験結婚とも無論違うのである。精神上の試験結婚とでもいうべきか。今の言葉で適当な言葉が見つからないのは、今はそういう男女関係というものがないからであろう。当時の言葉でいうと、「妹兄《いもせ》の仲」というので、互に「妹《いもうと》」とよび、「兄人《せうと》」とよんで相睦《あいむつ》んでいる、結婚一歩前というきわどい関係を指すのである。これはそのまま結婚にゴールインする場合もあるし、廻れ右をして別れてしまう場合もあった。

所で、清少納言にはこういう関係の男があったのである。それが「兄人《せうと》」の左衛門尉《さえもんのじよう》則光である。

この時代（長徳二年―四年頃）の清少納言には、理想の男性としては宰相中将藤原斉信《ただのぶ》や、頭弁《とうのべん》藤原行成《こうぜい》なぞがあったが、「兄人」たる則光はそれらの才智、容貌人に優れた貴公子たちとは事かわり、ちょっと――というより大変、変った人物であった。斉信の邸に泊った夜に、盗賊が入ったのを搦《から》め取ったり、歌が嫌いで、而《しか》も嫌いだという事を臆面もなくさらけ出して、清少納言に向っても「若《も》しも貴女が私をお厭になって、絶交したいとお思いになったら、その時は歌を示して下さい」という様な事をいう男である。

当時は歌は日常の社交に欠くべからざるもので、殊《こと》に女人と話をつけようという様な時には、これなくしては話を通じる事も出来ない程《てい》のものである。それを、この男は「歌を絶交の印しにしよう」というのだから、常識はずれたとんでもない荒男である。

清少納言の様な、時代を代表する才媛の相手が、こんな男であったという事は不思議な様でもあるが、彼女の様な女には大抵の男は凹《へこ》まされてしまうのだから、行成や斉信の様な物凄いエラ物でない限りは、却ってなまじいの智慧才覚などのない、こういう無教養な荒男の方が、実は却って適していたのかも知れない。

　然し、この則光も、しまいには何となく彼女との仲が怪しくなり、それを苦にして男の方から愚痴めいた事をいうと、清少納言はそれにからかう様な歌を作って示した。彼女の方は何もそれで絶交しようと思った訳でもなかったが、単純な男はそれを最後の通牒と受取って、歌の中味を見ようともせず、悲観し諦めて、自分から願い出て蔵人《くろうど》をやめ、遠江介《とおとうみのすけ》にして貰って宮廷を離れて地方に下って行ってしまった。それで二人の仲はそれきりになってしまった。これには清少納言も却っていささかあっけに取られた形であった。……

　こういう変った男を脇役にして一篇の短篇小説をものして見たいと、私は今いささか創作慾を動かしている次第である。

（「鬼」第八号　昭和二十八年一月）

「六条の御息所」誕生——について

『源氏物語』の「夕顔」の巻のもののけは、六条の御息所《みやすんどころ》の怨霊であるとする古来からの説と、荒れたる院に棲む妖物であるとする新しい説とあって、むずかしい問題とされている。また、「葵」の巻以下いくつかの巻に「六条の御息所」の名が出ていながら、「夕顔」の巻だけは「六条わたりの」とか「六条わたりにも」とか、おぼめかして書いてあるだけで、「六条の御息所」の名は一か所も出て来ない。これも解き難い謎である。

この二つの謎に挑戦して、それを小説の形で解明しようと試みたのが、この『「六条の御息所」誕生』である。

筆者は前に、友人の国文学者から、作者がこしらえた謎でなく、国文学上のほんとうの謎を解く推理小説を書いてくれ、と言われ、「そんな事は、とても」と断わったことがあるが、これはその要請に応えるものと言えるかも知れない。推理小説というと、探偵小説の代りに用いられているわけだが、文字どおりの推理小説といったら、かえってこういうものがそれに当たるのではあるまいか。とにかく、意図だけは、推理小説史上、初めての試み、というわけである。

（「小説推理」昭和四十八年五月号）

解題

本書は長篇『薫大将と匂の宮』を中心に、『源氏物語』と作者紫式部、そのライヴァルとして『薫大将』にも登場する清少納言をめぐる作品を集成し、関連エッセイを収録した岡田鯱彦王朝推理傑作選である。

「薫大将と匂の宮」

初出『宝石』昭和二十五年（一九五〇）四月号。創刊四周年記念特大号の長篇読切、三三〇枚を一挙掲載。挿絵の鈴木《すずき》朱雀《すじやく》（一八九一―一九七二）は、ベルリン・オリンピック（一九三六）の芸術競技に出品、銅メダルを獲得した日本画家で、書籍や雑誌の挿絵も多く手掛けた。『薫大将と匂の宮』（東方社、一九五五）として単行本化。一九五七年に春陽文庫に収録された際に『源氏物語殺人事件』と改題され、以後この二種類のタイトルが併用されることになる。『源氏物語』の世界で発生した連続変死事件に紫式部と清少納言が推理を競う、国文学者（東京学芸大学教授・岡田藤吉）でもある作者がその本領を発揮した代表作。作者自身、後に執筆当時を振り返って、「これも、ほんとに自分の書きたいことを思う通りに書いたものので、結果がよくても悪くても、自分としては満足という作品であった」と述べている（「噴火口上の殺人」前後」、『幻影城』一九七五年十二月号）。左記のとおり、岡田鯱彦作品で最も多く再刊されている。

東方社（一九五五）
春陽堂書店〈春陽文庫〉（一九五七）＊『源氏物語殺人事件』
春陽堂書店〈探偵双書〉（一九五八）＊『源氏物語殺人事件』
東都書房『日本推理小説大系』第九巻（一九六一）
講談社『現代推理小説大系』第五巻（一九七二）
新典社（一九七二）＊『源氏物語殺人事件』
幻影城『別冊・幻影城』一九七八年一月号
旺文社〈旺文社文庫〉（一九八〇）＊『源氏物語殺人事件』
国書刊行会〈探偵クラブ〉（一九九三）
扶桑社〈扶桑社文庫〉（二〇〇一）

「艶説清少納言」
初出『面白倶楽部』昭和二十八年（一九五三）三月号。挿絵は江戸風俗画で有名な三谷一《みたにかず》馬《ま》。短篇集『裸女観音』（東方社〈東方新書〉、一九五五）に収録。扶桑社文庫『薫大将と匂の宮』（二〇〇一。以下、扶桑社文庫版）に再録。

「「六条の御息所《みやすんどころ》」誕生」

初出『小説推理』昭和四十八年（一九七三）五月号。挿絵はイラストレイター時代の橋本《はしもと》治《おさむ》。扶桑社文庫版に収録。本作の六年前、岡田藤吉（鯱彦）は勤務先の『東京学芸大学紀要第二部門（人文学）』第十八集（一九六二）に論文「源氏物語の諸問題――「夕顔」の巻の怪異描写」を発表、夕顔を取り殺した「もののけ」と「六条御息所」の関係について考察している。同紀要には、続けて「葵」「若菜下」「柏木」の各巻における怪異描写に関する三本の論文を発表しており、この問題に対する深い関心が窺える。『源氏物語』の成立過程にも触れた本作は、国文学者・岡田藤吉の論考を探偵作家・岡田鯱彦が小説の形で発展させたものということもできるだろう。

「コイの味」

初出『小説推理』昭和四十八年（一九七三）十一月号。挿絵は佐伯安淡。扶桑社文庫版に収録。

《エッセイ》

「恋人探偵小説」

初出『宝石』昭和二十五年（一九五〇）一月号。作家三十六人による「今年の抱負」コーナーへの寄稿で、三か月後に同誌に発表する『薫大将と匂の宮』の構想を明らかにしている。『岡田鯱彦探偵小説選Ⅱ』（論創社、二〇一四）に収録。

「清少納言と兄人の則光」

初出『鬼』第八号（一九五三年一月）。同年発表の「艶説清少納言」の構想を述べたエッセイ。『鬼』は木々高太郎らの「文学派」に対抗するため、「本格派」の探偵作家有志が一九五〇年に創刊した同人誌。高木《たかぎ》彬光《あきみつ》、山田《やまだ》風太郎《ふうたろう》、香山《かやま》滋《しげる》、島田《しまだ》一男《かずお》ら九人で発足、岡田鯱彦はこの第八号から参加した。扶桑社文庫版に収録。

「「六条の御息所」誕生——について」

初出『小説推理』昭和四十八年（一九七三）五月号。「「六条の御息所」誕生」掲載時に付された作者の言葉。

時空の歪み——その魅力的なあわいに——

森谷明子

岡田鯱彦は、昭和二十四年（一九四九）、「妖鬼の咒言」「噴火口上の殺人」の二作によって探偵小説界に登場した。

しかし、岡田の筆はそれにとどまらなかった。東京物理学校（現在の東京理科大学）で物理学を専攻するも、第一高等学校に入学し直した後に東京帝国大学文学部国文科に学んだという経歴をもとに、日本文学、中でも古典への傾倒著しい作品群を生み出したのである。

その代表作が、源氏物語を基盤に描かれた『薫大将と匂の宮』である。この作品については岡田自身、

「作者が書きたいと思って書いた、それも思う存分に書いた初めての作品で、これもその意味では、作者のほんとの処女作と言うべきものかも知れない。」

と語っているほどである（『薫大将と匂の宮』国書刊行会〈探偵クラブ〉あとがき）。

『薫大将と匂の宮』は、「門外不出の珍書」を本郷通りの古書店で見つけた「私」の述懐から始まる。その「珍書」とは、なんと、かの源氏物語の完結編だというのだ！

蛇足ながら。

源氏物語は通常、登場人物の変遷や時系列に基づいて「本編」と「宇治十帖」とに大別される。また、そのどちらにも属せぬ数帖があるとする説、「本編」がさらに二系列に分かれるとする説、作者は果たして紫式部一人か余人の筆は加わっていないのか、いや紫式部とはそもそも一個人の名であるのか複数人の便宜的な筆名ではないのか、さらにさらに……と、源氏物語をめぐる論争は多岐に亘るが、そのあたりは本作に関係ないとしてここでは省略する。

本作の基になる説は、「宇治十帖は未完なのではないか」である。こんな論争が起きるのはひとえに、現存する「宇治十帖」の結末でクローズアップされる女性＝浮舟の身の処し方がかなり中途半端で、今後さらなる展開があるはずと読者が期待するまさにその場面でぷっつりと断ち切られているからである。「本編」が主人公光源氏のいかにもそれらしい最期という、物語としてありうべき結末で幕を閉じているのとはあまりにも対照的であるがゆえに、曖昧模糊とした終わり方が千年間読者の不満を誘い続け、「宇治十帖未完説」がいまなお語られる所以となってきた。

そして本作は、ついに「宇治十帖」完結編が発見されたという、大胆な設定のミステリだ。しかも、「宇治十帖未完結説」に対する解決のみならず、「完結編の内容そのものがミステリ」という二重の謎解きになっている。日本古典に通暁し、探偵小説家としても地歩を築きつつあった岡田をして、初めて成立させられた力作と言っていい。

だが、ここまでの設定なら、岡田以外の作家でも思いつくものかもしれない。古来、名作には二次創作がつきものである。シャーロック・ホームズをこよなく愛する人々によって多種多彩なフィクションが産み出され、ワトソンがタイトルのみ触れたアントールドストーリーがおびただしい作品群の原動力となったことなどを思い起こしていただければ、容易にうなずけよう。

本書が特異なのは、単なる「源氏物語の続きのお話」に終わっていない点である。冒頭、前書きとして、「門外不出の珍書」を発見した「私」による「宇治十帖」のあらましと主要人物「薫大将」と「匂の宮」の説明、就中、この二人の特異性が考察されたのち、いよいよ「門外不出の珍書」が全十四章に亘って開示される。

「第一章　宇治の川霧」からの語り手「私」は源氏物語の作者であり、源氏物語執筆の苦労を綿々と語る。それによると、「本編」主人公の光源氏をおとぎ話の登場人物のような理想的すぎる造形にしてしまったことに対する不満から、「私」は「宇治十帖」に登場する二人の男君「薫大将」と「匂の宮」についてはリアリティを追求し、実在の男性二人そのままに、現実に展開されていた恋模様を活写した……というのだ（このあたりから読者は不思議な感覚に襲われ始める)。

結局「私」は、現実に起きている愚かしくて荒々しい愛欲の多角関係に嫌気がさし、ついに「宇治十帖」を完結させることをあきらめ、浮舟の身の処し方を宙ぶらりんにさせたまま筆を投げ出した。

「……私は私の忍耐の限界に達した。この上の不調和はもはや私にはたえられぬ。ああ、無軌道なる私の物語の主人公たちよ、勝手に行動せよ！——私はこう叫んで、ついに長嘆息して筆を投じたのであった」。

たしかにこれならば、宇治十帖がぷつりと断ち切られた(ように見える)説明はつく。つくのだが。

それではいったい、本作の語り手「私」は、どの世界に属する存在なのだ？

この、時空が歪みを見せたかのような不思議な感覚が読者を惑わせる。だが、その感覚は妙に心地よくもある。

「私」は、宮中で中宮に仕える女性であり源氏物語作者であり、他者からは一貫して「紫式部」と呼ばれている。だが、どうやら、この「紫式部」がいる世界は、今本作を手に取る我々が知っている千年前の世界と同一ではないらしい。

彼女が存在しているのは、「薫大将」や「匂の宮」や「浮舟」がリアルに存在する、パラレルワールドの王朝なのだ！

彼女の世界では「薫大将」や「匂の宮」――一応、これらは仮の名であり、現実にはモデルとなった「右大将」や「兵部卿ノ宮」がいるものの、煩雑を避けるために「宇治十帖」に使った呼称そのままで通すと説明される――が血肉を備えて闊歩しており、この二人の恋の鞘当ては巷のゴシップとしてかまびすしく語られ、二人が争う女性たちである浮舟や中君が次々に変死を遂げていく。そして薫大将と匂の宮はこの惨事に対してこもごも「私」に助力を訴える。

彼女「紫式部」は、なにしろ源氏物語の作者でありノンフィクション「宇治十帖」――そう、この世界では「宇治十帖」はフィクションではないリアルな事実だ――を書く人物であるから、当然、世間からこれらの変死についても最も詳しい人物としてみなされる。また、彼女をライバル視する皇后女房「清少納言」は一連の事態をはっきり連続殺人事件と断言し、犯人は薫大将であると名指して彼女の脅威となる。

岡田は巧妙にこのパラレルワールドに読者を誘い、宇治の川霧が立ち込めるかのように、妖しげな、模糊とした物語世界を作り上げているのだ。

この時空間がいかなるものかをさらに検証してみる。

・この世界にも「藤原道長」「藤原伊周」は存在する。

・我々の世界では同時に宮仕えすることがなかったはずの「清少納言」と「紫式部」がリ

アルに宮中で顔を突き合わせている。

・それでは、彼女が仕えている——本作中でも重要な位置を占める——「中宮」は、我々の知る「藤原彰子」か、源氏物語中の「明石中宮（光源氏の一人娘であり匂の宮の母）」、どちらなのか？　という疑問が当然生じるが、岡田は本作中の「中宮」について、詳しく筆を割いていない。今上三ノ宮たる匂の宮の御母であることが明記されている以上、「源氏物語の明石中宮」でよいではないかと思いたくもなるのだが、厄介なことに、我々の世界の彰子中宮も、実際に一条天皇の二ノ宮と三ノ宮の生母であるのだ。

いや、こんなことを思いめぐらすのは野暮の極みというものだろう。

我々は、岡田が作り上げた、紫式部と薫大将と匂の宮が肌を触れ合わんばかりに接し、会話し、変事に右往左往する、この魅力的なパラレルワールドに遊べばよいだけのことだ。

そもそも、原典の源氏物語にしてからが、実は宮中女房の一人語りという体裁を取っている。この女房は多くの場合舞台袖に隠れていて、ふとした拍子で個人的述懐をつぶやいてはまた黒子に戻るのだが、たしかに存在している。この「源氏物語の語り手」＝「紫式部」と受け取ることも、あながち間違いではあるまい。

『薫大将と匂の宮』の摩訶不思議な浮遊感が心地よいのは、この結構そのものが源氏物語に通底しているからなのだ。

（以降、本作の要点に触れます。ご注意を）

『薫大将と匂の宮』の謎の核心は、芳香をその身から放つ特異な体質の薫大将と、薫物《たきもの》調合の名手であり馥郁たる匂いの持ち主匂の宮が、この二人のみが持つ過敏すぎる嗅覚を頼りに、文字通り恋の臭跡を追う、という設定に基づいている（この設定そのものが原典である源氏物語を下敷きにしている点が、心憎い）。

多情な匂の宮に浮舟を奪われた薫大将が、その報復として自分の情人たちを次々に籠絡していると匂の宮は怒りを訴えるのだ。

「この私が、ああいう香りを出す技能はないが、嗅覚にかけてはあの人に劣りません。（中略）まして、あの人に抱かれた女が、いくら下着をすっかり換えようと、私には隠しおわせようと考えるのが笑止なくらいです。」

一方、薫大将はこの疑い――自分が匂の宮の情人たちを寝取ったという――を、まったくの濡れ衣だと全面的に否定する。双方の矛盾する訴えを聞き、どちらも真実を語っているのではと直感する紫式部だが、どうにも検証のしようがない。なにしろ物証は、この二人のみが備える嗅覚によるものだけなのだ。そんな嗅覚を持たない紫式部に許された解決手段は、純粋に論理的思考しかない……。

存在するはずのない薫香が存在するという不可能状況に対峙する探偵。

これが本作の真骨頂であり、実に合理的な解決が与えられる。それがどのようなものか、是非、お読みいただきたい。

本書には表題作のほか、王朝物の小説やエッセイが収められているが、その中でも注目いただきたいのが「「六条御息所」の誕生」だ。ある意味では、岡田の王朝文学への姿勢を最も感じられる作品と言ってよい。

なぜなら、本作の骨子は「日本の古文表現ならではの解釈多様性と源氏物語享受史」なのだ。岡田の言う「主格の名詞、代名詞はほとんど省かれていて、敬語や謙譲語ですべてがわかるようになっている」古文を題材にしたからこそ成立している、国文学者としての面目躍如と言える短編である。

この二作以外にも、本書のいたるところから伝わってくるのは、岡田の該博な知識と日本古典への深い愛情だ。こうして一冊にまとめられたことが、誠に嬉しい。

『薫大将と匂の宮』は『別冊・幻影城』一九七八年一月号（幻影城）を底本とした。同誌の編集後記にある通り、再録にあたり著者校正で若干の修正が施されており、これを最終版と判断した（生前最後の刊本である国書刊行会版も『別冊・幻影城』に準じている）。疑問点については初出誌および東都書房版、講談社版を参照した。「艶説清少納言」は『裸女観音』（東方社、一九五五）を底本とし、初出誌を参照した。その他の作品は初出誌を底本とした。原則として新字を採用し、「々」以外の踊り字（ヽ、〳〵）は廃した。また、読みやすさに配慮して、ルビを適宜追加、整理した。
なお、本文中には今日の人権意識からみて不適切な表現が使用されているが、物語の舞台が平安時代に設定され、『源氏物語』という古典を下敷きにしていること、また作品が書かれた時代背景、文学的価値、著者がすでに他界していることに鑑み、文学作品の原文を尊重する立場から発表時のままとした。

本書使用の挿絵をお描きになった鈴木朱雀氏の消息がわかりませんでした。ご存じの方がいらっしゃいましたら、ご教示くだされば幸いでございます。

編集協力＝藤原編集室

検印
廃止

著者紹介　1907年東京府生まれ。東京帝国大学卒。49年「妖鬼の咒言」が雑誌〈宝石〉の探偵小説募集の選外佳作に、「噴火口上の殺人」が雑誌〈ロック〉の懸賞探偵小説の第一席に入選。代表作に『薫大将と匂の宮』『紅い頸巻』『樹海の殺人』など。93年没。

薫大将と匂の宮

2020年 3月19日　初版

著　者　岡《おか》　田《だ》　鯱《しやち》　彦《ひこ》

発行所　（株）東京創元社
代表者　渋谷健太郎

162-0814／東京都新宿区新小川町1-5
電　話　03・3268・8231-営業部
03・3268・8204-編集部
URL　http://www.tsogen.co.jp
暁印刷・本間製本

乱丁・落丁本は、ご面倒ですが小社までご送付ください。送料小社負担にてお取替えいたします。

ISBN978-4-488-40421-5　C0193

黒岩涙香から横溝正史まで、戦前派作家による探偵小説の精粋!

日本探偵小説全集

全12巻

監修=中島河太郎

刊行に際して

現代ミステリ出版の盛況は、まことに目ざましい。創作はもとより、海外作品の夥しい生産と紹介は、店頭にあってどれを手に取るか、戸惑い、躊躇すら覚える。

しかし、この盛況の蔭に、明治以来の探偵小説の伸展が果たした役割を忘れてはなるまい。これら先駆者、先人たちは、浪漫伝奇の炬火を掲げ、論理分析の妙味を会得して、従来の日本文学に欠如していた領域を開拓した。その足跡はきわめて大きい。

いま新たに戦前派作家による探偵小説の精粋を集めて、新しい世代に贈ろうとする。

少年の日に乱歩の紡ぎ出す妖しい夢に陶酔しなかったものはないだろうし、ひと度夢野や小栗を垣間見たら、狂気と絢爛におののかないものはないだろう。やがて十蘭の巧緻に魅せられ、正史の耽美推理に眩惑されて、探偵小説の鬼にとり憑かれた思い出が濃い。

いまあらためて探偵小説の原点に戻って、新文学を生んだ浪漫世界に、こころゆくまで遊んで欲しいと念願している。

中島河太郎

1 黒岩涙香 小酒井不木 甲賀三郎 集
2 江戸川乱歩集
3 大下宇陀児 角田喜久雄 集
4 夢野久作集
5 浜尾四郎集
6 小栗虫太郎集
7 木々高太郎集
8 久生十蘭集
9 横溝正史集
10 坂口安吾集
11 名作集1
12 名作集2 付 日本探偵小説史